Siegfried Schwarz

Der Makronenmord

und sechs weitere Kriminalfälle aus der DDR

Unter Mitarbeit von Antje Penk

Bild und Heimat

Von Siegfried Schwarz liegen bei Bild und Heimat außerdem vor:

Mord nach Mittag (Blutiger Osten, 2012)

ISBN 978-3-86789-489-0

1. Auflage

Umschlaggestaltung: fuxbux, Berlin
Umschlagabbildung: © arfo, shutterstock
Druck und Bindung: GGP Media GmbH, Pößneck

Ein Verlagsverzeichnis schicken wir Ihnen gern:
BEBUG mbH / Verlag Bild und Heimat
Alexanderstr. 1
10178 Berlin
Tel. 030 / 206 109 – 0

www.bild-und-heimat.de

Inhalt

Im Interesse des Schutzes der Persönlichkeitsrechte der Täter, Opfer und Zeugen wurden die Namen der Beteiligten sowie einiger Handlungsorte verändert.

Vorbemerkung

Am 20. Mai 1971 titelte die Kreisausgabe der *Freiheit* in Wittenberg: »Staatsanwalt plädiert für Todesstrafe«. Für mich als langjährigen Mordermittler stellte sich dabei, wie schon einige Male zuvor, die Frage: »Wo werden denn die in der DDR ergangenen Todesurteile vollstreckt?« Auch die Art des Vorgehens bei der Vollstreckung des Urteils nach 1968 blieb für mich bis nach der Wiedervereinigung der beiden deutschen Staaten ein gutgehütetes Geheimnis.

Bis 1968 war zumindest die Vollstreckung eindeutig: Der Verurteilte wurde durch das Fallbeil vom Leben zum Tode befördert. Mit der neuen Strafgesetzgebung der DDR erfolgte die Hinrichtung ab 1968 durch einen sogenannten »unerwarteten Nahschuss in das Hinterhaupt«. Aber wie wurde die Erschießung des Delinquenten vollzogen? Gab es ein Erschießungskommando? Oder gab es eine Maschinerie für ein automatisches Erschießen, für den Genickschuss?

Erst 1987 wurde die Todesstrafe per Gesetz aufgehoben. Die letzte Hinrichtung der DDR fand am 26. Juni 1981 in der Zentralen Hinrichtungsstätte im Gebäude der Strafvollzugsanstalt Alfred-Kästner-Straße in Leipzig statt. Der letzte Henker der DDR, Hermann Lorenz, erschoss mit der vorgegebenen Methode den Hauptmann des Ministeriums für Staatssicherheit der DDR Werner Teske. Pro Exekution erhielt Lorenz einhundertfünfzig Mark, seine beiden Helfer je einhundertfünfundzwanzig Mark.

In einem Fernsehinterview 1991 des MDR antwortete Lorenz: »Für Gefühle war kein Platz.« – »Mit dem Schuss war das für mich vorbei.« – »Ich habe keinen erlebt, der geschrien oder Widerstand geleistet hätte. Dafür ging alles viel zu schnell.«[1] Hermann Lorenz starb 2001 in Leipzig.

Vielleicht sollte ich an dieser Stelle ein Geständnis einfügen: Wenn ich zu einem Tatort gerufen wurde und dort Mordopfer, insbesondere bestialisch getötete Kinder, ansehen oder untersuchen musste, dann hatte ich doch ab und an den Gedanken, dass dieser Mörder hingerichtet werden müsse. Andererseits beweisen Länder, in denen bis heute die Todesstrafe vollstreckt wird, dass die Hinrichtung in keiner Weise Täter davon abhält, Morde zu begehen.

Im Jahr 1992 wurde das Urteil auf der Grundlage des 1. SED-Unrechtsbereinigungsgesetzes überprüft. Ergebnis: Es gab keinerlei Beanstandungen der 1971 geltenden Rechtslage in der DDR.

Mein besonderer Dank gilt meiner guten Freundin Antje Penk (Kemberg), die mir beim Aufschreiben der Fälle eine sehr große Hilfe war. Weiter danke ich Herrn Prof. Manfred Kleiber (Halle), Jens Schwarz (Aschersleben), Wolfgang Henn (Naumburg), Jürgen Krebs (Teutschenthal), Remo Kroll (Wandlitz), Irene Robus (Schulzendorf), Gerhard Röthe (Wittenberg) und Detlef Schulze (Bergholz-Rehbrücke), die mich bei der Recherche zu diesem Buch hervorragend unterstützt haben.

Siegfried Schwarz

Die blutige Hand

Bei meinen Überlegungen, mit welchem Kriminalfall ich ein neues Buch beginnen sollte, kam mir eines Morgens ein Zufall zu Hilfe. Im Bad erfuhr ich aus meinem kleinen Radio die neuesten Nachrichten. Es gab auch Hinweise zum Fernsehprogramm. An diesem Tag wies man auf eine Mankell-Verfilmung hin: Mord auf einem Bauernhof. »Bauernhof« – sofort kam mir in Erinnerung, wie ich vor vielen Jahren und noch jung in der Mordkommission als Tatortuntersucher zusammen mit unserem Kriminaltechniker die Suche und Sicherung von Beweisen zu einem Doppelmord an einem Ehepaar auf einem Bauernhof vorgenommen hatte.

Carola setzte sich müde in den Schaukelstuhl ihrer Großmutter. Sie schloss die Augen und genoss die Schwingungen. Auf und ab. Auf und ab. Das Schaukeln machte sie leichter, ließ die Schwere des Arbeitstages von ihr abfallen. Sie blieb mit geschlossenen Augen sitzen, obwohl der Stuhl zum Stillstand gekommen war. Nur noch zwei Minuten. Dann würde sie aufstehen und das Abendessen bereiten. Bernd hatte heute Spätschicht. Zwei der Traktoren waren wieder einmal ausgefallen. Nun feilte er an Ersatzteilen. Bernd fand bei solchen Arbeiten kein Ende. Erst, wenn der Traktor wieder lief, machte er Feierabend. Es konnte also spät werden.

In ihre Entspannung hinein hörte sie das leise Knarren der Hoftür. Das war bestimmt Ingrid, die Nachbarin. Sicher hatte sie das Fahrrad vor der Tür gesehen und wusste, dass Carola zu Hause war. Ingrid brachte öfters altes Brot für die Kaninchen oder gekochte Kartoffeln, die vom Mittag übrig waren. Carola schloss die Augen wieder. In der Regel hängte Ingrid den Stoffbeutel mit dem Futter an die Hoftür. Das war ein anstrengender Tag gewesen. Einige der Tiere im Kuhstall waren wund. Das Melken fiel dann schwer, weil die Euter erst weich massiert werden mussten, bevor sie Milch gaben. Dann hatten mindestens vier Kühe abgekalbt. Die mussten auch betreut werden. Und anschließend noch das Heu umladen. Ja, sie war heute erschöpft. ›Ob Ingrid schon raus ist?‹, dachte sie. ›Ich habe die Hoftür gar nicht mehr gehört.‹ Einen Moment später hörte sie stattdessen Schritte, die sich dem Wohnzimmer näherten. »Gibt's was, Ingrid?«, rief Carola. Als niemand antwortete, richtete sich die junge Frau im Schaukelstuhl auf. »Ingrid?« Sie wollte gerade aufstehen, da öffnete sich die Stubentür. Carola zuckte zusammen. Fassungslos stotterte sie: »Was, was machst du denn hier?« Auf der Schwelle stand Herbert. Der kräftige Mann mit den dunklen Haaren sah sie an. Er bewegte sich nicht, hielt noch die Klinke in der Hand und wandte den Blick nicht von ihr. Carola wurde blass. »Willst du was?«, brachte sie heraus, und bemerkte dabei selbst, wie zaghaft ihre Stimme klang. Herbert wohnte am anderen Ende des Dorfes zusammen mit seiner Mutter. Immer wenn Carola dort am Grundstück vorbeifuhr, stand er im Vorgarten oder im Hoftor und sah sie mit diesem seltsamen Blick an. Carola wurde heiß. Der Mann in ihrer Stubentür sagte nichts, bewegte sich nicht, sah sie nur unverwandt an.

Was konnte sie tun? Sollte sie freundlich sein und ihn hinaus bitten? Sollte sie ihn schroff des Hauses verweisen? Aber vielleicht war Herbert aggressiv? Vielleicht reizte sie ihn, wenn sie ihn ausschimpfte. Gegen ihn hätte sie sich nicht wehren können. Klar, kräftig war sie, musste sie ja sein. Wer im Kuhstall arbeitete, war schwere Arbeit gewohnt und hatte entsprechend Kraft. Aber diesem Mann dort fühlte sie sich nicht gewachsen. Sie stand aus dem Schaukelstuhl auf. Langsam. Vorsichtig. Nur keine falsche Bewegung machen. »Bernd kommt gleich«, log sie. »Besser, du gehst jetzt nach Hause.« Ihre Stimme klang gütig aber entschieden. Sein stechender Blick wanderte ihren Körper hinab. Carola tat einen Schritt vor, noch einen. Dann blieb sie stehen. Die Begierde, die in seinem Blick steckte, konnte Carola körperlich fühlen. Es war, als könne er durch ihre Kleidung hindurch sehen. Unwillkürlich schlang sie die Arme um den Bauch. »Du solltest jetzt gehen!« Doch sie sah ihn nicht an, sah an ihm vorbei in den Hausflur. Wenn sie ihn doch nur los wäre! Sehnsüchtig sah sie auf den freien Flur. Das wäre ein Fluchtweg. Sie könnte weg, wenn nicht dieser massige Mann da in der Tür stünde und ihr den Weg versperrte. Unschlüssig stand sie da, fühlte sie angefasst, unsittlich berührt von diesem Blick. Er machte einen winzigen Schritt auf sie zu. Zurück, sagte ihr Instinkt. Fliehen!, gebot er ihr. Nicht zurückweichen, sagte die Vernunft. Wie erstarrt blieb sie stehen. Zu Stein geworden, innerlich erkaltet. Sollte sie ihm entgegentreten? Ihn einfach hinausdrängen? Aber weiter konnte sie nicht. Sie hatte ihre unsichtbare Grenze erreicht. Zwei Meter trennten sie nun noch von der Tür und dem Eindringling. »Du musst nach Hause!«, beharrte Carola tapfer, und ihre Stimme zitterte nicht. Der starre Blick des Mannes wanderte ihren Körper wieder hinauf, tastete ihn ab. Noch enger schlang Carola ihre Arme um sich. Endlich schaute er weg, sein Blick wanderte hinüber zur Schrankwand. Es schien Carola, als mustere er jedes Glas in der Vitrine, jeden Henkel. Dann löste sich die Hand plötzlich von der Klinke. Ohne sie noch einmal anzusehen, drehte Herbert sich um und ging schweigend hinaus. Starr blieb Carola stehen. Als sie die Hoftür ins Schloss fallen hörte, spürte sie, wie ihre Anspannung nachließ. Sie löste ihre Arme und atmete auf.

Als sie den Vorfall am nächsten Tag ihrer Nachbarin Ingrid erzählte, nickte die nur. »Es ist schon einige Zeit her. Da ist mir das auch passiert.« – »Was?« Carola sah sie mit großen Augen an. »Na ja, es war schon spät, so gegen elf. Ich saß noch unten. Karl hatte sich schon hingelegt. Der steht ja auch früher auf. Jedenfalls wollte ich noch den Pullover zu Ende stricken, mir fehlte nur noch der Kragen. Auf einmal steht der Herbert in meiner Tür. Ich bringe kein Wort heraus. Er setzt sich neben mich auf die Couch und sieht mich so komisch von der Seite an. Ich hatte natürlich einen furchtbaren Schreck. Dann sage ich zu dem: ›Wenn du nicht gleich verschwindest, hole ich den Karl aus dem Bett. Und der wird dir schon zeigen, dass man nachts keine Besuche macht!‹ Da ist er aufgestanden und gegangen. Einfach so.« – »Ist was nachgekommen?«, wollte Carola wissen. »Du siehst ja, er wohnt immer noch hier«, entgegnete Ingrid. »Natürlich ist da nichts nachgekommen!« Verständnislos schüttelten beide Frauen die Köpfe.

Die nächsten zwei Wochen schloss Carola jede Tür hinter sich ab. Kaum eine Nacht schlief sie ruhig. Immer wieder lauschte sie, ob ein verdächtiges Geräusch zu hören war. Nur schwer fand sie Schlaf, morgens wachte sie gerädert auf. Bernd wollte Herbert die Meinung sagen, aber Carola hielt es für besser, diesen Kerl nicht weiter auf sie aufmerksam zu machen. Auch so spürte sie jeden Tag, wenn sie mit dem Fahrrad an seinem Grundstück vorbeifuhr, diesen Blick, der sie abtastete. Sie glaubte, Herbert hinter der Gardine zu sehen. Sah ihn hinter der Hecke lauern. Wirklich stand er dreimal am grünen Hoftor und sah sie an, mit diesem durchdringenden Blick. In Carola verspannten sich alle Muskeln und sie trat in die Pedale, als sei der Teufel hinter ihr her.

Am Sonntagabend fütterte sie wie immer die Kaninchen. Als sie den letzten Stall schloss und sich zum Gehen wandte, stand er hinter ihr. Sie hatte ihn nicht kommen gehört. Lautlos wie eine Katze war Herbert hinter sie getreten. Sie schrie. Ein Glitzern lief über sein Gesicht. Ihre Reaktion gefiel ihm. Dann schimpfte sie los. »Das kann ja wohl nicht wahr sein! Mach, dass du von hier verschwindest!« Mit jedem Wort wurde Carola lauter. Sie schrie die Angst aus sich heraus. Doch Herbert bewegte sich nicht. All der Lärm prallte an ihm ab. Er sah sie an, grinste und bewegte sich keinen Zentimeter zurück. Carolas Geschrei hatte Bernd angelockt. Wütend ging dieser auf Herbert los. Mit erhobenen Fäusten schrie er ihn an: »Mach dich von meinem Hof. Du hast hier nichts verloren! Und lass Carola in Ruhe, sonst …« Drohend schwang er die Rechte. Da drehte der schwarzhaarige, untersetzte Mann sich langsam um und ging ruhig vom Grundstück, als habe er nur ein Paar Brotscheiben für die Hühner vorbeigebracht. Nun war es Bernd, der sich nicht mehr beruhigen konnte, beruhigen wollte. »Die Polizei hetze ich ihm auf den Hals. Gleich nachher sage ich dem ABV Bescheid! Es kann doch nicht sein, dass der überall einfach hingehen und die Leute erschrecken kann. Der gehört wieder eingesperrt. Ich verstehe sowieso nicht, wieso der auf freiem Fuß ist.«

Als Bernd vom ABV zurückkam, sah er ernüchtert aus. »Und? Was hat er gesagt?«, fragte Carola erwartungsvoll. Bernd zuckte hilflos mit den Schultern. »Da kann man nichts machen. Der hat den Paragraph 51[2].« Carola wurde wütend. »Aha! Und deshalb kann er machen, was er will?« – »Sieht so aus.« Bernd atmete resigniert aus. »Dieter hat mir erzählt, der stand schon mal mit einem Messer hinter ihm.« Carola sah ihn entsetzt an. »Wie bitte?« – »Ja, Dieter war gerade dabei, Futter mit der Sense zu machen – drüben am Dorfrand, da war ihm, als ob jemand hinter ihm stünde. Er drehte sich um. Und da war Herbert. Er hatte ein Messer in der Hand und sah ihn so komisch an. Ganz anders ist ihm geworden, dem Dieter. Aber dann hat er die Sense geschwungen. Die ist ja nun mal länger als so ein Messer. Und da ist Herbert dann weggegangen.« – »Und die Polizei hat nichts gemacht?« Carola spürte, wie der Ärger ihr die Kehle zuschnürte. »Nee, Heidi hat die Polizei und das Kreisgesundheitswesen angerufen. Die hat in der Buchhaltung ja ein Telefon. Aber nichts. Es passiert nichts!«

In dieser Nacht schlief Carola noch schlechter. Sie träumte von Herbert, der mit einem Messer neben ihrem

Bett stand. Schweißgebadet wachte sie gegen ein Uhr auf und schlief nicht wieder ein. Auf der Arbeit lachten die Kollegen. »Na, du scheinst ja tolle Nächte zu haben. Was macht denn der Bernd mit dir? Er sollte wirklich mehr Rücksicht auf uns nehmen. Du bist ja kaum noch zu gebrauchen.« Carola verzog nur säuerlich den Mund. Aber zugeben, dass sie wegen dieses Irren schlecht schlief, das wollte sie auch nicht. ›Und nachher muss ich wieder an seinem grünen Zaun vorbei!‹, dachte sie verbittert. Gab es denn keinen anderen Weg zur LPG? Doch! Ihr fiel ein, wenn sie um das Feld vom alten Müller herumfuhr und dann hinter den Höfen entlang, dann konnte sie dieses verfluchte Grundstück vermeiden. Aber das war ein Umweg von gut zwanzig Minuten. »Egal«, sagte sie sich. »Hauptsache, ich muss da nicht mehr vorbei.« Die nächsten Tage stand sie zwanzig Minuten früher auf. Das war ungewohnt, aber sie fühlte sich besser. Nachdem sie drei Wochen den neuen Weg gefahren war und nicht mehr an Herberts Haus vorbei kam, schlief sie wieder ruhiger. Herbert selbst war auch nicht noch einmal auf ihrem Hof aufgetaucht. Carola entspannte sich langsam. Vielleicht hatten sie ihn weggesperrt, vielleicht ließ er sie einfach in Ruhe. Die Türen schloss sie trotzdem sorgsam ab.

Zwei Monate später kursierte im Dorf das Gerücht, Herbert sei zur Kur. Carola atmete auf. Sie fuhr mit dem Fahrrad wieder ihren alten Weg, den kürzeren, an Herberts Haus vorbei. Selbst den Kollegen fiel auf, dass sie entspannter war. Das Leben ging seinen gewohnten Gang – bis zu jenem Donnerstag. Bernd war einige Tage auf Schulung der VdgB in der nahe gelegenen Kreisstadt.

Carola war daher allein im Hause. Das beunruhigte sie. Obwohl sie wusste, dass von dem abwesenden Herbert keine Gefahr ausgehen konnte, fühlte sie sich unwohl, besonders wenn sie daran dachte, nachts allein zu sein. Aber Bernd würde morgen wiederkommen. Es war also nur eine Nacht.

Erst hatte sie vor, alle Lampen brennen zu lassen. Das gab ihr ein Gefühl der Kontrolle. Sie konnte alles gut sehen. Niemand hatte die Möglichkeit, unbemerkt an sie heranzukommen. Leider galt das auch für den Schlaf. Durch das Licht fand sie einfach keine Ruhe. Sie versuchte, auf allen Seiten einzuschlafen: links, rechts, auf dem Bauch, auf dem Rücken, sogar in Bernds Betthälfte. Nichts half. Müde war sie, ohne Frage. Aber schlafen konnte sie bei dem Licht eben nicht. Endlich raffte sie sich auf und schaltete das Licht aus. Sofort merkte sie, wie sich die Träume ankündigten. Beruhigt schloss sie die Augen.

Wie lange und ob sie überhaupt geschlafen hatte, konnte sie später nicht sagen. Irgendeine Unruhe weckte sie. Das Gefühl, nicht allein im Zimmer zu sein. Noch hatte sie die Augen nicht geöffnet. Sie überlegte sogar, ob sie sie überhaupt öffnen sollte. Aber dann reagierte der Körper doch ohne ihr Zutun. Und da stand in der Tür, als Schattenriss erkennbar, die allzu bekannte Statur: mittelgroß, kräftig. Herbert war in ihrem Schlafzimmer! Carola war mit einem Satz aus dem Bett. »Jetzt reicht's!«, schrie sie in ihrem Schrecken überlaut. »Ich rufe die Polizei!« Der Schatten stand unbewegt, so wie er sonst auch einfach dagestanden und sie angestarrt hatte. Carolas Augen gewöhnten sich an die Dunkelheit.

Sie sah die Augen, die auf ihrem Nachthemd ruhten. Ihr wurde heiß. Sie hatte ja quasi nichts an! Jetzt konnte hier alles Mögliche passieren. Wie sollte sie sich nur helfen? Und dann schrie sie. Sie schrie das halbe Dorf zusammen. Schon bellten nebenan die Hunde. Licht ging bei den Nachbarn an. Herbert bewegte sich nicht, sah nur sie. Als Stimmen laut wurden, drehte er sich gemächlich um und ging, als mache er einen Sonntagsspaziergang, hinaus. Carola stand starr. Endlich trafen die Nachbarn ein. Als Ingrid ihr beruhigend den Arm um die Schulter legte, löste sich die Starre. Carola zitterte und schluchzte, ihr bleiches Gesicht war tränennass. Ingrid gab ihr ein Taschentuch. Dann kam die Polizei, die Ingrids Mann angerufen hatte. Carola schilderte kurz den Vorfall. Man untersuchte das Schloss und stellte fest, dass das Haus zwar verschlossen gewesen, Herbert aber ohne weiteres eingedrungen war. »Das dürfte reichen!«, beruhigte Ingrid die verängstigte Frau. »Jetzt nehmen sie ihn mit.« – »Und für wie lange?«, fragte Carola. »Der ist doch in null Komma nix wieder da!« Sie holte Luft. »Ich will hier weg. Wenn der nicht wegkommt, dann muss eben ich gehen!« Ingrid sah sie entgeistert an. »Das geht nicht! Du kannst hier nicht alles stehen und liegen lassen. Warte nur ab. Der Morgen ist klüger als der Abend. Morgen früh sieht alles schon viel besser aus.« Sie überlegte einen kurzen Augenblick. »Ich bleibe heute Nacht hier. Du solltest jetzt wirklich nicht alleine sein.« Carola sah sie dankbar an.

Die Reaktion auf den nächtlichen Besuch seitens der Behörden war einfach: »Herbert bleibt im Dorf. Für ihn gilt Paragraph 51, und er wird als harmlos eingestuft. Seine nächtlichen Besuche mögen unangenehm sein, aber verletzt wurde niemand.«

Bernd tobte, als er das hörte. Von Carolas Idee, wegzuziehen, hielt er natürlich nichts. »Ich habe hier meine Arbeit, eine gute Arbeit. Du übrigens auch. Wir haben unser Haus hier, unser Viehzeug. Und nur wegen diesem Knallkopp alles aufgeben? Dann hätte der ja gewonnen! Nee, da mach ich nicht mit.« Carola presste die Lippen aufeinander. »Hinter dir ist er ja auch nicht her!«, quetschte sie hervor. Bernd nahm sie in den Arm. »Ich pass auf dich auf.« – »Das hab ich gemerkt«, erwiderte sie trocken. »Herrgott noch mal!« Hilflos hob Bernd die Arme zum Himmel. »Kann man denn ahnen, dass er ausgerechnet dann zurückkommt, wenn ich weg bin?« Carola sah ihm ernst in die Augen. »Genau! Kannst du garantieren, dass er nicht wiederkommt, ausgerechnet, wenn du weg bist?« Bernd atmete tief ein und aus. »Und weg musst du ja doch immer mal«, beharrte sie. »Du musst zu diesen leidigen Schulungen. Glaubst du, jemand wird sagen: Oh, der Herr Zimmermann, der kann an der Schulung nicht teilnehmen, der muss auf seine Frau aufpassen?« Bernd schüttelte traurig den Kopf. »Vielleicht kannst du dann bei Ingrid schlafen? Oder sie kommt für die eine Nacht zu uns?« Carola ließ sich in den Schaukelstuhl fallen und dachte darüber nach. Auch sie wollte das Dorf und ihr Grundstück nicht verlassen. »Wir denken einfach beide noch mal darüber nach«, schlug Bernd vor. Dann stützte er sich auf beide Armlehnen, beugte sich zu Carola und gab ihr einen Kuss.

Auch dass am nächsten Abend das Wohnzimmerfenster klirrte, ein Stein an Carolas Kopf vorbei sauste und in die Vitrine dahinter einschlug, änderte an der Haltung der Behörden nichts. Herbert war kein gemeingefährlicher Mensch, seine Mutter wohnte in dem Dorf. Sie war rüstig genug, sich um ihren Sohn zu kümmern. Daher würde er dort bleiben. Keine weitere Diskussion.

In den Morgenstunden des 17. August 1969, einem Sonntag, wurden wir in ein kleines Dorf im südlichen Teil des Bezirkes Halle gerufen. Wir machten uns sofort auf den Weg und waren schon kurze Zeit später da. Der Ereignisort war ein Vierseitenhof mit Nebengelassen und Scheune und einem aus Feldsteinen gepflasterten Innenhof. Gras wuchs zwischen den Ritzen hervor, vor der Scheune stand ein leerer Wagen. Am Hoftor empfingen uns der zuständige Leiter der Kriminalpolizei, ein Kriminaltechniker des Volkspolizeikreisamtes und der ABV des Ortes. »Das sieht ganz schön schlimm aus«, sagte der Kriminaltechniker. »Da führen große, rötliche Spuren von der Haustreppe rein, über den Hausflur, die Holztreppe rauf, bis in den ersten Stock. Eine ganz schöne Sauerei. Na, schaut es euch selbst an.« Schon beim Näherkommen waren die beschriebenen Spuren unübersehbar. Rein visuell war für mich klar, dass diese Spuren aus Blut bestanden. Ich konnte natürlich nicht wissen, ob menschliches oder tierisches Blut hier eine Rolle spielte. Aber Recht hatte der Kriminaltechniker. Jemand hatte hier ganz viel Blut verloren oder verteilt. Es konnte sich um einen bösen Streich handeln. Es war schon vorgekommen, dass jemand mit Schweineblut eine Straftat vorgetäuscht hatte. Wir mussten unvoreingenommen alles überprüfen. Ich wollte gerade die drei Stufen ins Haus hinein nehmen, als Johannes mich beiseitenahm. Johannes war unser eigener Kriminaltechniker, den wir von Halle mitgebracht hatten. Er war während meines Gespräches mit Fotoaufnahmen des Innenhofes beschäftigt. Dabei hatte er sich einen Überblick verschafft. Leise und für die anderen unhörbar sagte er: »Die Blutspuren gehen über den Hof zum Durchgang an der Scheune. Wahrscheinlich sogar darüber hinaus. Das sollten wir nachher überprüfen.« Dieses Detail war außer Johannes niemandem aufgefallen. Ich sah nach dem ABV und dem Leiter der Kripo. Ordnungsgemäß sperrten sie den Tatort nach unserem Eintreffen ab. Keiner außer uns durfte ihn betreten. Auf diese Weise blieben die Spuren »sauber«.

Wir begannen mit der Spurensicherung im Haus. Der gesamte Weg vom Hauseingang bis zur Schlafzimmertür wurde fotografisch und durch spurensichernde Maßnahmen dokumentiert. Die rötliche Substanz, das Blut, fand sich überall. Wie der Kriminaltechniker gesagt hatte, führte es durch den Hausflur, die hölzerne Treppe hinauf ins erste Obergeschoss. Das Schlafzimmer war der eigentliche Tatort. Diesem wollte ich mich jetzt zuwenden, als Johannes erneut an mich herantrat. Er zeigte mir eine Blutspur von der Schlafzimmertür weg zu einer weiteren Tür auf diesem Flur. Auf den Dielen waren zum Teil kreisrunde Auflagerungen rötlicher Substanz. Aber auch solche, deren Ränder aufgerissen waren und dünne Spritzer nach allen Seiten zeigten, waren vorhanden.

Diese Spuren mussten also in flüssiger Form aus einer bestimmten Höhe auf die Spurenträger aufgeschlagen sein. Zu unserem Erstaunen fanden wir gleichartige Hinweise zu einer dritten Tür auf diesem Flur. Was war hier nur in der letzten Nacht geschehen? Um wessen Blut handelte es sich? Ich musste mich gedulden, denn es gilt immer, systematisch vorzugehen – Schritt für Schritt. Endlich wandte sich die Spurensicherung dem Schlafzimmer zu.

Weil das einzige Fenster dieses Raumes mit einem Faltrollo abgedunkelt war, lag der Raum im Halbdunkel. So konnte man kriminaltechnisch natürlich nicht arbeiten. Wir brauchten Licht. Als das Rollo hochgezogen war und zusätzlich eine Deckenleuchte eingeschalten wurde, bot sich uns ein grausiger Anblick: Das Schlafzimmer ähnelte einem Schlachtfeld. Die Zimmerwände links und rechts des Ehebettes wiesen großflächig Blutspuren in Form von Spritzern auf. Der Fußboden links und rechts neben dem Ehebett war von Blutlachen bedeckt. Kopfkissen, Federbetten und Laken waren großflächig blutverschmiert. Wie konnte jemand nur so bestialisch wüten? Während eine männliche Leiche rechts neben dem Bett auf dem Fußboden lag, fanden wir eine tote Frau auf der linken Körperseite mit über den Bettrand geneigtem Oberkörper liegend, blutüberströmt vor. Der Mann war ebenfalls blutüberströmt.

Ein Kampf hatte definitiv stattgefunden. Die Frau hatte sich gewehrt, wie die Schnittspuren an ihren Händen bewiesen. Sie hatte versucht, sich aufzurichten, sich aber in der Decke verfangen. Diese lag halb um ihre Beine gewickelt, halb am Boden. In erreichbarer Nähe des Bettes, rechts neben der Zimmertür befand sich der Lichtschalter. Auch er war blutig. Neben ihm an der Wand sicherten wir in Blut gegriffene Hand- und Teilfingerabdrücke. Nach Lage der Frau erschien es als möglich, dass sie mit bereits verletzten Händen versucht hatte, das Licht einzuschalten. Zwischen Bett und Wand waren nur etwa vierzig Zentimeter Platz. Wenn sie diesen Versuch ernsthaft unternommen hatte, bedeutete das, dass der Täter im Dunkeln gehandelt hatte.

Johannes machte gerade detaillierte Fotoaufnahmen des Schlafzimmers und der Mordopfer, als vom Institut für Gerichtliche Medizin der Martin-Luther-Universität Halle zwei Rechtsmediziner ankamen. Der Leiter der Kripo hatte sie bereits bei unserem Eintreffen angefordert. Sie sollten vor Ort eine Leichenschau vornehmen, um die Opfer im Gesamtzusammenhang mit dem Tatort in Augenschein zu nehmen. Die Beurteilung der Position der Leichen ermöglicht manchmal tiefere Einblicke in den Tathergang als ihre bloße Obduktion. »Na, das sieht übel aus«, kommentierte einer der beiden den Schauplatz. »Raubmord?«, fragte er in die Runde. »Dafür haben wir bisher keine Anhaltspunkte«, erwiderte ich. »Könnte eine Beziehungstat sein.« Dann machten sie sich an ihre Untersuchung. »Die Lage der Wischspuren lässt vermuten, dass der oder die Täter im Dunkeln angegriffen haben.« Damit wurde meine Annahme bestätigt. »Mannomann, so viele Stichverletzungen«, sagte nach einer Weile der Mediziner. »Kein Wunder, dass hier so viel Blut ist. Lange können die sich nicht gewehrt haben. Bei dem starken Blutverlust verliert man schnell das Bewusstsein.« – »Wo kann die Sektion durchgeführt werden?« Der Leiter der Kriminalpolizei des nahe gelegenen Ortes schlug vor: »Das Krankenhaus Laucha-Dorndorf ist, denke ich, das nächste.« Der ABV nickte. »Gut, ich leite den Abtransport der Leichen in die Wege und kläre das mit dem Krankenhaus.« Die Gerichtsmediziner schlugen den folgenden Tag für die Sektion vor. »Wenn es da in Laucha keine Einsprüche gibt, veranlasse ich auch das.« Nach einem Telefonat war alles geklärt. Die Sektion wurde auf den nächsten Tag in der Leichenhalle des entsprechenden Krankenhauses anberaumt.

Eines wussten wir nach der Tatortarbeit und den sofort durchgeführten Ermittlungen mit Bestimmtheit: Zumindest ein Täter hatte sich bei der äußerst brutalen Tat eine Verletzung zugezogen. Möglicherweise war es der Kampf mit der Frau gewesen, bei dem sich einer der Täter so stark geschnitten hatte, dass er die zahlreichen Blutspuren außerhalb des Tatortes hinterließ. Von den Opfern hatte es keines mehr aus dem Schlafzimmer herausgeschafft. Und die Tat hatte auch ohne jeden Zweifel in diesem Raum ihren Anfang genommen. Es war daher auszuschließen, dass das sichergestellte Blut im Flur und im Treppenhaus sowie auf dem Hof von den Opfern stammte. Dem Massaker nach zu urteilen, das die Eheleute im Schlaf überrascht hatte, konnten wir einen Streich mit Schweineblut wohl auch ausschließen – obwohl der medizinische Beweis noch ausstand. Es war demnach die Spur des Mörders, die quer über den Hof zur Scheune führte.

Dieser Spur wandten wir uns nun zu. Die im Freien festgestellte Spurenlage ließ sich am besten mit einem Fährtenhund verfolgen. Daher forderten wir eine dieser Spürnasen an. Eine entsprechende Hundestaffel war zu dieser Zeit in Halle stationiert und hatte mit ihren Fährtenhunden oft zur Ergreifung von Tätern beigetragen. Am Nachmittag traf der Hundeführer samt Begleiter auf vier Pfoten ein. Johannes, unser Kriminaltechniker, erklärte dem Führer, was er vorgefunden hatte. Zunächst gingen alle zum Haus, dann zeigte er die »saubere« Spur in Richtung Scheune. Sie diente als Fährtenansatz. Der Hund nahm die Spur sofort auf. Er arbeitete zügig. Außerhalb des Hofes angekommen, überquerte er die Dorfstraße. Zielgerichtet steuerte er auf einen weiteren Bauernhof zu, der sich auf der gegenüberliegenden Straßenseite befand. Vor der grünen, hölzernen Haustür legte sich der Hund ab. Hinter Hund und Führer folgte in gehörigem Abstand der ABV. »Da wohnt Herbert K. mit seiner Mutter«, klärte er uns auf. »Der sorgt hier regelmäßig für Unruhe.« Erstaunt sahen Johannes und ich uns an. »Was macht er denn für Ärger?«, fragte ich. »Herbert hat den Paragraph 51. Er ist nicht ganz richtig.« Mit der Hand deutete er eine Scheibe vor seinem Gesicht an. »Ist er denn gewalttätig?«, fragte Johannes. »Wenn man vom Erschrecken der Dorfbewohner absieht, eigentlich nicht.« – »Also keine tätlichen Angriffe bisher?« Der ABV schüttelte den Kopf. »Er taucht nur unvermittelt in fremden Wohnungen auf. Ansonsten weiß ich von nichts.« Der Leiter der Kripo klingelte. Man hörte von drinnen die Glocke – einen Dreiklang. Dann geschah eine Weile nichts. Endlich hörten wir Schritte über den Hof tappen. Es mussten kleine Schritte sein, denn wir hörten das Tappen kurz hintereinander. Endlich wurde an der Tür herumgefummelt. Im Türrahmen erschien eine ältere Frau. »Ja?« Sie sah zuerst den Polizisten in Uniform an, dann den Hund, der friedlich vor ihrem Tor lag, aber dennoch aufmerksam lauschte und beobachtete. »Was ist denn hier los?«, fragend betrachtete sie den Rest der MUK. Wir überließen es dem ABV, die Situation zu klären. Schließlich kannte die Frau ihn und würde ihm so auch mehr Vertrauen schenken als uns. »Wir möchten Herbert sprechen. Es geht um die Klärung eines Sachverhalts.« – »Da ist doch was passiert«, mutmaßte sie. Selbstverständlich war etwas passiert, sonst stehen keine Polizisten mit Fährtenhund vor der eigenen Haustür. Aber es war auch eher eine Bitte um Erklärung an den ABV. »Drüben bei Dieter und Heidi, da ist letzte Nacht was passiert. Na und weil ihr ja quasi gegenüber wohnt, wollten wir den Herbert fragen, ob er was gesehen hat.« – »Die können doch auch mich fragen«, bemerkte die Mutter mürrisch. »Das werden sie auch noch, keine Sorge.« Der ABV hatte die Hände hinter dem Rücken verschränkt und beugte sich zu der kleineren Frau hinab wie ein Lehrer zu einem Schüler. »Aber jetzt wollen sie eben erst mal mit Herbert reden.« Hilflos hob die Frau die Schultern. »Na, dann müsst ihr eben mal nachschauen«, duzte sie uns. »Im Haus ist er jedenfalls nicht. Vielleicht oben, bei den Tauben.« Sie nickte mit dem Kopf in Richtung Stall. Mein Blick folgte dieser Geste. Vis-à-vis an einem Stallgebäude stand eine Tür halb offen. Von dort führte eine Treppe nach oben. Der ABV nickte einem weiteren Kriminalisten zu. Dann gingen beide hinüber und stiegen die Treppe hinauf. Die Mutter blieb währenddessen bei uns stehen und beobachtete ebenso wie wir den Aufgang. Kurz danach hörten wir einen Wortwechsel. Besorgt sah die Mutter hinauf zu einem kleinen Fenster im Dach, als ob sie dort hineinsehen und verfolgen könnte, was drinnen geschah. Da die Stimmen laut und schroff wurden, ging ich davon aus, dass Herbert K. nicht mitgehen wollte. Dann gab es ein Poltern. Endlich sahen wir die Schuhe des Kriminalisten, anschließend Hoflatschen und danach die geputzten Schuhe des ABV. Alle traten auf den Hof hinaus. Herbert K. stand leicht gebeugt und misstrauisch um sich schauend zwischen den beiden offiziellen Personen.

»Mutti, die wollen mich mitnehmen«, rief er entrüstet zu der alten Frau hinüber. »Ich bin doch mit den Tauben noch gar nicht fertig. Sag denen, dass ich erst die Tauben fertig machen muss!«, verlangte er mit der Sturheit eines launischen Kindes. Doch die Frau sagte nichts, sah nur verbittert die Polizisten an. Der ABV ging zu ihr und sprach in beruhigendem Tonfall: »Es geht nur um die Klärung eines Sachverhalts. Wir nehmen ihn kurz mit.« Die Bäuerin gab kein Zeichen des Einverständnisses. Sie schaute ihren Sohn an und presste die Lippen aufeinander. Dann bewegte sich der ganze Tross von dem Gehöft. Die Frau blieb am grünen, hölzernen Hoftor zurück.

»Hast du gehört, was bei Dieter und Heidi los ist?« Aufgeregt kam Ingrid in den Stall. Carola stützte sich an der Flanke der Kuh ab, als sie unter dem Tier hervorkam. Sie stellte den Eimer beiseite und richtete sich auf ihrem Melkschemel auf. »Als ich heute früh auf Schicht gefahren bin, war alles ruhig«, wunderte sich die junge Frau. »Die Polizei ist da«, erklärte Ingrid mit großen Augen, »und der Hof ist abgesperrt.« Carola wurde blass. »O mein Gott, dann war das doch was Ernstes!« Ingrid sah Carola überrascht an. »Na ja, Peters Susi, die kam heute etwas vertrödelt zur Arbeit. Sie war gestern mit ihrem Freund tanzen gewesen, obwohl sie die Frühschicht hatte. Sie wollte gleich durchmachen. Egal. Jedenfalls erzählte sie mir vorhin, dass sie bei Dieter Licht gesehen hat. Das war auf ihrem Heimweg. Sie meinte, dass sie den Dieter mit der Taschenlampe hat rumfunzeln sehen. Sie dachte: ›Wahrscheinlich ist 'ne Sicherung raus.‹ Sie hat sich nur gewundert, warum der nachts um eins an den Sicherungen schraubt. Um die Zeit braucht kein normaler Mensch Strom, aber wer weiß.« Sie schwieg. »Und nun ist der Hof abgesperrt, sagst du?« Ingrid nickte. »Die Susi muss zur Polizei. Sie muss das denen sagen! Los, ich suche sie!« Mit dem Melkschemel um die Hüften eilte Carola los.

»Ja, die Spur führte direkt zum Haus des Verdächtigen«, hörte ich den Leiter der MUK am Telefon bestätigen. »Es ist die rechte«, fuhr er fort. »Ja, verbunden und blutig.« Er sprach offenbar von der rechten Hand von Herbert K. Bei der Zuführung des Mannes war uns der Verband an der rechten Hand aufgefallen. Alles passte ins Bild: Die Blutspur, die direkt zu seinem Haus führte, die Tatsache, dass gemäß der gesicherten Spuren einer der Täter verletzt war und dass Herbert K. nun auch noch eine Verletzung der rechten Hand aufwies. Die Obersten am anderen Ende der Leitung sahen das anscheinend ebenso, denn es wurde sofort eine Hausdurchsuchung angeordnet, wegen »Gefahr im Verzuge«, wie es damals hieß. Die Kriminalisten machten sich sofort auf den Weg. Zwei Stunden später waren sie mit eindeutigem Beweismaterial zurück: In einem Backofen hatten sie eine blutverschmierte Taschenlampe gefunden. Dabei lag ein Paar ebenfalls blutverschmierter Herrenschuhe. Diese wurden zur kriminaltechnischen Untersuchung geschickt, doch allein die Indizien wiesen auf Herbert K. als Täter. Im Taubenschlag, in dem auch die Festnahme erfolgt war, lag eine Vielzahl original verpackter Medikamente zur therapeutischen Behandlung von Nervenleiden. Es schien möglich, dass Herbert K. die verschriebenen Arzneien schon über einen längeren Zeitraum nicht mehr eingenommen hatte. Nun überschlugen sich die Ereignisse. Eine junge Frau, die am 17. August 1969 gegen ein Uhr vom Tanz kommend mit ihrem Freund am Tatgrundstück vorbeilief, sah mehrfach sich bewegende Lichtscheine, die ihrer Meinung nach nur von einer Taschenlampe herrühren konnten.

Die alte Schule des Ortes beherbergte die örtliche Bibliothek. Nun war sie jedoch in unsere Einsatzzentrale umgewandelt worden. Herbert K. wurde in den großen Raum gebracht. Er musste sich an einen Schreibtisch setzen, auf dem (einem anderen Stuhl zugewandt) die obligatorische Schreibmaschine stand. Vom Leiter der MUK erhielt ich den Auftrag, den Tatverdächtigen zu vernehmen. Mein Bauchgefühl sagte mir, dass wir auf der richtigen Fährte waren. Der Tatort war so grässlich, ließ auf so unglaubliche Brutalität und Gewalt schließen, dass ich schon im Haus der Opfer gedacht hatte: »Das kann nur ein Irrer gemacht haben.« Eine Orgie aus Blut, eine Lust am Verletzen, am Matschen mit Blut, eine Lust an der Qual anderer. Nur wer so dachte, konnte dermaßen bestialisch gegen seine Opfer vorgehen. Ich nahm hinter der Schreibmaschine Platz und betrachtete mein Gegenüber. Ließ sich aus seiner Körperhaltung, aus seiner Mimik, Gestik auf diese Bestie schließen? Vor mir saß ein achtundvierzigjähriger Mann von mittlerer, kräftiger Statur und dunklen, kurzen Haaren. Sein Blick wirkte unstet und verwirrt. Aber so schauten Personen öfters, die »zur Klärung eines Sachverhaltes« mitgenommen wurden. Seine rechte Hand war bis an die Fingerspitzen unter einem dicken, etwas durchgebluteten Verband verborgen. Ich begann mit dem obligatorischen »Kennenlernen«. Dazu nahm ich seine Personalien auf und klärte Daten, die mir vom ABV schon bekannt waren. »Sie sind Rechtshänder?« Der Blick des Mannes schweifte durch den Raum. Als er endlich »Ja« sagte, sah er mich dabei nicht an. Auch die anderen Antworten kamen gedehnt oder waren merkwürdig einsilbig. Ich hatte den Eindruck, dass er etwas »abwesend« war. Deshalb wollte ich nun von ihm wissen: »Haben Sie meine Fragen verstanden? Konnten Sie mir folgen?« Er antwortete: »Ich folge immer.« Mich befremdete diese Antwort natürlich, doch ich machte weiter. »Was ist mit Ihrer Hand geschehen?« – »Ich habe mich gestern Abend beim Brotschneiden geschnitten.« Das war völlig abwegig. Wie sollte sich ein Rechtshänder in die rechte Hand schneiden? Die Vernehmung brachte keine weiteren Ergebnisse und wurde bald beendet. Wir zogen einen Arzt hinzu, der sich die Schnittwunden ansah. An Zeige- und Mittelfinger fanden sich zwei tiefe, scharfkantige, schräg verlaufende Schnittwunden. Der Arzt behandelte die Verletzungen fachgerecht. Noch einmal fragte ich nach der letzten Nacht, fragte nach dem Doppelmord. Der Verdächtige machte keinerlei Aussagen. Schließlich wurde ein Haftbefehl beantragt und der Beschuldigte in ein Haftkrankenhaus verbracht. Die Beweise, welche die Kriminalisten während der Hausdurchsuchung auf dem Grundstück von Herbert K. sichergestellt hatten, sowie die Verletzungen und der absurde Grund, den der Verdächtige dafür genannt hatte, rechtfertigten die Inhaftierung.

Die Ermittlungen zu den Opfern ergab, dass es sich um Heidi und Dieter S. handelte. Die Obduktion erfolgte am 18. August. Als Todesursache stellten die Gerichtsmediziner fest, dass beide verblutet waren. Heidi S. war mehrfach in Herz und Lunge gestochen worden. Bei ihrem Mann hatte der Täter die Halsschlagader und andere Blutadern durchtrennt.

Was wir zum familiären Umfeld der Opfer ermittelten, ließ uns an ein Wunder glauben: Die Eheleute waren über vierzig Jahre alt und lebten gemeinsam mit ihren beiden erwachsenen Kindern auf dem Hof. Der achtzehnjährige Sohn befand sich auf einer Urlaubsreise und wurde dort von dem tragischen Geschehen zu Hause informiert. Die dreiundzwanzigjährige verheiratete Tochter war an dem verhängnisvollen Abend mit ihrem Mann und der vierjährigen Tochter zu Gast bei den Schwiegereltern in der Kreisstadt. Keiner von uns wollte sich ausmalen, was geschehen wäre, wenn alle Bewohner des Bauernhofes in der Nacht des 17. August zu Hause gewesen wären! Ihnen gehörten die Zimmer, zu denen die Blutspuren auf dem Flur weitergeführt hatten. Unsere Tatortarbeit hatte ergeben, dass sogar das Deckbett des kleinen Mädchens Blutspuren aufwies. Für mich stand felsenfest: Wären diese Personen im Hause gewesen, der Täter hätte auch sie ermordet. Gezielt gesucht hatte er nachweislich nach ihnen. Ebenso war es mit dem Zimmer des Achtzehnjährigen. Auch zu ihm führte eine blutige Spur. Demnach hatte der Täter mit seiner bereits verletzten Hand auch bei ihm nachgesehen, ob er zu Hause wäre.

Carola zog den dicken Anorak an. Es war der Abend des 5. November 1969. »Bist du fertig, Bernd?«, rief sie ins Bad. »Die Versammlung geht gleich los!« Bernd kam lachend auf den Flur. »Normalerweise warten die Männer auf ihre Frauen. Bei uns beiden ist das umgekehrt.« – »Tja, Ausnahmen bestätigen die Regel«, erwiderte Carola schnippisch. »Brauche ich eine Krawatte?«, fragte er. »Es ist eine Einwohnerversammlung und keine Parteiversammlung. Wir können froh sein, wenn keiner mit den Stallklamotten kommt.« Lachend griff Carola nach dem Schlüssel. Als sie den Gemeinderaum betraten, war es schon ziemlich voll dort. Carola sah Ingrid und Karl in der vorletzten Reihe. Sie wiesen auf zwei leere Plätze neben sich. »Nun kommt endlich!«, rief Ingrid. »Es war schwer genug, die Plätze freizuhalten. Hier wollte schon das halbe Dorf sitzen!« Lächelnd nahmen beide Platz. Kurze Zeit später traten ein Polizist und jemand in einem Anzug vorn an die ersten Tische. Ruhe trat ein. »Vielen Dank«, sagte der

Uniformierte, »dass Sie zu der Einwohnerversammlung gekommen sind.« Alle schauten erwartungsvoll nach vorn. »Wir haben Sie heute Abend hier zusammengerufen, um Sie über das Ergebnis der Tatverfolgung bezüglich des Doppelmords an Ihren Mitbürgern zu informieren.« Die Stille im Raum war so laut, dass es Carola in den Ohren wehtat. Alles Lächeln und Scherzen war aus den Gesichtern verschwunden. Versteinerte Mienen sahen nun nach vorn zum Leiter der MUK und einem Vertreter der Staatsanwaltschaft. Jeder der Anwesenden erinnerte sich an das Grausen, als sie von dem schrecklichen Blutbad hörten. Und jeder dachte wahrscheinlich auch mit Abscheu, Wut oder Angst an Herbert K. Wie oft hatten sie das Kreisgesundheitswesen informiert, dass dieser Psychopath wieder jemanden belästigt hatte. Und immer hatte es geheißen, der Mann sei harmlos. Alle hatten gewusst, dass er das nicht war. »Und die Heidi, die bei der Polizei angerufen hat, die hat er umgebracht!«, flüsterte Ingrid mit Verbitterung in Carolas Ohr. Sie dachte also dasselbe. Alle warteten nun auf die Gerichtsverhandlung, auf eine Verurteilung. Schon oft hatten die Dorfbewohner über das Strafmaß diskutiert. Am Stammtisch, nach einigen Runden Bier, hatten die Männer die Todesstrafe gefordert. Was hatte der Staat also entschieden? »Wir müssen Ihnen mitteilen, dass es nicht zu einer Gerichtsverhandlung kommen wird.« Empörung! Gemurmel ging durch den Saal. »Soll der etwa wieder ungeschoren davonkommen?«, rief der Schichtleiter aus der rechten Ecke. »Erzählt mir bloß nichts mehr vom Paragraph 51 und dass man ihn strafrechtlich nicht zur Verantwortung ziehen kann! Der gehört weggesperrt! Für immer!« Das war der dicke Hans-Dieter. Sein Bass war unverkennbar. Der Polizist räusperte sich. »Nun, in gewisser Weise ist er weg, für immer.« Augenblicklich trat wieder Ruhe ein. »Der Beschuldigte Herbert K. ist Mitte September an einer Herzschwäche verstorben.« Ausatmen. Stille. Kein Wort. Allen verschlug es die Sprache. Carola fühlte, wie sich in ihrem Inneren etwas sehr Schweres löste. Auf einmal konnte sie freier atmen. Herbert war tot, war weg. Nie wieder würde er nachts neben ihrem Bett stehen. Sie musste husten. »Wie, an einer Herzschwäche?«, fragte der Bass von Hans-Dieter. »Mehr können wir dazu nicht sagen. Nur eines noch: Es steht zweifelsfrei fest, dass Herbert K. der Täter ist.«

Am nächsten Tag läuteten die Glocken nicht. Auch eine Predigt gab es für die Urnenbeisetzung am 6. November 1969 nicht. Herbert K. wurde in aller Stille auf dem Friedhof des Dorfes beigesetzt, in dem er so viel Unruhe gestiftet hatte. Die Grabstätte der Mordopfer befindet sich auf demselben Friedhof. Sie wird auch nach über vierzig Jahren noch liebevoll gepflegt, vielleicht von Carola, die ihren Heimatort nicht verlassen musste, vielleicht von der Enkeltochter des ermordeten Ehepaars, die heute weiß, dass ihr Leben in der Nacht des 17. August 1969 durch eine glückliche Fügung verschont wurde – anders als das ihrer Großeltern.

Trotz intensiver Ermittlungen zum Motiv dieser Straftat konnte dieses nie aufgedeckt werden.

Der Makronenmord

Rhythmisch glitten die Laternen am Abteilfenster vorüber. Rhythmisch stießen die Schienen den Waggon. Die Fenster waren beschlagen. Wer sehen wollte, an welchem Punkt zwischen Berlin und Schwerin er sich befand, musste das Fenster von Kondenswasser freiwischen. Die mit dunkelgrünem Kunstleder überzogenen Sitze verströmten den typischen Geruchscocktail der Eisenbahn nach Kunststoff, kaltem Schweiß, altem Zigarettenrauch und Maschinenöl. Das Licht war gedämpft. Die wenigen Passagiere, die um diese Nachtzeit unterwegs waren, hatten sich in die Ecken gelehnt und versuchten zu schlafen. Einem Mann war die Zeitung aus der Hand geglitten. Sie lag nun quer über seinen Beinen. Ein anderer hatte die Schuhe ausgezogen und seine Füße auf die gegenüberliegende Sitzbank gelegt. Es war halb vier Uhr in der Frühe. Der Schaffner kam. Mit geübtem Schwung zog er die Abteiltür auf. Ein Schwall kalten Zigarettenrauchs drang mit ihm aus dem Raucherteil ins Abteil. »Die Fahrscheine, bitte!«, verlangte er routinemäßig. Langsam kam Bewegung in die Schlafenden. Man rappelte sich hoch, richtete sich fröstelnd auf und begann, nach der Fahrkarte zu tasten. Einen nach dem anderen begrüßte der Schaffner mit einem »Guten Morgen«. Dann nahm er den Fahrschein, drückte mit der Zange seine Löcher hinein und gab den entwerteten Kartonstreifen zurück. Am dritten Sitz blieb er stehen. »Guten Morgen, der Herr. Ihren Fahrschein, bitte!« Der Passagier saß in der Ecke neben dem Fenster. Viel konnte man von ihm nicht erkennen, denn er hatte den Kopf in seinem dunkelblauen Mantel vergraben, der über ihm am Haken hing. Da keine Reaktion erfolgte, wurde der Schaffner lauter. »Ihren Fahrschein, bitte.« Der Mann rührte sich nicht. Der Schaffner näherte sich dem Schlafenden, um ihn routinemäßig wachzurütteln. Je näher er dem Mantel kam, desto deutlicher wurde die Fahne, die davon ausging. Alkohol! ›Na prima!‹, dachte der Schaffner und griff beherzter zu. Er wusste, wenn jemand seinen Rausch ausschlief, half kein vorsichtiges Berühren, da musste man handgreiflich werden. Die beiden anderen Passagiere, die noch ihre Fahrscheine zum Lochen bereithielten, schauten müde in Richtung der Szene. Sie wollten die Sache erledigt haben und endlich weiterschlafen. »Aufwachen!« Die Stimme des Schaffners nahm einen Befehlston an, ohne jedoch zu laut zu werden. Er wusste, dass Schreien nichts half, sondern nur die anderen weckte und störte. Und das wollte er nicht. Mit kräftigem Ruck ergriff er die Schulter und rüttelte ein weiteres Mal. Doch der andere wachte nicht auf, sondern fiel zurück in seine Ecke. Dabei murrte er leise und zog entrüstet in seinem Traum die Brauen zusammen. Noch einen Versuch unternahm der Uniformierte, mit dem gleichen Ergebnis. Der Mann war auf einfache Weise nicht wach zu bekommen. Resigniert hob der Schaffner die Schultern und richtete sich auf. Dann wandte er sich den Wartenden zu. »Guten Morgen«, grüßte er wieder höflich und knipste seine Löcher in die noch verbleibenden Fahrkarten. Dies tat er, bis er am vorderen Zugende angekommen war. Er überschritt die letzte Kopplung hin zur Lokomotive und betrat den kleinen Raum des Lokführers.

»Dahinten pennt einer. Der ist nicht wach zu kriegen.« Der Lokomotivführer sah von seinen Instrumenten auf und gähnte herzhaft. »Na und? Dann lass ihn doch schlafen.« – »Der hat die Haubitze gestrichen voll, sag ich dir. Der stinkt wie 'ne Destille.« – »Hm«, machte der Lokomotivführer. »Wenn ich den schlafen lasse, sitzt der bis Schwerin und zurück hier drinne.« – »Also rausholen?«, fragte der Lokomotivführer. Der Schaffner nickte. Ein tiefes Einatmen, dann griff der Zugführer zum Funkgerät. Gegen 3.30 Uhr erging der Funkspruch an den Bahnhof Ludwigslust: »In Waggon vier befindet sich eine männliche Person, stark alkoholisiert und nicht ansprechbar. Bitten um dienstliche Unterstützung.«

Kurz darauf machte der Zug im Bahnhof Ludwigslust Halt. Vom Bahnsteig lösten sich zwei uniformierte Gestalten, und die Transportpolizisten stiegen in den Eilzug Berlin-Schwerin. Zielsicher strebten sie auf Waggon drei, Abteil zwei zu. »Guten Morgen«, grüßten sie laut, als sie die Abteiltür öffneten. Drinnen begann es lebendig zu werden. Beim Anblick der Uniformierten gaben einige der Passagiere ihre Schlafhaltung auf und setzten sich gerade in die Sitze. Der Mann in Socken nahm die Füße von der Bank gegenüber und zog seine Schuhe an. Aufmerksam wartete man, wie es weiter gehen würde. Doch die Polizisten wandten sich dem Reisenden im blauen Mantel zu. Der hatte sich nach dem Weckversuch des Schaffners wieder in seinen Mantel gerollt und war nur ab dem Bauch abwärts zu sehen. Die Uniformierten bauten sich vor dem Schlafenden auf. »Guten Morgen, Ihre Fahrkarte, bitte!«, begannen sie förmlich und bestimmt.

Am Tiefschlaf des Mannes änderte sich nichts. Nun begannen auch diese beiden, den Mann zu wecken. Nach mehreren Versuchen blinzelte der Schlafende die beiden unter schweren Lidern an. »Wie heißen Sie?«, fragte der erste Polizist. Der Mann schien nicht zu verstehen. »Ihr Name, Mann! Wie heißen Sie?« Keine Antwort. Stattdessen schlossen sich die Augen wieder. Der Polizist rüttelte ihn erneut wach. »Ich brauche Ihren Namen!« Doch in den Augen des Schläfers blitzte kein Verstehen auf. »Ihre Adresse!«, versuchte es nun der andere Polizist. Er hielt den Passagier noch immer an der Schulter und schüttelte an ihm herum. Die Augen versuchten, die Polizisten zu fixieren, glitten aber immer wieder ab. »Woher kommen Sie?« Noch ein Rütteln. Keine Antwort. »Wachen Sie auf, Mann!« Die Uniformierten wurden laut. »Wie heißen Sie?« Im Abteil knisterte jetzt Erwartung. Alle ringsum verfolgten das Geschehen mit Interesse. Nach mehreren vergeblichen Versuchen gaben die Polizisten auf. »Sie kommen jetzt mit!«, bestimmte der Polizist. Er sah sich nach dem Gepäck des Reisenden um, denn das musste mitgenommen werden, wenn sie den Kerl hier herausschafften. Die Ablage über dem Kopf des Mannes war leer. Neben ihm stand auch nichts. Nur auf der gegenüberliegenden Sitzbank stand eine schwarz-braune Dameneinkaufstasche. Etwas befremdet betrachtete der Polizist das feminine Gepäckstück. Er trat an den weiterhin im Alkoholrausch weilenden Passagier, rüttelte ihn an der Schulter und beugte dessen Körper hin zu der Tasche. »Gehört die Tasche Ihnen?« Der Kopf des Befragten nickte zur Seite weg. »Ich will wissen, ob das Ihre Tasche ist!« Der Polizist stützte den Mann von der Lehne weg hin zu der Tasche. Unwillig drückten sich die Brauen des Mannes nach unten. »Lass mich schlafen!«, murmelte er.

»Vielleicht sollten Sie ihn schlafen lassen«, mischte sich ein Mann am Nebensitz ein. Fragend sahen die Polizisten ihn an. »Er ist vom Ministerium der Staatssicherheit. Das hat er mir vorhin erzählt.« – »So!«, meinte einer der Polizisten. »Und was hat er Ihnen noch so alles erzählt?« Der Mann gab ohne Umschweife Auskunft. »Kurz nach dem Einsteigen in Berlin hat er mit mir ein Gespräch angefangen. Und nach einer Weile hat er mir Wein angeboten – aus der Einkaufstasche da.« – »Also gehört die Tasche ihm?« – »Das nehme ich doch an. Und dann hat er mir gesagt, dass er ein Mitarbeiter des Ministeriums für Staatssicherheit ist. Aber mehr dürfe er eben nicht sagen.« Der Polizist nahm die Aussage und die Personalien des Zeugen auf. Dann wandten sich die Polizisten wieder dem Schlafenden zu. Noch einmal rüttelten sie ihn. Wieder hob er die Lider für einen kurzen Moment. Doch sein Blick knickte weg und die Augen schlossen sich. »Sie werden uns jetzt Namen und Adresse nennen, sonst sind wir verpflichtet, Sie mit auf die Dienststelle zu nehmen.« Der Mann saß zwar von allein, doch eine Antwort bekamen die Polizisten nicht. »Ich frage zum letzten Mal: Wie heißen Sie?« Der Mann schwieg. »Gut«, beschloss einer der Polizisten. »Sie kommen jetzt mit!« Damit hievten sie den Mann auf die Beine. Jeder Polizist stützte ihn an einer Schulter und so schleiften und trugen sie ihn aus dem Zug. Die Einkaufstasche von der gegenüberliegenden Sitzbank wurde mitgenommen.

Kaum waren die drei Männer fort, begann das Getuschel im Abteil. Dann ruckte der Eilzug kräftig an und setzte seinen Weg nach Schwerin fort. Rhythmisch glitten die Laternen am Abteilfenster vorüber. Rhythmisch stießen die Schienen den Waggon. Doch die Leute schliefen nicht wieder ein.

Vom Bahnhof Ludwigslust fuhren die Polizisten den langsam Erwachenden zur Polizeidienststelle. Es war jetzt 3.40 Uhr und die Straßen waren leer und dunkel. Im Besucherraum setzte man den Mann auf einen Stuhl. Mittlerweile war er so weit bei sich, dass er nicht vom Stuhl kippte. Der diensthabende Polizist der Nachtschicht nahm ihm gegenüber Platz. »Sie werden uns jetzt Ihren Namen und Ihre Adresse sagen!« Endlich glomm ein Funken Verständnis in den Augen des Betrunkenen auf. »Burghardt Schmidt«, murmelte er. »Ich heiße Burghardt Schmidt, wohnhaft in Wittenberg.« Mit Mühe hatte sein Gegenüber verstanden und notierte sich beides. »Wittenberg, so so. Und was wollten Sie in Schwerin?« – »Ich wollte gar nicht nach Schwerin. Ich wollte nach Domsühl.« – »Mit dem Eilzug nach Schwerin? Mitten in der Nacht? Zu wem wollten Sie denn da?« – »Da wohnt meine geschiedene Frau.« – »Dann haben Sie aber den falschen Zug erwischt! Wir haben Sie in Ludwigslust aus dem Zug geholt.« Der Mann zeigte keine Regung, obwohl er nach dieser Aussage nie und nimmer das angegebene Ziel erreicht hätte. Normalerweise regen Menschen sich darüber auf, dass sie ihren Ausstieg verpassen. Burghardt Schmidt blieb ganz ruhig. »Gut, Sie wollten Ihre geschiedene Frau besuchen. Um drei Uhr morgens ist aber eine merkwürdige Zeit für einen Besuch, finden Sie nicht?« Keine Antwort. »Kommen wir zu Ihrem Gepäck …« – »Ich habe kein Gepäck.« Erstaunt sah der Polizist ihn an. »Und was ist mit der Dameneinkaufstasche, die bei Ihnen stand?« – »Die gehört mir nicht.«

Die Dameneinkaufstasche war inzwischen auf ihren Inhalt überprüft worden. Darin befanden sich: eine Geldkassette, Bargeld, zwei Flaschen Wein, sechs frisch gebackene Makronenplätzchen und ein Schuhreparaturschein. Dieser war auf den Namen Elise K. ausgestellt. Die Schuhe standen in einem Dienstleistungskombinat in Wittenberg abholbereit. Abgesehen von dem unpassenden Gepäckstück war auch der Inhalt sehr verdächtig.

»Sie haben aber einem Mitreisenden aus dieser Tasche Wein angeboten«, beharrte der Polizist. »Erklären Sie mir, wie Sie wissen konnten, dass sich in einer Tasche, die nicht Ihnen gehört, eine Flasche Wein befindet!« Der Mann schwieg. Durch den Nebel in seinem Kopf schien ihm klar zu werden, dass die Polizisten den Inhalt der Tasche kannten und auch die anderen im Abteil befragt hatten. Hatte er wirklich im Zug einem Mann Wein angeboten? Er konnte sich nicht erinnern. »Oder erklären Sie mir, wie Sie einem Mitreisenden Wein anbieten können, der nicht Ihnen gehört!« Weiteres Schweigen. Der Mann stützte den Kopf in die Hände. Sein Gesicht war vom Alkohol gerötet und die tiefen Furchen auf seiner Stirn zeugten davon, wie viel Anstrengung ihn das Wachbleiben kostete. Nach einer Pause antwortete er: »Die ist von meiner Tante.« – »Sie meinen die Tasche!« Er nickte. »Wo wohnt Ihre Tante?« Er rieb sich das Gesicht, sodass seine Bartstoppeln raschelten. »Na, in Wittenberg, wie ich.« – »Und wie heißt Ihre Tante?« Der Mann dachte nun angestrengt nach. Aber wie, zum Teufel, hieß die alte Frau? Der Polizist gegenüber wartete geduldig. »Weiß ich nicht«, murmelte Schmidt vorsichtig. »Sie wissen also nicht, wie Ihre Tante heißt.« Keine Antwort. »Herr Schmidt! In der Tasche befindet sich eine Geldkassette und ein nicht unerheblicher Geldbetrag. Können Sie mir *das* erklären?« – »Das hab ich von meiner alten Tante bekommen.« – »Sie gibt Ihnen ihr Gespartes gleich mit der Geldkassette?« Der Mann zuckte die Achseln. »In der Tasche waren außerdem zwei Flaschen Wein und Gebäck.« – »Das habe ich von meiner Tante!« – »An deren Namen Sie sich nicht erinnern! Also, wollen Sie mich für dumm verkaufen? Sie machen hier einen auf Rotkäppchen mit Kuchen und Wein und Geld von der Großmutter, aber ihren Namen wissen Sie nicht?« Schmidt setzte sich aufrecht auf seinen Stuhl. Er gab keine Antwort. Der Polizist stand auf. »Herr Schmidt, ich glaube Ihnen nicht. Wir werden das überprüfen. Solange bleiben Sie bei uns.« Er ging zur Tür. »Und schlafen Sie erst einmal Ihren Rausch aus!«

In den Morgenstunden des 7. Mai 1970 erging ein Ermittlungsersuchen an die Kriminalpolizei in Wittenberg. Darin bat man um Überprüfung der Fakten. Die Wittenberger wurden aktiv.

Am Mittag des 7. Mai 1970 bestellte der Leiter der Kriminalpolizei in Wittenberg Leutnant Heller und Leutnant Krause in sein Büro. Heller kratzte seine Kartoffeln auf dem Teller zusammen und schaufelte sie schnell zusammen mit dem Rotkraut in sich hinein. Dann schob er die Stahlrohrbeine seines Kantinenstuhls nach hinten und stand auf. »Man kann hier nicht mal in Ruhe zu Ende essen!« Er trug sein Tablett zur Geschirrrückgabe und machte sich auf den Weg ins Büro seines Vorgesetzten. »Leutnant Heller meldet sich zur Stelle«, grüßte er förmlich. Der Leiter der Kriminalpolizei bot seinem Mitarbeiter einen Platz an und kam dann gleich zur Sache: »Genosse Leutnant, ich habe hier ein Ersuchen der Polizei aus Ludwigslust. Die haben einen Betrunkenen aus einem Zug gefischt, dessen Angaben vorne und hinten nicht stimmen. Wir sollen der Sache nachgehen.« Heller nickte aufmerksam. »Um was geht es?« – »Der Mann heißt Burghardt Schmidt und stammt offensichtlich aus Wittenberg. Als man ihn alkoholisiert in Gewahrsam nahm, befand sich eine Dameneinkaufstasche bei ihm.« Heller zog fragend eine Braue nach oben. »Er behauptete zunächst, sie gehöre ihm nicht. Ein Mitreisender dagegen gab an, dass er Wein aus der Tasche angeboten habe, was eben doch darauf schließen lässt, dass er die Tasche mit sich geführt hatte. Später gab er an, die Tasche gehöre seiner Tante, deren Namen ihm aber nicht einfiel. Das Spannende an der Sache ist der Inhalt der Tasche.« Leutnant Heller horchte auf. »Darin befand sich eine Geldkassette, ein nicht unerheblicher Betrag an Bargeld sowie der Abholschein einer hiesigen Schuhreparatur. Er ist ausgestellt auf eine Elise K.« – »Und wir werden jetzt diese Elise K. aufsuchen und nachfragen, was es mit dem Geld und der Kassette auf sich hat.« Der Leiter nickte. »Genau. Sie suchen Elise K. auf und überprüfen die ganze

Sache.« – »Haben wir eine Adresse?« – »Frau K. wohnt in der Fleischerstraße 3.«

Umgehend machte sich der Leutnant gemeinsam mit Leutnant Krause auf den Weg in die Innenstadt von Wittenberg. In Sichtweite der historischen Leukorea vor dem besagten Eckhaus blieben Heller und Krause stehen. Ebenerdig zur Straße befand sich eine große Polsterei. Darüber glänzten die frisch geputzten Fenster der Wohnung im ersten Stock. Und gleich darüber im Dach erhoben sich als geschuppte Dreiecke drei Mansardenfenster. Heller blickte nach oben. »Da ist es«, sagte er zu Krause und nickte in Richtung der drei Minidächer. Die schmutzig-weiße Drei über einer schmalen Tür gab an, dass die beiden das richtige Haus gefunden hatten. Krause klinkte kurz. »Verschlossen.« Klingeln oder Briefkästen suchten beide Polizisten vergeblich. »Wahrscheinlich liegt der Eingang im Hof«, meinte Heller und ging auch gleich nach links. Am Ende des Hauses führte eine kleine Pforte in den Hof. Sie war nicht abgeschlossen, und so gelangten beide Polizisten an den hinteren Eingang. Hier hingen die Briefkästen, die sie vorn vermisst hatten. Vier Klingeln in der Türfassung verrieten die Namen der Bewohner. Elise K. stand, wie erwartet, ganz oben. Doch klingeln wollten die Polizisten nicht. Noch einmal klinkte Krause. Dieses Mal ging die Tür auf. Die Polizisten betraten einen schmalen Gang. Am hinteren Ende konnten sie eine Tür erkennen. Es handelte sich um die vordere, verschlossene Eingangstür. Gleich neben dem Eingang führte eine schmale, steile Treppe hinauf in den ersten Stock. Das Treppenhaus ging nach hinten raus und war durch große Fenster gut beleuchtet.

Schnaufend erstiegen die beiden Polizisten die Treppen, bis sie oben vor der Mansardenwohnung zum Stehen kamen. Leutnant Heller überprüfte das Namensschild. Hier wohnte Elise K. Dann klopfte er. Drinnen rührte sich nichts. Sie klopften noch dreimal, dann sahen sie sich um. Durch den Lärm angelockt, stand eine ältere Frau in blauer Nylonschürze auf den unteren Stufen der Treppe und sah zu ihnen hinauf. »Macht sie nicht auf?«, fragte sie überflüssigerweise. Beide Männer schüttelten den Kopf. »Aber weg kann sie nicht sein!«, beharrte die Frau. »Ich hab jedenfalls nichts gehört.« – »Und wer sind Sie?«, fragte Leutnant Krause. Da beide in Zivil unterwegs waren, konnte die Frau sie nicht sofort als Polizisten erkennen. »Sind Sie von der Polizei?«, fragte sie zurück. Beide nickten. »Ich bin Frau Preil. Ich wohne hier untendrunter.« Der Polizist notierte sich den Namen. »Weg kann sie also nicht sein?«, wiederholte Leutnant Heller. »Nee, sie ist bestimmt zu Hause. Sehen Sie, die Zeitung liegt ja auch noch da.« Sie wies auf die heutige Ausgabe der *Freiheit* auf der ersten Treppenstufe. Der Polizist sah sie fragend an. »Der Zeitungsbote legt sie ihr extra immer auf die erste Treppenstufe. Bis zum Briefkasten unten, das ist ihr morgens zu viel. Aber wenn die Zeitung noch daliegt …« Sie hielt die Stimme fragend in der Schwebe und erkannte erst dann, was ihre Aussage bedeutete. Sie wurde blass. »Ihr wird doch nichts passiert sein?« Sie stieg eine Stufe höher. »Wissen Sie, die Frau K. ist doch schon sehr alt. Da kann man plötzlich sterben. Einfach so, aus Altersgründen eben.« Sie wurde unruhig. »Meinen Sie, dass sie …« Wieder ließ sie ihren Satz in der Schwebe. Nun stieg sie doch die Treppe nach oben, hinauf zu den beiden Polizisten, die nicht zu Wort kamen. »Und das Vorhängeschloss fehlt ja auch.« Leutnant Heller raffte sich auf. »Was ist mit dem Vorhängeschloss?« Die Frau wies auf die Tür und den Riegel im oberen Bereich. »Schauen Sie: Das Schloss zur Wohnung ist ja nur ein einfaches. Da kann man mit 'nem Dietrich ganz schnell mal rein. Deshalb hängt Frau K. immer noch ein Vorhängeschloss hier davor, wenn sie doch mal weggeht. Das ist sicherer, sagt sie. Und das hängt eben nicht davor. Also muss sie zu Hause sein.« Dann aber trat sie erschrocken einen Schritt zurück. »Was, wenn die jetzt tot da in ihrer Wohnung liegt?« – »Na, wir wollen nicht gleich das Schlimmste befürchten. Möglicherweise ist sie gestürzt und braucht Hilfe«, sagte Leutnant Heller. Nachdem geklärt war, dass Frau K. nicht öffnete, klinkte man an der Wohnungstür. Doch die Tür war verschlossen. »Frau Preil, Sie haben nicht zufällig einen Dittrich?« Abwehrend hob die Frau die Hände. »Was soll ich denn damit? Ich bin doch kein Einbrecher!« – »Manchmal brauchen das auch ordentliche Leute, zum Beispiel, wenn sie ihren Schlüssel in der Wohnung liegenlassen«, belehrte Leutnant Krause. Frau Preil überlegte kurz. Dann meinte sie: »Aber unten im Laden, da könnte doch ein Dittrich sein.« – »Sie meinen die Polsterei?« Frau Preil nickte. »Soll ich mal bei Herrn Steiger nachfragen?« – »Ich komme mit«, entgegnete Heller, dann stiegen die beiden die Treppen wieder hinunter. Als sie zurückkamen, hatten sie einen Mann in blauem Kittel bei sich, der in der rechten Hand schnaufend einen Werkzeugkoffer schleppte. »Ich hoffe, es ist nichts Ernstes«, sagte er und setzte den Koffer neben der Wohnungstür ab. Dann suchte er mit sicherem Auge den passenden Dittrich heraus. »So. Dann wollen wir mal.« Er schob den Haken ins Schloss. Mit geübtem Griff und zusammengekniffenen Augen drehte er das Werkzeug, bis das Schloss aufschnappte.

Leutnant Heller schob die Tür auf. Sie ging nicht vollständig auf. Irgendetwas versperrte den Eingang. Heller schob kräftig nach, damit er die Tür vollends aufbekäme. Noch bevor jemand etwas sagen konnte, keuchte Frau Preil und hielt sich die Hände vor den Mund. »O mein Gott!«, flüsterte sie. Dann wandte sie sich schnell ab. Steiger, der noch den Dittrich in der Hand hielt, zitterte, sodass das Werkzeug ihm entglitt und klirrend auf den Dielen landete. Unmittelbar hinter der Tür lag Elise K. auf dem Rücken. Ihre Knie hatten die Tür versperrt. Die weit aufgerissenen Augen der alten Frau ließen keinen Zweifel daran, dass sie tot war. Beruhigend geleitete Leutnant Heller Frau Preil eine Etage tiefer und setzte sie dort auf die unterste Stufe. Mit dem Rentner verfuhr er ebenso. Beide brauchten jetzt einen Moment, um das Gesehene zu verarbeiten. Leutnant Krause ging ans Funkgerät, um die Nachricht an die Leitstelle durchzugeben.

Noch in derselben Stunde wurde Burghardt Schmidt vorläufig festgenommen und in die Polizeidienststelle Ludwigslust gebracht. Die Überstellung nach Wittenberg wurde umgehend vorbereitet.

Es waren gerade einmal vier Wochen vergangen, seit wir den Raubmord im Hauptpostamt Naumburg aufklären konnten[3], da erreichte uns am 7. Mai 1970 gegen 14.30 Uhr die Meldung, dass in Wittenberg an einer 72-jährigen Rentnerin höchstwahrscheinlich ebenfalls ein Raubmord verübt worden sei. Hauptmann Werner M., Werner R., Leutnant der Kriminalpolizei, und ich wurden von unserer Dienststelle, dem Dezernat Kriminaltechnik, nach Wittenberg abkommandiert. Wir sollten dort die Kriminalisten bei ihrer Arbeit unterstützen. Wie schon in Naumburg, übertrug man mir die Tatortarbeit, gemeinsam mit den Wittenberger Kollegen. Eine Stunde nach Eintreffen der Meldung, also 15.30 Uhr, waren wir an Ort und Stelle. Wir stiegen die Treppen zur Mansardenwohnung hinauf. Der Bereich um die obersten Stufen sowie vor der Eingangstür zur Wohnung war abgesperrt. Dort erwarteten uns bereits vier Kriminalisten, darunter zwei Kriminaltechniker. Cramer, der Sachbearbeiter für unnatürliche Todesfälle, und der Ermittler Heller hatten bereits mit der Arbeit angefangen. Von unserem Kommissariat in Dessau wurden weitere Ermittler und der erfahrene Vernehmer Leutnant der Kriminalpolizei Helmut H. zur Einsatzgruppe berufen. Die beiden Wittenberger unterbrachen ihre Arbeit, und wir begrüßten einander. »Das ist eine ganz üble Geschichte«, meinte Heller. »Wahrscheinlich ein Raubmord.« – »Soviel wissen wir auch schon«, gab ich freundlich zurück. »Das Opfer ist die zweiundsiebzigjährige Rentnerin Elise K. Der Täter, wenn es nicht völlig anders kommt, ein Mann namens Burghardt Schmidt«, klärte mich Heller weiter auf. Ich staunte. So schnell wurde selten ein Täter gefasst. »Woher wisst Ihr das?« – »Der Mann wurde heute in der Frühe im Eilzug Berlin-Schwerin aufgegriffen. Er hatte eine Dameneinkaufstasche, viel Bargeld und eine Geldkassette dabei.« – »Und das macht ihn zu unserem Täter?« Heller grinste. »Nee, in der Tasche war noch etwas anderes.« – »Nun spannt mich mal nicht auf die Folter!« – »Was der Täter sicher übersehen hat, war ein Abholschein für Schuhe – ausgestellt auf unser Opfer hier!« Ich pfiff leise durch die Zähne. Das war ja mal was. »Dann müssen wir also nur noch was Schönes finden, das den Mann mit dem Tatort verbindet?« Heller zwinkerte mir zu. »Genau!« – »Na dann, an die Arbeit!« Ich stieg also die letzten Stufen hinauf und erblickte unmittelbar vor der Wohnungstür und nur wenige Meter vor der auf dem Rücken liegenden Toten einen Zivilisten herumstehen. Er trug einen dunklen Anzug und ein weißes Hemd mit passender Krawatte. Wahrscheinlich war es der Bestatter, der etwas zu zeitig gerufen worden war und nun die Tatortarbeit behinderte. Ich näherte mich dem Mann, um ihn zu bitten, sich vom Tatort zu entfernen. Da bemerkte ich zwischen seinen Fingern eine Zigarette. Das durfte ja wohl nicht wahr sein! Der Kerl rauchte am Tatort! Mir fiel sofort das Wirrwarr um Zigarettenkippen bei der Tatortarbeit beim Raubmord in Naumburg ein. Dort hatten Polizisten am Tatort geraucht, und es war hinterher sehr schwer feststellbar gewesen, wessen Kippen wir da gerade untersuchten – unsere eigenen oder die des Täters. Mein Blutdruck schnellte in die Höhe, und ich herrschte den Mann an: »Wenn Sie nicht sofort von hier verschwinden, passiert ein Unglück!« Darauf verschwand der Mann die steile Treppe nach unten. Kurz darauf kam ein Kriminalist aus Wittenberg die Treppe hoch und fragte mich: »Weißt du eigentlich, wen du gerade weggejagt hast?« – »Ist mir scheißegal! Am Tatort wird nicht geraucht!« Der andere sah mich merkwürdig an. »Das war der Kreisstaatsanwalt!« Ich schluckte, aber an meiner Meinung änderte sich nichts. Offensichtlich war mein Auftreten nachhaltig, denn den Herrn Kreisstaatsanwalt habe ich während der nun Stunden andauernden Tatortarbeit nicht wieder zu Gesicht bekommen.

Das Spurenaufkommen am Tatort war gering. Wir fanden eine Zigarettenkippe der Marke F6 – nicht die Marke, welche der Staatsanwalt bevorzugte. Sie wurde in einem Kohleeimer neben dem Küchenherd sichergestellt. Ebenfalls in der Küche fanden wir köstliche, selbstgebackene Makronen. Diese lagen in einer Pfanne im Backofen. Sie waren es, die letztendlich – neben dem Abholschein – den Aufenthalt des Mannes hier in der Wohnung nachwiesen. Makaber war unser Fund auf einer Spiegelkonsole. Elise K. war offensichtlich eine eifrige Besucherin der städtischen Bibliothek und begeisterte Krimileserin. Auf einer Spiegelkonsole lag ihr Leseausweis und dabei mehrere Bücher. Eines trug den Titel *Mord mit kleinen Hindernissen*, ein anderes hieß: *Mordfall Cavaltini*. Ein wenig bewegte mich diese Duplizität der Ereignisse. Am Ende wurde die Leiche der alten Frau ins Paul-Gerhard-Stift gebracht, wo noch am selben Abend die Obduktion der Leiche stattfand.

Am nächsten Morgen las ich den Sektionsbericht. Er berichtete von grausamer, brutaler Gewalt an der Rentnerin. Sie verstarb nach mehreren Schlägen und Attacken durch mechanisch bedingtes Ersticken. Das erklärte, warum im Hause niemand etwas bemerkt hatte. Die Rentnerin konnte nicht mehr um Hilfe schreien.

Mit dem Wissen um die scheußlichen Taten am Opfer, begann die Vernehmung von Burghardt Schmidt. Dabei beschäftigten sich die Kriminalisten auch mit dem Lebenslauf des Täters und förderten eine Karriere zutage, die kaum steiler nach unten hätte führen können.

Schmidt wurde im Jahre 1937 in Pommern geboren. Die Reparationen und Grenzverschiebungen im Ergebnis des Zweiten Weltkriegs trieben seine Mutter mit den Geschwistern in den Westen Deutschlands. Der Vater strandete in Wittenberg. Von dort aus versuchte er, seine Familie zu sich zu holen. Doch seine Frau hatte an ihrem Ehemann kein Interesse mehr. Wechselnde Männerbekanntschaften und Alkohol zog sie ihm vor. Daraufhin wurde die Ehe 1948 geschieden. Der Junge blieb bei der Mutter . Da Alkohol für die Mutter eine so wesentliche wie tägliche Rolle spielte, verfehlte er auch seine Wirkung auf Burghardt nicht. Schon als Jugendlicher trank er häufig und viel und hielt das für männlich. Die Volksschule besuchte er nur bis zur fünften Klasse. Dann brach er ab und ging in die Landwirtschaft. Es ist davon auszugehen, dass er schon als Teenager nicht nur mit ehrlicher Arbeit sein Geld verdiente. Zum ersten Mal aktenkundig wurde er mit zwanzig Jahren. 1957 verurteilte man ihn zu drei Monaten Gefängnis. Grund dafür: schwerer Diebstahl. Nur ein Jahr später stand er erneut vor Gericht. Dieses Mal wegen Hehlerei. Diese Verurteilung brachte ihm nur drei Wochen Gefängnis ein. Gebessert haben ihn die Aufenthalte in der

Haftanstalt in keiner Weise. Denn Burghardt Schmidt war schon längst auf der schiefen Bahn unterwegs, die ihn in die Todeszelle führen sollte. Und nichts brachte ihn von diesem Wege ab.

Mit einundzwanzig Jahren heiratete er. 1959, ein Jahr nach dem Absitzen seiner Haftstrafe wegen Hehlerei, begann er sich für die DDR zu interessieren. Schließlich siedelte er mit seiner Frau in die DDR über. Was auch immer den in der Bundesrepublik aufgewachsenen Schmidt dazu veranlasste, welche Hoffnungen er mit der sozialistischen Republik verband, lässt sich nicht mehr nachvollziehen. War es der Umstand, dass dort jeder einen sicheren Arbeitsplatz hatte? Lockten ihn die relativ niedrigen Preise für Lebensmittel und Dinge des täglichen Bedarfs? Selbst ein Auto konnte man bekommen, wenn man fleißig sparte. Möglicherweise wollte er aber auch zu seinem noch immer in Wittenberg lebenden Vater, da die Beziehung zu seiner Mutter an deren Alkoholsucht krankte. Vielleicht suchte er den Vater, den er niemals gehabt hatte, und glaubte, sein Leben in dessen Nähe in den Griff zu bekommen.

Schnell musste er jedoch erkennen, dass die Nähe zu seinem Vater Probleme mit sich brachte, die er zuvor nicht in Betracht gezogen hatte. Der alte Mann hatte Erwartungen an seinen Sohn, Vorstellungen davon, wie sein Sohn zu sein hatte. Nichts davon war Burghardt. Als der Vater erfuhr, dass Burghardt mehrfach gesessen hatte, konnte er seine Ablehnung kaum verbergen. So hatte Burghardt sich das nicht vorgestellt. Sein Vater sollte ihn so akzeptieren, wie er war, und nicht verspätete Erziehungsversuche starten. Statt ihn mit offenen Armen zu empfangen und seine Wünsche zu erfüllen, stellte der alte Herr Fragen und urteilte. Auf einen solchen Vater konnte Burghardt verzichten.Er blieb also nicht in Wittenberg, sondern ging nach Parchim. Dort tat er das, was er schon früher gemacht hatte. Er arbeitete in der Landwirtschaft und verdiente als Melker nicht schlecht. Die Tatsache, dass er aus dem Westen kam, machte ihn bei einigen seiner Kollegen interessant. Immer wieder saßen sie bei ihm und fragten ihn aus, wie es denn so sei, das Leben im Westen. Und Burghardt Schmidt erzählte das Blaue vom Himmel herunter. Er genoss die Aufmerksamkeit und hatte bald einen Kreis aus trinkfesten Kollegen um sich geschart. Denn vom Reden bekam er eine trockene Kehle, und die musste feucht gehalten werden. Man traf sich mit der Zeit immer häufiger. Anfangs nur am Wochenende. Bald auch unter der Woche und zwischen den Schichten. Die Menge, die er trank, nahm stetig zu. Bald war sein Level wieder da, wo es früher schon gewesen war: bei einer Flasche Schnaps am Abend. Nach den durchzechten Nächten fiel es ihm schwer, im Morgengrauen aufzustehen, oder, noch schlimmer, die Zecherei abzubrechenn, weil es bereits Zeit war, auf Arbeit zu gehen. So ging er eben nicht, und es kam zu Arbeitsausfällen. Und das ließ sich der Schichtleiter nicht lange gefallen. Burghardts Frau litt unter seinem Alkoholkonsum und den Eskapaden. Nach sieben Jahren war Schluss. Sie ließ sich 1965 von ihm scheiden, auch die Tatsache, dass sie einen gemeinsamen Sohn hatten, konnte daran nichts ändern.

Schmidt prahlte im Kreis seiner Kollegen vom Leben im Westen. Und das, obwohl er ja freiwillig in den Osten gekommen war. Schließlich log er, dass er jederzeit in die BRD zurück könne. Er habe ja noch Verbindungen nach drüben. Einige seiner Prahlereien fielen auf fruchtbaren Boden. Es gibt immer schwache Geister, die leicht zu beeindrucken sind. So kam es, dass Schmidts Anhänger mit eigenen Augen sehen und wissen wollten, wir er sich anfühle, der Westen. Die Gespräche kreisten immer häufiger um das Thema. Irgendwann wurde man konkret: Fluchtpläne wurden geschmiedet und vergessen und neu besprochen und wieder verworfen. Endlich aber nahm ihn einer doch beim Wort. Einer seiner Kollegen, der nicht eben der hellste war, vertraute darauf, dass er über die Grenze kommen könnte. Doch die Grenzkontrolle war streng, und die im Alkoholdunst entstandenen Pläne verdampften. Übrig blieb heiße Luft und ein Verfahren wegen Verleitung zum Verlassen der DDR, verbunden mit versuchten Passvergehens. 1961 verurteilte ihn daher das Gericht zu einer Haftstrafe in Höhe von einem Jahr und sechs Monaten.

Nach seiner Entlassung nahm Burghardt Schmidt seinen Lebenswandel wieder auf. Durch die Trinkerei reichte das Geld hinten und vorn nicht. Schmidt lebte nach dem einfachen Prinzip, sich zu nehmen, was ihm fehlte. Diese Einstellung sorgte bereits 1963 für die nächste Haftstrafe: Er bekam wegen Diebstahls drei Monate aufgebrummt. Das Leben im Knast änderte an der Haltung des Mannes nichts. Das einzige, das er vermisste, war Bruder Alkohol. Dies erkannten schließlich auch die Behörden. Man glaubte, wenn man dem Mann das Trinken abgewöhnen könnte, müsste er nicht mehr stehlen und somit nicht mehr straffällig werden – ein durchaus humanistischer Gedanke. Daher folgte auf das Absitzen der Strafe die Einweisung in eine Trinkerheilanstalt. Doch Schmidt saß diese zwei Monate ebenso ungerührt ab wie seine Gefängniszeiten. Als er im Oktober 1963 aus der Entziehungskur entlassen wurde, zeigte sich bald, dass das humanistische Experiment an diesem Mann gescheitert war. Denn dessen Verhaltensweise war so tief in seinem Wesen verwurzelt, dass kein noch so guter Wille ihn zu ändern vermochte. Burghardt Schmidt kehrte in sein Milieu zu seinen Trinkkumpanen und zu seiner gewohnten Lebensweise zurück. Es ging auf Weihnachten zu. Üblicherweise ist das die Zeit erhöhten Geldbedarfs. Die Heizkosten steigen, es herrscht in der dunklen Zeit erhöhter Energiebedarf. Auch Geschenke müssen gekauft werden, man gönnt sich gutes Essen und teure Getränke. Darin machte Schmidt keine Ausnahme. Es verausgabte sich mehr als sonst. Die wöchentliche Lohntüte reichte selten bis zum Wochenende. Das Weihnachtsgeld war ausgegeben, lange bevor der Tannenbaum in der Stube stand. Man borgte sich hier und dort noch etwas zusammen, denn die Leute sind um Weihnachten freigebiger. Doch im neuen Jahr brach das Kartenhaus aus Schulden zusammen. Ausstehende Beträge wurden eingefordert. Der Hausmann wartete mit der Mietrechnung. Strom- und Heizungsrechnungen türmten sich auf der Kommode neben dem Fenster. Schmidt bekam keinen

Schnaps mehr. Niemand gab ihm, niemand borgte ihm. Kaufen konnte er auch keinen, denn er hatte kein Geld.

Diese Situation trieb ihn zum bisherigen Höhepunkt seiner kriminellen Karriere: Am 10. Januar 1964 beging er gemeinsam mit einem weiteren Täter einen schweren Raubüberfall. Sein Opfer war ein älterer Mann. Da der Mann nicht schnell genug den Forderungen der beiden Räuber nachkam, schlugen und traten sie ihn, bis das Opfer bewusstlos am Boden liegen blieb. Die Täter flohen mit dem geraubten Geld und überließen den Mann sich selbst. Es war reiner Zufall und Glück für Schmidt, dass das Opfer in der kalten Januarnacht überlebte. Nach einer kurzen Ermittlung saß Schmidt auf der Anklagebank. Schmidt versuchte geltend zu machen, dass er zur Tatzeit unter Alkoholeinfluss gestanden habe. Daher wurde ein psychiatrisches Gutachten angefordert. Dieses erbrachte allerdings nicht den von Schmidt gewünschten Status. Schmidt wurde eine niedrige bis sehr niedrige Intelligenz bescheinigt. An seiner strafrechtlichen Verantwortlichkeit änderte das aber nichts. Der Täter war zu jedem Zeitpunkt in der Lage, seine Handlungen zu kontrollieren und die strafrechtlichen Folgen abzusehen. Er war für seine Tat verantwortlich. Das Bezirksgericht Schwerin verurteilte ihn zu sieben Jahren Freiheitsentzug wegen schweren Raubes. So saß er wieder im Knast – und das für lange Zeit.

Im Jahre 1970 bot man ihm eine neue Chance. Das letzte Jahr seiner Haftstrafe wurde auf Bewährung ausgesetzt. Dass dieser Mann sich nicht bewähren würde, war aus seinem Lebenslauf eigentlich abzusehen. Man kann es durchaus so sehen: Letztendlich hatte diese gutgemeinte Entscheidung einen erheblichen Einfluss auf sein vorzeitiges Ableben. Denn 1971, zu dem Zeitpunkt, zu dem seine reguläre Entlassung angestanden hätte, saß er schon in der Todeszelle. Betrachtet man jedoch die kriminelle Karriere und die negative Energie, die von diesem Manne ausging, so scheint sein Ende vorherbestimmt.

Gemäß der Bewährungsauflage verließ Burghardt Schmidt im Februar 1970 das Gefängnis. Man richtete ihm einen neuen Anfang aus. Dazu gehörten ein Dach über dem Kopf und eine sichere Arbeit. Er zog bei seinem Vater in Wittenberg ein. Der war einverstanden, es mit seinem Sohn zu versuchen, vorausgesetzt natürlich, dass dieser sich endlich an Regeln und Gesetze halte. Sein Arbeitsplatz war in einem der ansässigen Werke. Allzu viel durfte der Ex-Sträfling nicht erwarten. Aber mit der Schichtarbeit war ausreichend Geld für einen alleinstehenden Mann zu verdienen. Rechnete man den Nachtzuschlag dazu, sah alles wirklich gut aus. So trat Schmidt sein Leben in der Lutherstadt an. Allerdings störte ihn von Anfang an die Kontrolle durch den Vater. Er brauchte keinen Moralapostel, der ihm sagte, was er zu tun und zu lassen habe. Er brauchte auch niemanden, der ihn morgens weckte, wenn er beschlossen hatte, im Bett zu bleiben. Ihn nervte, dass der Vater an ihm herumnörgelte, ihn einen Faulenzer und Arbeitsbummelanten nannte. Hinzu kam die Ablehnung durch die Kollegen im Betrieb. Man wusste, dass er gesessen hatte. Er war sich nicht sicher, ob man auch wusste, weswegen, aber dass er nicht wegen eines harmlosen Deliktes im Gefängnis gewesen war, das schien den Mitarbeitern klar zu sein. Sie bewahrten Distanz und Abstand zu ihm. Keiner wollte ernsthaft etwas mit ihm zu tun haben, niemand sich in der Kantine mit ihm an einen Tisch setzen. Misstrauisch beobachteten die anderen, was er sagte, wie er sich bewegte, wie er auf ihr Verhalten reagierte. Seine Versuche, sich an eine der Kolleginnen heranzumachen, scheiterten kläglich. Er hatte im Gefängnis auf Frauen verzichten müssen. Nun war er entlassen und suchte nach Möglichkeiten, seine Defizite auf diesem Gebiet zu kompensieren. Doch keine der Arbeiterinnen wollte ihn auch nur in ihre Nähe lassen. Hatten sie Angst vor ihm? Vielleicht. Er wusste nicht, welche Gerüchte über ihn im Umlauf waren. Es ließ sich eben keine mit ihm ein. Und Geld, um sich das, was er wollte, zu kaufen, hatte er nicht. Hinzu kam, dass er sich auch hier kontrolliert fühlte. »Als ob die mit der Stoppuhr in der Umkleide sitzen!«, schimpfte er in der zweiten Woche. Dabei war er nur eine halbe Stunde zu spät. ›Die können froh sein, dass ich überhaupt komme!‹ Doch das dachte er nur. Es laut zu sagen, getraute er sich noch nicht. Am Ende des Monats, als das Gehalt kam, spülte er seinen Frust mit Schnaps hinunter. Und da der Frust sehr groß geworden war, musste er viel spülen. Er begann am Freitagabend, gleich nach Feierabend. Und er konnte nicht wieder aufhören, sodass er es am folgenden Montag nicht in den Betrieb schaffte. Prompt hatte er den ABV am Halse. Sein Schichtleiter hatte gepetzt. Der ABV kannte keine Gnade und trieb den Verkaterten trotz Kopfschmerzen, Gehschwierigkeiten und »Fahne« in den Betrieb. Am Montagabend kam dann die Predigt seines

Vaters. »Ich lasse keine Schmarotzer unter meinem Dach wohnen! Du siehst zu, dass du auf deine Arbeit kommst, sonst fliegst du hier raus!«, drohte er. Schmidt raffte sich auf und ging zu seiner Schicht. Wieder hielt er zwei Wochen durch, dann wurden Frust und Durst übermächtig. Das Spiel wiederholte sich. Der Winter 1970 war außerordentlich schneereich, bitterkalt und lang. Möglicherweise waren es die Wetterbedingungen, die den Vater immer wieder davon abhielten, seine Drohungen wahr zu machen und den Sohn auf die Straße zu setzen. Starke Schneefälle im März führten auch im Flachland der Lutherstadt zu selten gesehenen Schneehöhen. Der Harz meldete Orkanböen. Da schickte man keinen Hund vor die Tür, und sei er auch noch so lästig.

Es war jedoch gerade der Schnee, der Schmidt immer wieder Entschuldigungen für seine Bummelei lieferte. Busse fielen aus. Radwege waren unpassierbar. Wie sollte er da auf die Arbeit kommen? Noch dazu pünktlich? Und die Kälte von außen gab auch einen hervorragenden Grund ab, sich von innen zu wärmen. Schmidts Alkoholexzesse holten ihn wieder ein. In den Betrieb ging er selten, und wenn, dann verspätet.

Der Vater bekam Tobsuchtsanfälle, wenn er von der Arbeit kommend seinen betrunkenen Sohn noch im Bett vorfand. Als es im April endlich zu tauen begann, hatte der Vater genug: Er setzte seinen Sohn an die frische Luft. So landete Burghardt Schmidt auf der Straße. Ihn drückten Geldschwierigkeiten, wie schon so oft in seinem Leben. Er tauchte vor Kaufhallen auf, um dort bei den städtischen Trinkern den einen oder anderen Schluck abzubekommen. Zwei Monate nach seiner Haftentlassung empfand er seine Lage wieder so bedrückend, dass ihm jedes Mittel recht schien, um an Geld zu kommen. Und so tat er, was er in seinem Leben schon mehrfach getan hatte: Er suchte sich jemanden, dem er Geld wegnehmen konnte.

Es war inzwischen April 1970. Tagsüber in der Sonne war es bereits angenehm warm. Doch die Nächte blieben kalt. Schmidt hätte sich gern in einer Kneipe aufgewärmt. Aber dazu brauchte man Geld. Und das hatte er nicht. Die Saufkumpane von der Kaufhalle nahmen ihn abwechselnd mit zu sich. Sie hatten wenigstens eine Kammer mit einem Ofen und oftmals auch Kohle. So schlug er sich noch etwas durch, bis zu jener Nacht, in der ihn eben niemand hatte mitnehmen können oder wollen. Es war bereits nach 20 Uhr, als er es aufgab, eine Unterkunft zu finden. Er musste an Geld kommen. Irgendwie und dringend. So legte er sich auf die Lauer. Er wartete an einer Bahnunterführung an einer nicht weit einsehbaren Stelle. Schließlich gegen 20.30 Uhr kam tatsächlich noch jemand. Es war eine Wittenbergerin, ein leichtes Opfer, wie Schmidt schon von weitem erkannte. Sie kehrte von der Spätschicht heim. Da schlug er zu – im wahrsten Sinne des Wortes. Mit einem gezielten Faustschlag traf er die Frau am Kinn. Der Anschlag kam völlig überraschend. Von dem Schlag aus dem Gleichgewicht gebracht, torkelte die Frau nach hinten. Sie verlor das Gleichgewicht und stürzte. Voll Unverständnis griff sie sich an das Kinn. Schmerz und Schock machten sie völlig handlungsunfähig. Bevor der Frau bewusst wurde, was geschah, raubte

Burghardt Schmidt die Geldbörse. Mit seiner Beute verschwand er und ließ sein Opfer am Boden liegen. Die Frau erholte sich nur langsam. Nach zehn Minuten stand sie zitternd auf und untersuchte ihren Zustand. Außer dem Kiefer, den der Faustschlag getroffen hatte, war keine ernsthafte Verletzung feststellbar. Der Rücken schmerzte, denn bei ihrem Sturz hatte sie sich Prellungen zugezogen. Sie humpelte zum nächsten Wohnhaus und alarmierte von dort aus die Polizei.

Burghardt Schmidt entkam an diesem Abend. Mit der geraubten Geldbörse zog er sich in ein Versteck im Park zurück. Dort untersuchte er unter einer Straßenlaterne seine Beute. Ungläubig durchforstete er wieder und wieder die Fächer des Portemonnaies. Außer einigen Papieren und Fotos fand er nur eine Mark und fünfzig Pfennige. Dieser Raub hatte sich nicht gelohnt! Er hatte die Frau wegen eines Pfennigbetrages niedergeschlagen. Reue ließ das freilich nicht in ihm aufkommen – höchstens Ärger über den misslungenen Versuch. Es stand außer Frage, dass er bald den nächsten Raub würde unternehmen müssen. Am nächsten Morgen legte ihm die kalte Wirklichkeit wieder ihre bleierne Hand auf die Schulter. Denn seine Geldschwierigkeiten bestanden weiter.

Inzwischen spross das erste Grün an Flieder und Forsythien. Gelbe Löwenzahnblüten kleckster jede Wiese. Es war der Tag der Arbeiter, der Erste Mai. Ein verordneter Feiertag, an dem jeder Bürger aufgerufen war, sein Haus mit Fahnen zu schmücken und am Festumzug teilzunehmen. Massenaufläufe waren für den klammen Schmidt eine gute Gelegenheit, um an Geld zu kommen. Außerdem saßen die Scheine locker. Es herrschte Volksfeststimmung. Burghardt Schmidt, ebenso wie seine Saufkumpane, hatten Marken von ihren Arbeitsstellen bekommen, für eine Bockwurst oder ein Bier. Heute konnten sie einen drauf machen. Das Bier floss schon in den Nachmittagsstunden, sodass gegen Abend einige angetrunkene Leute auf den Straßen unterwegs waren. Hängte man sich da an den Richtigen, konnte man noch für die eine oder andere Stunde ausgehalten werden. Die guten, betrunkenen Genossen spendierten oft eine Runde, an der auch teilnehmen durfte, wer gerade anwesend war. Für Burghardt Schmidt geriet dieser Erste Mai 1970 zu seinem letzten persönlichen Feiertag. Möglicherweise machte er an diesem Abend oder einem der folgenden die Bekanntschaft mit Elvira. Seit langem war es der erste Kontakt mit einer Frau. Es ließ sich gut an, sodass er überlegte, sein Wohnungsproblem anzugehen und vielleicht eine Bleibe mit ihr zu teilen. Den Behörden war inzwischen bekannt, dass er wegen seines unmoralischen Lebenswandels nicht mehr bei seinem Vater leben durfte. Man wies ihm eine leerstehende Wohnung zu. Doch warum ein kaltes Bett nehmen, wenn Elvira ihm eine warme Alternative bot.

Bis zum 6. Mai wurde Schmidt nicht mehr nüchtern. Bier und Schnaps waren der Rhythmus seiner Tage. Alkoholisiert, aber nicht betrunken machte er sich schließlich an diesem Mittwoch auf die Suche nach Elvira. Sie hatte ihm nur ungenaue Angaben gemacht, oder vielleicht hatte er in seinem Rausch auch nur die Hälfte verstanden. Er glaubte, dass sie in der Fleischerstraße in Wittenberg wohnen würde. Langsam schlenderte er die Fleischerstraße hinunter in Richtung Post. Als er an deren Ende angekommen war, blieb er vor dem letzten Haus stehen. Über einer schmalen Tür schimmerte schmutzig-weiß die Nummer 3. Links daneben eröffneten große Schaufenster den Blick in eine Polsterei. Schmidt rüttelte an der Tür. Verschlossen. Er suchte nach Klingelschildern, doch es gab keine. Also ging er am Haus entlang, bis er auf eine kleine Gartenpforte stieß. Bedächtig drückte er die Klinke nach unten. Offen. Er folgte dem gepflasterten Weg in den Hof des Hauses. Dort hingen die Briefkästen.

Schmidt begutachtete die Klingelschilder. Auf den ersten Blick konnte er den Namen nicht sehen. Also fuhr er mit dem Zeigefinger die Schilder noch einmal ab. Nein, Elviras Familienname tauchte nicht auf. Kurz überlegte er und blieb unentschlossen vor der schmalen Haustür stehen. Vielleicht bewohnte Elvira ja nur ein Zimmer und ihr Name tauchte daher hier unten nicht auf? Fragen kostete nichts. Also beschloss er, einfach hineinzugehen und drinnen noch einmal die Klingelschilder zu betrachten. Vielleicht fand sich ja so der Name doch noch. Die Tür öffnete sich ohne ein Geräusch. Drinnen angekommen, stand er in einem schmalen Durchgang zur Straße. Es war die Tür nach vorn zur Straße hinaus. Gleich linker Hand führte eine steile, hölzerne Treppe in den ersten Stock. Der Hausflur öffnete sich zu zwei Wohnungstüren. An beiden Türen stand der gesuchte Name nicht. Eine Treppe blieb noch, die zur Mansardenwohnung im Dach führte. Mansardenwohnungen hatten in der Regel nur kleine, einzelne Zimmer. Und deren Bewohner wurden auch leicht auf Außenklingeln vergessen. Sicher würde er dort oben auf das gesuchte Schild stoßen. Doch auch die Wohnungstür zur Mansarde trug nicht den gesuchten Namen. Schmidt war sauer. Hatte Elvira ihn zum Narren gehalten? Hatte er etwas verwechselt? Jetzt war er umsonst hier hinauf gestiegen! Aber halt! Einen letzten Versuch wollte er wagen. Fragen kostete noch immer nichts. Vielleicht wusste ja der Bewohner dieser Räume, wo Elvira zu finden war.

Beherzt hob er die Faust und klopfte gegen die Tür. Eine Weile hörte er nichts. Dann vernahm er sich nähernde schlurfende Schritte. »Wer ist da?«, fragte von drinnen die kratzige Stimme einer älteren Frau. »Ich suche Elvira«, antwortete Schmidt von draußen. Es klimperte. Die Tür ging auf. Und eine alte Frau mit weißen Locken stand in der Tür. »Die wohnt hier nicht.« Schmidt machte ein bedrücktes Gesicht. »Na, das ist ja ein Ding!«, sagte er mit gespielter Entrüstung. »Dabei hat sie mir gesagt, sie wohnt Fleischerstraße 3. Das hier ist doch Fleischerstraße 3, nicht?« Die Frau nickte. »Ja, ja, das ist hier. Aber ich kenn den Namen gar nicht. Und die wohnt auch nicht hier nebenan. Ich kenn doch die Leute nebenan. Aber der Name, nein, der sagt mir gar nichts.« – »Das versteh ich aber nicht. Sie hat es mir doch extra gesagt.« Schelmisch lächelte die Frau. »Vielleicht hat sie Sie beschwindelt!« Schmidt machte einen Schritt in die Wohnung. Sein geschulter Räuberblick tastete das Innere nach Beute ab. Lässig und wie nebenbei erwähnte er: »Na ja, wir wollten eigentlich zusammenziehen. Sie hat mir angeboten, bei ihr unterzukommen.« Die Frau war unbewusst in ihre Wohnung zurückgetreten und hatte dem Mann Platz gemacht, der auch prompt in ihre Küche trat. »Aber wenn Sie sich so gut kennen, dann sollten Sie doch wissen, wo Ihre Freundin wohnt.« – »Na ja«, er sah die Frau etwas schuldbewusst an. »Ich sollte Ihnen das vielleicht nicht sagen, weil Sie ja wirklich nett sind. Aber Elvira hat immer gesagt, dass bei ihr im Haus so grässliche Leute wohnen. Die beobachten alles, jeden Schritt, jede Bewegung und zerreißen sich dann hinter ihrem Rücken das Maul über sie. Das kennen Sie sicher.« Die Frau nickte eifrig. »Ja, solche Leute kenne ich. Aber hier wohnt zum Glück niemand von der Sorte.« Sie lachte. »Sehen Sie, unten im ersten Stock, der Herr Steiger ist so ein hilfsbereiter Mann. Und so ein begnadeter Klempner. Der hat sogar schon mal meinen Abfluss repariert. Na, und die Frau Preil unter mir, die ist vielleicht ein bisschen schwatzhaft, aber so etwas würde die auch nie tun.« – »Ja, ich sehe schon. Hier wohnen wirklich nette Leute«, bekannte Schmidt, und sein Blick blieb an einer Geldkassette im Nebenzimmer kleben. »Nun ja, wie dem auch sei. Hier wohnt Elvira jedenfalls nicht. Ich werde es wohl etwas weiter unten in der Straße versuchen.« Er fasste den Entschluss, sich die Geldkassette anzueignen. Er dachte an seinen missglückten Versuch mit dem Portemonnaie letzten Monat. Das sollte ihm nicht noch einmal passieren. Eine Geldkassette hat man für viel Geld. Und alte Frauen sind sparsam. Dort im Nebenraum lag sein Lebensunterhalt für die nächsten Wochen. Die würde er sich nicht entgehen lassen. Der Mann wandte sich zum Gehen. »Ich danke Ihnen«, sagte er schon mit dem Rücken zu der alten Frau. »Ach, keine Ursache. Sie werden Ihre Freundin schon finden.« Die Frau folgte ihm, um hinter ihm die Tür wieder zu schließen.

Kaum war er an der Wohnungstür angekommen und spürte die Frau hinter sich, drehte er sich blitzschnell um. Mit einem gezielten Faustschlag auf das Kinn ging die alte Frau zu Boden. Sie war so überrascht, dass sie den Schmerz zunächst gar nicht spürte. Sie war nur einfach aus dem Gleichgewicht geraten. Sie ruderte mit den Armen und versuchte, irgendwo Halt zu finden. Sie bekam die Kommode neben der Tür zu fassen und wollte sich aufrichten. Schmidt beobachtete die Versuche mit Distanz. Er ließ ihr die Zeit, nach oben zu kommen. Dann holte er aus und schlug ihr mit der flachen Hand ins Gesicht. Die Frau prallte zurück. Mit gespreizten Beinen stand er über ihr und schlug ihr weiter ins Gesicht. Blut schoss der Frau aus der aufgeplatzten Lippe. Schließlich blieb sie wimmernd liegen. Mit beiden Armen bedeckte sie den Kopf, um ihn vor weiteren Schlägen zu schützen. Doch der Anblick der hilflosen, wimmernden Frau reichte Schmidt nicht. Er kam gerade erst in Fahrt. Mit dem Fuß holte er aus und trat ihr in den Unterleib. Sie stöhnte auf. Verächtlich verzog Schmidt die Mundwinkel. So eine Jammerei! Wieder und wieder traf der Fuß den weichen Körper. Die Frau versuchte sich wegzurollen, zu kriechen, sie kam nicht weit. Schließlich blieb sie liegen. Ihr Atem rasselte. Offensichtlich hatte sie Blut eingeatmet. Da endlich reichte es Schmidt. Er kniete sich auf sie und erstickte sie. Der Todeskampf dauerte nicht lange.

Als er kein Leben mehr in dem Körper spürte, stand er keuchend auf. Der Mord hatte ihn erregt, auf eine Weise, die er lange nicht mehr erlebt hatte. Er empfand Lust, die mit dem Tod der Frau noch nicht befriedigt war. ›Was soll's‹, dachte er sich. ›Die merkt's eh nicht mehr.‹ Damit knöpfte er seine Hose auf und ließ seinen sexuellen Trieben freien Lauf. Als er sich endlich verströmte, verfloss auch seine Aggression. Er fühlte sich frei vom Druck, frei von Wut, eben erleichtert. Die tote Frau ließ er auf dem Rücken liegen. Nun zündete er sich eine F6 an und begann, in der Wohnung zu stöbern. Die Kippe warf er Minuten später in einen Kohleeimer neben dem Herd.

Zunächst ging er in den Nebenraum. Es war das Schlafzimmer. Es wurde von einem mächtigen Doppelbett beherrscht. Über dem Kopfende hing in goldenem Rahmen eine Landschaft. Eine grüne Tagesdecke war ordentlich über beide Betten gebreitet. Gegenüber dem Bett stand eine Kommode. Darauf sah der Mörder mehrere Fotos. Schmidt sah das Hochzeitsfoto. Unverkennbar war es die Alte, die draußen hinter der Wohnungstür lag, nur in jungen Jahren. Auf einem weiteren Foto war wieder die Frau, dieses Mal mit einem Kind auf dem Arm. Ein drittes Foto zeigte einen Soldaten. Auf einem gehäkelten und gestärkten Deckchen stand eine Messingschale mit Kleinkram: einige Büroklammern, Pfennige, Haarnadeln und ein kleiner Stahlschlüssel. Den nahm er an sich. Er öffnete die Schranktüren. In der Kommode fand er Bettwäsche, Tischdecken und Unterwäsche. Anschließend durchsuchte er die Nachtschränke zu beiden Seiten des Bettes. Er fand keine Wertgegenstände. Schließlich wandte er sich der Geldkassette zu. Sie war verschlossen. Er nahm den kleinen Stahlschlüssel und stecke ihn ins Schloss. Er passte. Gierig blitzten Schmidts Augen, als er den Deckel anhob. Ja, dieses Mal hatte es sich gelohnt: Hundertzwanzig Mark zählte er. »Nicht schlecht!« Er schnalzte mit der Zunge. Das würde für die nächsten Wochen reichen. Anschließend wandte er sich dem zweiten Zimmer zu. Es war die Küche. Hier befanden sich außer dem Tisch und zwei Stühlen der Herd, der Abwaschtisch und eine Anrichte, außerdem ein Sofa mit einem behäkelten Kissen und einer Tagesdecke. Er durchsuchte die Tassen und Vasen, den Abwaschtisch und den Vorratsschrank. Doch er fand kein Geld mehr. Er öffnete den Herd. Die Leute hatten ja die merkwürdigsten Verstecke für Wertgegenstände. Doch statt Geld lagen dort leckere, frisch gebackene Makronen. Er schnappte sich eine, kostete. Hm, die waren wirklich gut. Weder seine Mutter noch seine Frau hatten es verstanden zu backen. »Also, backen kannst du!«, rief er zu der Toten hinüber. In der Ecke hinter der Küchentür standen ordentlich aufgereiht ein weiteres Paar Schuhe, der Besen, Handfeger und Kehrblech sowie zwei Flaschen Wein. Schmidt prüfte den Wein: Rosenthaler Kadarka und Liebfrauenmilch. »'Ne rote und 'ne weiße, für jeden Geschmack was«, grinste er und stellte die Flaschen zum Mitnehmen auf den Tisch. In dem kleinen Flur stand neben der Tür eine Einkaufstasche. Schmidt schnappte sich auch die. Darin lag das Portemonnaie des Opfers. Professionell durchstöberten seine Finger die einzelnen Fächer. Er fand weitere zweiundzwanzig Mark. Zufrieden nickte er. Mit der Handtasche ging er noch einmal in die Wohnung. Als erstes packte er die Geldkassette ein. Den Schlüssel ließ er in seine Hosentasche gleiten. Dann stellte er die beiden Weinflaschen dazu. Am Ende verpackte er einige der Makronen in Butterbrotpapier, das er in einer Schublade gefunden hatte. Mit seiner Beute im Arm stieg er über den Leichnam. Der Wohnungsschlüssel steckte von innen in der Tür. Schmidt zog ihn heraus. Dann verließ er die Wohnung in der Gewissheit, dass die alte Frau tot war und er alle wichtige Habe mitgenommen hatte. Von außen schloss er die Wohnung ab und nahm den Schlüssel mit.

Burghardt Schmidt trat ungesehen aus dem Haus. Von der Fleischerstraße 3 bis zum Bahnhof sind es nur wenige Minuten zu Fuß. Er ging dorthin und wartete in aller Seelenruhe auf einen Zug nach Berlin. Irgendwo auf der Strecke zwischen Wittenberg und Berlin warf er den Schlüssel zu Elise K.s Wohnung aus dem fahrenden Zug. In Berlin angekommen, blieb er noch eine Weile, bis er abschließend in den Nachtzug Berlin-Schwerin einstieg. Dort fand in den Nachtstunden des 7. Mai seine kriminelle Laufbahn, die über Jahre gedauert hatte, ein Ende.

Die Beweislast, welche wir am Tatort vorfanden, war erdrückend. An der Zigarettenkippe der Marke F6, welche wir am Tatort gefunden hatten, wurden Spuren gesichert, die auf die Blutgruppe Null hinwiesen. Da auch Schmidt die Blutgruppe Null aufwies, war die Wahrscheinlichkeit hoch, dass die F6 von ihm geraucht worden war.

Schmidt selbst war nachgewiesenermaßen nicht der Hellste. Sein Geständnis war daher nur eine Frage der

Zeit. Am meisten schockierte mich seine Aussage, dass er die Tote anschließend sexuell missbraucht habe. Da Schmidt zum wiederholten Mal versuchte, Strafmilderung zu erreichen, indem er angab, unter Alkoholeinfluss gestanden zu haben, wurde, wie schon bei seinem ersten Raubüberfall, ein psychiatrisches Gutachten angefordert. Das Ergebnis las sich ähnlich wie das erste Gutachten: Schmidt verfügte nur über eine niedrige Intelligenz, war ansonsten jedoch im Vollbesitz seiner geistigen Kräfte, als er die Tat beging. Er war auch in diesem Fall voll verantwortlich für sein Handeln. Wie in den meisten ähnlichen Verfahren widerrief Schmidt seine gemachten Geständnisse, gab den Vernehmern Schuld an Lücken oder Unregelmäßigkeiten in den Protokollen oder wollte sich schlicht und einfach nicht mehr erinnern. All das half ihm nicht. Das grausame Vorgehen bei der Tat und auch danach veranlasste die Staatsanwaltschaft Halle im Februar 1971, dem Strafantrag »Todesstrafe« zuzustimmen. Der Antrag ging an die Generalstaatsanwaltschaft der DDR. Von dort wurde er im April 1971 gebilligt.

Diesem Antrag gemäß verurteilte das Bezirksgericht Halle/Saale den Angeklagten am 21. Mai 1971 zum Tode. Die staatsbürgerlichen Rechte wurden ihm dauerhaft aberkannt. Damit war auch seine Haft in Halle beendet. Als Zum-Tode-Verurteilter erwartete ihn eine gesonderte Unterbringung in Einzelhaft. Diese Zellen befanden sich in der Strafvollzugsanstalt Torgau. Dorthin wurde Burghardt Schmidt Ende Mai 1971 überstellt.

Gegen das Urteil legte der Pflichtverteidiger des Angeklagten Berufung ein. Er hatte damit Erfolg. Aus beweisrechtlichen Gründen, die F6-Kippe mag eine Rolle gespielt haben, wurde das Urteil vom Obersten Gericht der DDR aufgehoben. Gleichzeitig verwies es das Verfahren nach Halle zurück. Es musste neu verhandelt werden. Dazu kam es erst im September.

Die erneute Verhandlung wurde auf zwei Tage festgesetzt: den 14. und den 24. September. Noch einmal wurde die Beweislage geprüft, das Vorgehen des Täters nachvollzogen, seine Geständnisse und Widerrufe durchgesehen. Aber die Richter gelangten zu keinem anderen Urteil. Selbst wenn man Schmidts frühere Verurteilungen, seinen Lebenswandel, seine ständig neu unter Beweis gestellte kriminelle Energie außen vorließ und nur objektiv dieses eine Verbrechen betrachtete, konnte man nur zu einem Schuss gelangen: Burghardt Schmidt war schuldig am Tod der Frau. Er hatte sie ohne Grund überfallen und mit Vorsatz auf grausamste Weise ermordet. Sein notorischer Geldmangel war einer der niedersten Beweggründe, die man sich vorstellen kann. Die Brutalität und Menschenverachtung, die sich in diesem Mord widerspiegelten, bezeugten Burghardt Schmidts wahren Charakter. Dass er der Frau abschließend nicht nur Geld und Leben sondern auch noch ihre Würde genommen hatte, machte das Maß voll. Im Urteil erfassten die Richter dieses Mal auch den Raub an der Wittenbergerin unter der Überführung. Man verurteilte Schmidt wegen Mordes in Tateinheit mit Raub in schwerem Fall sowie wegen des weiteren Raubes in schwerem Fall in Tateinheit mit vorsätzlicher Körperverletzung erneut zum Tode. Zwei Monate später, am 8. November 1971, war das Urteil rechtskräftig.

Der Pflichtverteidiger gab sein Bestes. Er brachte ein Gnadengesuch beim damaligen Vorsitzenden des Staatsrates der DDR, Walter Ulbricht, ein. Dieser lehnte das Gesuch ab. Der Verteidiger konnte nichts mehr für Burghardt Schmidt tun. Burghardt Schmidt wurde nicht darüber informiert, wo und wann dieses Urteil vollstreckt werden würde. Schmidt war ein lebendiger Toter.

Selbst wir als Kriminalisten hatten darüber keine Kenntnis. Unsere Aufgabe bestand in der Ermittlung, in der Aufklärung von Verbrechen. In der Mehrzahl der von mir bearbeiteten Fälle endete meine Aufgabe mit der Ermittlung des Täters. Was danach geschah, war Aufgabe der Justiz. Zuständig für den Vollzug war das Ministerium des Innern, Abteilung Strafvollzug. Darin war nur ein sehr klein gehaltener Kreis involviert und eingeweiht. Geheimhaltung bis zur letzten Minute war das oberste Gebot. Ebenso geheim war der Ort der Hinrichtungsstätte. Erst bei den Ermittlungen zu diesem Buch konnte ich endlich in Erfahrung bringen, wie Todesurteile in der DDR vollstreckt wurden. So fand ich erst jetzt heraus, dass die zentrale Hinrichtungsstätte der DDR 1957 von Dresden nach Leipzig in die Strafvollzugsanstalt Alfred-Kästner-Straße verlegt worden war.

Es ist nicht überliefert, wie Burghardt Schmidt die Nacht vom 8. zum 9. Juni 1972 verbracht hat. Sehr wahrscheinlich ist, dass die letzte Nacht seines Lebens so war wie die Nächte zuvor. Denn er wusste erst am nächsten Morgen gegen sechs Uhr, dass nun seine letzten Stunden angebrochen waren. Nach dem Wecken bereitete man ihn für den Abtransport zur Hinrichtungsstätte vor.

Schmidt wurde in einen Barkas mit Fahrer und zwei Sicherungskräften verladen. Das Fahrzeug war eine Spezialanfertigung für derlei Fahrten. Dann trat Schmidt seine letzte Reise von Torgau ins vierundfünfzig Kilometer entfernte Leipzig an. Die Hinrichtungsstätte befand sich in der ehemaligen Hausmeisterwohnung im Gebäudekomplex des Gefängnisses. Baulich war die Wohnung der neuen Nutzung angepasst: Ehemals vorhandene Fenster waren zugemauert worden. Der Zugang zur Richtstätte befand sich in einer Gebäudedurchfahrt. Diese war nicht einsehbar, da man sie durch fensterlose Stahltore von der Straße und zum Hof der Anstalt abgetrennt hatte. Als Schmidt aus dem Barkas stieg und von den beiden Gehilfen des Henkers flankiert in die Hinrichtungsstätte lief, war jegliches Tageslicht ausgeschlossen. Nur Neonröhren erhellten die Räume. Keine Sommersonne begleitete ihn auf diesem letzten Weg. Alle Türen bis hin zur Eingangstür waren doppelt. Die Innenpolsterung an einigen von ihnen dämpfte die Geräusche aus dem Inneren bis ins Unhörbare ab. So hörte niemand von außen die letzten Worte der Delinquenten, ihre Schreie, ihr Weinen, ihre Wünsche und den abschließenden Schuss.

Von der doppelten Eingangstür führte man Schmidt in einen rechteckigen Flur. Im Uhrzeigersinn links öffnete sich die Tür zum Vollstreckungsraum – eine Tatsache, die Schmidt zu diesem Zeitpunkt nicht bewusst war. Die beiden Gehilfen des Henkers führten den Verurteilten durch den Flur und dann durch eine rechts gelegene Tür. Dort befand sich eine Verwahrzelle mit vergitterter Tür.

Man schloss Burghardt Schmidt in seine letzte Zelle. Im Aufenthaltsraum daneben warteten bereits ein Vertreter der Generalstaatsanwaltschaft Berlin, ein Vertreter des Ministeriums für Staatssicherheit, der Leiter der Haftanstalt Leipzig, der ärztliche Direktor des Haftkrankenhauses Leipzig-Meusdorf sowie der Vollstrecker: Hauptmann der Volkspolizei Hermann Lorenz.

»Machen Sie den Oberkörper frei!«, forderte einer der beiden Gehilfen des Henkers. Schmidt zog seine Jacke und das Gefangenenhemd aus. »Nun beide Arme nach hinten!«, kommandierte der Gehilfe. Folgsam verschränkte Schmidt die Hände auf dem Rücken. Mit einem breiten Lederriemen fesselte ihm anschließend der andere Henkershelfer beide Hände. So vorbereitet, warteten die drei Männer auf den Vertreter der Generalstaatsanwaltschaft. Der Mann kam mit einer Mappe aus dem Nebenzimmer. Unsicher sah Schmidt auf den Mann im blauen Jackett. »Herr Burghardt Schmidt, Sie wissen ja, Ihr Gnadengesuch wurde abgelehnt. Die Hinrichtung wird jetzt vollzogen.« Schmidt schwankte. Einer der Gehilfen nahm ihn am Ellbogen und sicherte ihn. Der Henker selbst hatte sich zu diesem Zeitpunkt bereits auf seine Position im Hinrichtungsraum begeben. Er hatte seine schallgedämpfte P38 geladen und überprüft. Nun stand er hinter der Tür zum Exekutionsraum und wartete auf seinen Moment. Die Gehilfen führten Schmidt aus der Zelle zurück in den Flur und zu einer geöffneten Tür auf der gegenüberliegenden Seite. Man schob ihn hindurch und nach links. Mit weichen Knien sah Schmidt einen absolut kahlen Raum. Im linken Teil war die Sicht durch eine in der Mitte des Raumes unterbrochene Trennwand abgeschirmt. »Dort hinten wird es passieren«, dachte der Verurteilte und konzentrierte seine Aufmerksamkeit auf den Bereich hinter der Trennwand, den er nicht einsehen konnte. Was erwartete ihn dort? Stand dort der Vollstrecker mit der Pistole? »Ich werde ihm fest in die Augen sehen. Ich werde nicht schlapp machen!«, nahm er sich vor. In der Zwischenzeit führten die Gehilfen den Mann auf die Trennwand zu. Noch immer überlegte Schmidt, wie er wohl aussehen würde, sein Henker. Doch er sollte ihn nicht zu Gesicht bekommen. Denn in diesem Moment trat Hermann Lorenz hinter der Tür hervor, war mit zwei Schritten hinter dem Delinquenten, zielte mit seiner P38 auf den Hinterkopf des Mannes und drückte ab.

Der ärztliche Direktor stellte am 9. Juni 1972 um 10.05 Uhr den Tod von Burghardt Schmidt fest. Nach der Exekution wurden dem Toten die Hände wieder frei gebunden. Die Gehilfen legten den Leichnam in einen einfachen Holzsarg, der die ganze Zeit in einem weiteren Nebenraum bereitstand. Anschließend nagelten sie den Sarg zu. Das Hämmern blieb in der Polsterung der Innentür hängen. Draußen bekam niemand mit, dass hier soeben ein Todesurteil vollstreckt worden war.

Der Sarg mit Schmidts Leichnam nahm den Weg aller Todeskandidaten. Auf dem Südfriedhof in Leipzig äscherte man ihn ein und setzte die Urne wegen der Geheimhaltung anonym als Anatomieleiche bei. Den Exekutionsort des Burghardt Schmidt vertuschte man, indem auf dem Totenschein als Sterbeort Dresden angegeben wurde. Die schriftliche Lüge hatte für niemanden Konsequenzen.

Ob Schmidt noch einen letzten Wunsch äußerte oder gar einen Abschiedsbrief schrieb, entzieht sich meiner Kenntnis. Bei seiner Inhaftierung am 8. Mai 1970, also zwei Jahre vor der Vollstreckung des Urteils, legte er fest, dass niemand von seiner Inhaftierung unterrichtet werden sollte. Weder sein Vater noch seine geschiedene Frau oder sein Sohn sollten wissen, dass er sich erneut in Haft befand. Das Leben des Burghardt Schmidt endete mit fünfunddreißig Jahren. Trotz seines Lebenswandels hatte man ihm eine Vielzahl von Chancen geboten, sein Leben zu ändern und es in geordnete Bahnen zu lenken. Er hatte sie alle ungenutzt verstreichen lassen.

Meine Gedanken wandern weiter zu meinem eigenen Lebenswandel. Konnte man dem Mann einen Vorwurf machen, dass ihn das Milieu, in dem er aufgewachsen war, zu einem Verbrecher gemacht hatte? Zumindest in den frühen Lebensphasen bestimmen die Umstände sehr stark, ob man tugendhaft lebt oder kriminell wird. Nach Kriegsende geriet auch ich in eine kriminelle Bande, die raubte, was ihr unter die Augen kam. Bis Ende der vierziger Jahre stahlen wir Kohlen von Güterzügen, Lebensmittel aus Lastkraftwagen. Mir bot sich 1947 eine Chance, aus diesem Milieu zu entkommen. Denn mein Vater, der erst in diesem Jahr aus englischer Kriegsgefangenschaft heimkehrte, holte seine Familie und damit auch mich aus meinem kriminellen Umfeld nach Merseburg. Am Schicksal meiner Bandenfreunde konnte ich Jahre später ablesen, was aus mir geworden wäre, wenn mein Vater mich nicht da herausgeholt hätte.

Raubmord an der 72jährigen Bürgerin Elise Krause findet seine

Staatsanwalt plädiert fü

Vor dem III. Senat des Bezirksgerichtes plädierte gestern der Staatsanwalt, daß der 34jährige Burkhard Schmidt, zuletzt wohnhaft in Wittenberg, wegen des am 6. Mai vergangenen Jahres verübten Raubmordes an der Rentnerin Elise Krause, Wittenberg, Fleischerstraße 3, und des Raubes einer Geldbörse, ausgeführt am 13. April 1970, mit dem Tode bestraft wird.

Die Todesstrafe, das schwerste durch das Strafgesetz angedrohte Strafmaß, wird bei uns in der DDR gegen solche Personen angewendet, die besonders schwere Verbrechen gegen den Frieden, die Arbeiter-und-Bauern-Macht oder das Leben der Bürger begehen. Sie wird nur in Ausnahmefällen ausgesprochen.

War dies ein solcher Ausnahmef
Schon als Kind wurde der Angekla
von seiner in Westdeutschland wohn
den Mutter zu strafbaren Handlun
veranlaßt. Im zwölften Lebensjahr f
er am Alkohol Gefallen, erlebte die
Westdeutschland so hoch geprie
Freiheit. Harte Schläger, so wie
Ledernacken, waren seine Vorbil
der Drang, zu Geld zu kommen, o
zu arbeiten, sein Ideal.

Im Jahre 1960 tauchte er in
Deutschen Demokratischen Repu
auf, fand hier die Möglichkeit, sic
der Landwirtschaft zu qualifizieren.
Angebot, in unserem sozialistisc
Staat ein ordentliches Leben zu füh
hielt Schmidt nicht ein, mußte sc
1961 wegen des Versuches, andere

:

Todesstrafe

enzdurchbruch zu verleiten, bestraft rden. 1964 wurde er vom Bezirksgeıt Schwerin wegen eines gemeinsam jangenenen schweren Raubes zu sie- Jahren Zuchthaus verurteilt.

ls er 1970 entlassen wurde, nahm sein Vater in Wittenberg auf. Aber d begann Schmidt wieder zu trinken, es kam zu Auseinandersetzungen der Familie. Der Einfluß der staat-en Stellen und der betrieblichen ektive ist nicht abzusprechen, aber alle vermochten nicht, Schmidt auf n anständigen Lebensweg zu brin-

nd so konnte es geschehen, daß dem Raub einer Tasche im April 6. Mai 1970 zwischen 16 und 17 Uhr Bürgerin Krause in ihrer Wohnung von dem Schmidt bestialisch ermordet wurde.

Als Grund für diesen Mord gab er an, er hätte Geld benötigt. Er verdiente aber im Monat netto 690,– Mark, diese Summe reichte ihm noch nicht, und deshalb beging er kaltblütig einen Mord an einer alten Frau, dessen Ausführung hier nicht wiedergegeben werden kann.

Einen Tag später fanden ihn die Genossen der Transportpolizei in Ludwigslust. Durch einen Reparaturschein des Dienstleistungskombinates konnte schnell ermittelt werden, daß er eine geraubte Damenhandtasche bei sich trug. Die Genossen der Transportpolizei hatten den Täter schneller gefaßt, als das Verbrechen bekannt wurde.

Am Freitag wird das Urteil verkündet. Wir wissen, daß es dem gerechten Empfinden unserer Bürger entsprechen wird.

W. W.

Aus: *Freiheit*, 20.05.1971

Bis dir der Atem ausgeht

Er parkte sein Auto hinter dem Waldstück. Unter einem Hollunderbusch fand es ausreichend Schatten. Außerdem verdeckten es die Zweige vor zufälligen Blicken von der F107. Wenn er nachher zurückkommen würde, würde es im Auto trotzdem warm sein. Schließlich war es Sommer, früher Nachmittag und beinahe 27 Grad, auch im Schatten. Er würde die Fenster öffnen und sich den Fahrtwind um den Kopf wehen lassen, auf dem Weg zurück nach Hause. Er hakte den Sicherheitsgurt in die Halterung über seiner Schulter, legte den ersten Gang ein und zog den Zündschlüssel ab. Dann stieg er aus. Er ging die zwanzig Meter zurück zur Straße und überprüfte, ob man seinen Wagen von dort aus sehen konnte. Man konnte nicht. Beruhigt kehrte er zurück und öffnete den Kofferraum.

Sonja strich sich mit dem Handrücken eine schwarze Haarsträhne aus der Stirn. Sie trocknete die restlichen Töpfe und Schüsseln ab. Die fünfundachtzig Teller und Löffel sowie die große Suppenkelle lagen schon abgewaschen und zum Einräumen bereit auf dem Tisch. Als Sonja die Teller in den Schrank räumte, kam noch ein Mädchen mit Zöpfen die acht Stufen in den Essenskeller hinuntergesprungen. Sie lief an dem Fenster der Essensausgabe vorbei in den Teeraum, nahm sich einen der gelben Plastikbecher und ging zum Teekübel. Sonja hörte das leise Plätschern des Getränks. Das Mädchen trank den Becher in einem Zuge aus. Sie winkte Sonja durch die offene Tür zu. Dann legte sie den Becher in die gerade erst geleerte Schüssel für dreckiges Geschirr und hüpfte eilig die Treppe wieder hinauf. Sonja lächelte. Es war Sommer und heiß draußen. Natürlich mussten die Kinder trinken. Den Becher würde Heidi am Nachmittag abwaschen, kurz bevor der Hort schloss. Sonja war für heute fertig. Sie wischte ihre aufgeweichten Hände an der Schürze ab, zog sie aus und hängte sie neben die Tür der Küche. Dann ging sie in den Aufenthaltsraum, wo ihre Handtasche stand. Die Reste der Nudelsuppe gehörten heute Heidi. So war es abgesprochen, und Sonja würde nichts mit nach Hause nehmen. Sie kramte in der Handtasche nach ihrem Fahrradschlüssel. Noch eine halbe Stunde, dann konnte sie zu Hause sein.

Der Mann stand über den Kofferraum gebeugt. Er suchte etwas. Endlich hatte er es gefunden. Er nahm den Gegenstand mit dem Futteral heraus. Dann machte er sich auf den Weg. Er hatte noch einige Vorbereitungen zu treffen.

Sonja blinzelte, als sie auf den Hof hinaustrat. Es war viertel zwei und die Sonne hatte noch die Kraft der Mittagshitze. Sie wog ihren Fahrradschlüssel in der Hand. Nun aber schnell. Wenn sie in zwanzig Minuten zu Hause war, konnte sie noch einen Spaziergang mit Dackel Daniel machen, bevor sie die üblichen Einkäufe in der Kaufhalle erledigte. Das Schloss rastete neben der Sitzstange ein, dann schwang sie sich auf den Drahtesel und fuhr los.

Sonja schaute die gerade Chausseestraße entlang, die rechts und links von Apfelbäumen gesäumt wurde. Die

Äpfel wuchsen schon zu ansehnlichen Früchten heran, aber es würde noch dauern, bis man sie ernten konnte. Heiß brannte die Sonne auf sie herab, während ihr Fahrrad über das Kopfsteinpflaster holperte. Wie Wasser glitzerte die Luft in einiger Entfernung darüber. Sonjas Blick suchte den Wald. In etwa fünfhundert Metern begann der schattige Abschnitt ihrer Heimfahrt. Dann konnte sie aufatmen. Ab dem Wald wurde die Straße weniger holprig, und die Kühle der Bäume machte das Fahren angenehmer.

Der Mann brachte das Spektiv in Position. Er richtete es die Straße abwärts auf die vorletzte Kurve. Er schwitzte etwas in der Sonne. Von seinem Beobachtungsposten aus konnte er in etwa einem Kilometer Entfernung erkennen, wer die Straße heraufkam. Er war zufrieden mit dem, was er durch das Fernrohr sehen konnte. Alles lief so, wie er es sich erdacht, erträumt hatte. Die nächsten Schritte hatte er schon so oft durchgespielt, dass sie fast automatisch abliefen. Schnell packte er sein Spektiv wieder in das Futteral und brachte es zum Auto, zügig zwar, aber hektisch war er dabei nicht. Den Platz, die Stätte, hatte er schon in der letzten Wartezeit für das Ereignis vorbereitet. Das Gras war in einem Durchmesser von etwa vier Metern niedergetreten, störende Äste waren abgeknickt und selbst größere Steine hatte er hinüber in den Brombeerbusch geworfen. Hinter ihm schützte der Kiefernwald. Hier aber war eine kleine Nische mit einem guten Zugang zur Straße zwischen dem Brombeerbusch und einigen Birken. Noch einmal trat er die Stätte nieder, prüfte die Zweige, dann schaute er aufmerksam die Straße hinab.

Sonja genoss den jetzt kühlen Fahrtwind. Morgen würde es Griesbrei mit Kirschen geben. Darauf freuten sich schon alle. Und Sonja und Heidi wussten, dass bei diesem Gericht nichts übrig bleiben würde. Völlig in Gedanken leckte sich Sonja die Lippen.

Dann ging alles rasend schnell. So schnell, dass Sonja sich später nicht mehr erinnern konnte. Jemand sprang plötzlich bei der Brombeerhecke auf die Straße. Er riss sie vom Fahrrad. Ob der Aufprall schmerzhaft war, konnte sie hinterher nicht mehr sagen. Aber der Sturz war dann auch nicht mehr wichtig. Der Mann hatte seinen Arm um ihren Hals gelegt und schleifte sie rückwärts in das Gebüsch. Sie versuchte zu schreien, aber der Druck auf ihren Hals ließ nur ein leises Keuchen zu. ›Mein Fahrrad‹, dachte sie unnötigerweise. ›Er kann mein Geld haben‹, dachte sie weiter. Dann fiel ihr ein, dass sie nur fünf Mark im Portemonnaie hatte. Mehr brauchte sie ja auf Arbeit nicht. Nur fünf Mark für alle Fälle. Weiter kamen ihre Gedanken nicht, denn sie lag plötzlich auf dem Rücken. Und der Mann saß rittlings auf ihr. Nun war ihr klar, dass es nicht um Geld ging. Sie versuchte, sich zu wehren. Aber der Mann saß schwer wie ein Felsbrocken auf ihren Oberschenkeln. Der Druck schmerzte. Die Hände hielt er über ihrem Kopf auf den Boden gepresst. Sie drehte die Hüften, versuchte sich unter ihm loszuwinden. Aber der eiserne Griff um ihre Hände, das Gewicht auf ihren Beinen, ihr blieb kaum Bewegungsfreiheit. Der Mann über ihr keuchte seinen feuchten Atem in ihr Gesicht. Und sie strengte ebenfalls alle Muskeln an. Sie spürte, dass ihre Kräfte nicht ewig dauern würden. Plötzlich ließ der Mann ihre Hände los. Bevor sie jedoch die Freiheit ausnutzen konnte, lagen seine Finger an ihrem Hals. Sie spürte, wie sie plötzlich keine Luft mehr bekam. Panisch versuchte sie zu atmen. Der Druck auf ihren Hals wurde stärker. Ihre Lungen begannen zu brennen. Nun wehrte sie sich doch mit den Händen, versuchte seine Finger zu lösen. Aber ihr wurde schon schwindelig. Kleine Lichtpunkte blitzten vor ihren Augen. Ihr ganzer Körper kämpfte nun nur noch um Luft. »Ist das jetzt das Ende?«, fragte eine Stimme durch das rasende Blut in Sonjas Kopf. »Ich will nicht sterben!«, schrie etwas in ihr. Für einen kurzen Augenblick ließ der Druck auf ihren Hals nach, denn der Mann brauchte eine freie Hand. Dann spürte sie, wie der Mann ihren Rock nach oben schob. Der Schlüpfer machte ihm offenbar einige Mühe. Er schob ihn Stück für Stück erst ein Bein, dann das andere hinab. Soweit, dass ihm ausreichend Platz blieb. Die Schwärze um Sonja erhellte sich um eine Nuance. Dann bohrte sich Schmerz in ihren Unterkörper. Brutal drang er in sie ein. Der Druck auf den Hals wurde wieder stärker. Sonjas Sinne schwanden für einen Augenblick. Sie spürte nur noch, dass ihr Körper gestoßen wurde, schneller, immer schneller. Dann war es vorbei. Und plötzlich bekam sie Luft. Plötzlich war der Druck auf ihren Hals weg. Sie atmete schnell und gierig. Gierig wie ein Verdurstender, dem jemand Wasser spendet. Jeder Atemzug schmerzte. Sie hustete, griff an ihren Hals. Au! Das tat weh. Da sprang sie auf. Ihr wurde schwindelig und sie taumelte. Sie wollte das Gleichgewicht finden, doch der Schlüpfer um ihre Waden verhinderte größere Schritte. Sie stürzte auf das Gras. Nun war sie bei vollem Bewusstsein. Voller Entsetzen riss sie den Schlüpfer nach oben, streifte den Rock nach unten und fasste die wirren schwarzen Haare in einem frischen Zopf zusammen. Dann kämpfte sie sich stolpernd vor zur Straße, zu ihrem Fahrrad. Nur weg hier! Die zittrigen Beine erschwerten den Aufstieg. Beinahe kippte sie ihrem Fahrrad hinterher auf die andere Seite. Der zweite Versuch gelang. Mit bebenden Händen und weichen Knien fuhr sie. Sie fuhr, sie lebte, und an das eben Geschehene wollte sie nicht weiter denken.

Marlene wickelte Sabine in die nagelneuen Windeln. Nun ja, nagelneu waren sie nicht. Sie waren gebraucht, natürlich. Aber für Marlene und für Sabine waren sie neu. Sabine war sechs Tage alt und Marlene erst seit zwei Tagen aus dem Krankenhaus zurück. Die beiden versuchten gerade, in einen halbwegs vernünftigen Rhythmus zu kommen. Sabine war das schönste Baby, das Marlene je gesehen hatte. Aber sie gestand sich ein, dass so wohl alle jungen Mütter dachten. Heute wollte sie kurz nach Wörlitz in die Drogerie fahren, um Babypuder und Babycreme zu besorgen. Im Konsum in ihrem Ort gab es solch spezielle Dinge natürlich nicht. Sie legte ihren Einkauf zwischen zwei Stillzeiten. Zwei Stunden würden auf jeden Fall ausreichen, um nach Wörlitz zu radeln. Sie legte die frisch gewickelte Sabine in den Kinderwagen und schob sie zur Oma. In der mitgenommenen Babytasche waren die notwendigen Dinge für alle Fälle. Aber Oma war ja schon dreifache Uroma und kannte sich daher bestens aus. Sabine war versorgt.

Marlene nahm mit dem Fahrrad die Fähre nach Wörlitz. Das Fahrradfahren war noch etwas unangenehm. Die Entbindung lag ja erst eine Woche zurück, und sie war sehr schmerzhaft gewesen. Marlene biss die Zähne zusammen und dachte: ›Das wird alles wieder.‹ Auf dem Wasser war es angenehm kühl. Und in der Sonne kamen auch die Mücken nicht. Auf der Wörlitzer Seite der Elbe angekommen, schob sie ihr Fahrrad von der Fähre und stieg noch etwas umständlich auf. Als sie um die Kurve neben dem Roggenfeld kam, sah sie hinten bei der Eichenkultur etwas aufblitzen, ein Spiegelreflex der Sommersonne in einem Glas. ›Dass es die Leute noch nicht gelernt haben, ihre leeren Flaschen nicht ins Gras zu schmeißen!‹, dachte Marlene verdrießlich. ›Wir haben Waldbrandwarnstufe 4! Sogar die Kinder erfuhren heutzutage schon in der Schule, dass Glas nicht in den Wald gehört.‹ Der Fahrtwind wehte kühl und zauste ihre kurzen braunen Locken.

Der Mann auf der Straße schrie sie an. Wo kam der auf einmal her? Er fuchtelte mit etwas herum. Dann erkannte Marlene: eine Pistole! Der Schreck lähmte sie. Ihr Absteigen vom Fahrrad kam einem Sturz gleich. »Halt deinen Mund!«, schrie der Mann. »Wenn du schreist, schieße ich!« Marlene stand neben dem Fahrrad und wusste nicht, was sie tun sollte. Da war der Mann schon bei ihr, riss sie vom Fahrrad weg. Es fiel scheppernd auf das Pflaster. Er stieß sie hinein in das hohe Gebüsch neben der Straße. Sie spürte den Pistolenlauf in ihrem Rücken. Disteln kratzten an ihren nackten Beinen, und eine Brennnessel verbrannte ihren Fuß in der Sandale. Noch ein Stoß von hinten, und sie stolperte auf eine niedergetretene Grasfläche zwischen den Eichen. »Der hat hier alles vorbereitet«, dachte sie noch, als der nächste Stoß sie auf den Boden warf. »Aber ich hab doch …«, wollte sie dem Mann sagen. Sie wollte ihm sagen, dass das, was er vorhatte gar nicht ging. Sie hatte doch vor einer Woche erst ein Kind gekriegt. Das da unten war doch noch alles wund. Aber sie kam nicht dazu. Der Mann kniete plötzlich auf ihr und hielt ihr den Mund zu. So kräftig schlug seine Hand auf ihre Lippen, dass ihre Schneidezähne schmerzten. Dann schmeckte sie Blut. Sie wollte nun doch schreien, aber es wurde nur ein Schnaufen durch die Nase. Wild schlug sie um sich, wehrte sich, aber der Mann hatte ihre Hände schon eingefangen und hielt sie mit einer Hand umklammert. Mit der anderen hielt er ihr wieder den Mund zu. Das Atmen durch die Nase ging viel zu langsam. Er trug jetzt eine Art Maske, einen Sack über dem Kopf aus dem nur Augen und Nase herausschauten. Wieder wollte sie sich wehren, doch da hatte er seine Hände an ihrem Hals. Er würgte sie mit beiden Händen. Automatisch griff sie danach und wollte die Klammern um ihren Hals lösen. Aber sie bekam keinen Finger los. Stattdessen überfiel sie absolute Panik. Der Körper bäumte sich auf, die Lungen und das Zwerchfell sogen nach Luft. Doch es gab keine. Sie spürte das Klopfen ihres Blutes in jedem Körperteil: in den Händen, im Bauch. Am meisten raste ihr Kopf. Ein dumpfer Kopfschmerz machte sich breit. Sie rang verzweifelt nach Atem, selbst ihre Beine zuckten. Aber der Griff ließ kein Gramm Luft hinein. Marlene wurde schwarz vor Augen. Sie hörte das Blut in ihren Ohren rasen. Da wusste sie, dass es die letzten Minuten ihres Lebens waren. Ein letzter verzweifelter Gedanke: »Sabine!« Da ließ der Griff plötzlich nach. Sie bekam wieder Luft. Sie hustete, sie atmete. Der Hals brannte. Sie bemerkte gar nicht, dass der Mann nur losgelassen hatte, weil er beide Hände für ihre Hose brauchte. Sie wehrte sich nicht, kämpfte nur um jeden neuen Atemzug. Und als sie gerade so viel Luft bekommen hatte, dass ihr bewusst wurde, was geschah, setzte der Druck wieder ein. Der Mann war in ihr. Aber das war ihr egal. Sie wollte atmen. Der Druck auf den Hals wurde rhythmisch stärker. Sie sah noch einmal auf den Mann über ihr. Doch sie sah nur die Maske. Dann krampften sich ihre Muskeln ein letztes Mal zusammen. Dass der Mann euphorisch aufstöhnte, hörte Marlene nicht mehr. Ihr Körper gab jeden Widerstand auf.

Horst nahm Liane beim Arm. Tief atmete er den würzigen Duft des Waldes ein. »Ist es nicht herrlich?«, fragte er seine Freundin. Sie nickte lächelnd. Er trug auf dem freien Arm den Picknickkorb, sie trug die Decke. »So etwas sollten wir öfter machen«, sagte sie sinnlich, und ihr Wimpernaufschlag verriet, worüber sie redete. Er stellte sich vor sie hin und gab ihr einen Kuss auf die Nasenspitze. »Und du machst dir keine Sorgen, dass uns jemand beobachtet hat?« – »Warum? Vielleicht hat es ihm ebenfalls Freude bereitet, zuzuschauen.« Sie grinste herausfordernd. »Du bist ja eine ganz Schlimme!«, schimpfte er spaßig.

»Sieh mal«, sagte Horst plötzlich und zeigte auf ein Fahrzeug hinter einem Busch. »Wir sind doch nicht die einzigen.« – »Der hat uns vielleicht wirklich beobachtet.« Lianes Stimme klang plötzlich besorgt. »Aha. So abgebrüht bist du also doch nicht«, scherzte Horst. Und er setzte hinzu: »Vielleicht sind es ja zwei. Und die machen auch ein Picknick.« Horst ging zu dem Auto. »Willst du dir sein Kennzeichen aufschreiben? Für den Fall, dass er uns nachstellt?« Liane kam zögernd nach. »Wer weiß, wer weiß …«, sagte Horst rätselhaft. Das geparkte Auto entpuppte sich als ein weißer Trabi mit grünen Seitenstreifen und einem grünen Dach. »Komm, lass uns gehen«, drängte Liane. Aber Horst hielt eine Hand über die Augen und schaute in das Innere. »Der hat da 'n Netz. So was hab ich noch gar nicht gesehen.« – »Und ich will es gar nicht sehen«, ergänzte Liane. »Der ist auch schon ziemlich verrostet. Guck mal. Die Stoßstange hat sogar ein Loch«, bemerkte sie dann aber doch noch. »Das ist einer aus Leipzig«, stellte Horst abschließend beim Blick auf das Kennzeichen fest. »Los, lass uns endlich gehen!« Liane war schon fast um den nächsten Busch herum. »Der denkt noch, du willst sein Auto klauen.« Widerstrebend kam Horst nach.

»Was hat die Mordkommission mit Vergewaltigung zu tun?«, fragte einer meiner Mitarbeiter. »Weil die Opfer so gut wie tot sind, wenn der Kerl von ihnen ablässt!«, antwortete ich. »Hier hast du den Brief vom Ministerium des Inneren, Hauptabteilung Kriminalpolizei. Der Einsatz von Mordkommissionen ist angeordnet.« – »Wohin geht es?«, fragte ich lapidar. »Gräfenhainichen. Das Volkspolizeiamt ist die Einsatzzentrale. Es kommen noch Kollegen von der Mordkommission Potsdam.«

Es war Frühsommer 1972, und wir hatten einen neuen Fall. Ein Serientäter verübte Gewaltstraftaten an Frauen unterschiedlichen Alters. Entlang der Fernverkehrsstraße F107 bedrohte und würgte er seine Opfer lebensbedrohlich und vergewaltigte sie in jedem Fall. Weil bei den Tatortermittlungen mehrfach ein in der Nähe geparkter Trabant festgestellt wurde, konzentrierten wir uns auf diesen Fahrzeugtyp. Leider waren weiße Trabis mit grünem Seitenstreifen und grünem Dach zu dieser Zeit keine Seltenheit auf den Straßen. Problematisch waren auch die Täterbeschreibungen. In mehreren Fällen hatte der Mann eine Maske getragen, die zwar das Gesicht, nicht aber die Haare bedeckte. Die Frauen beschrieben die Haarfarbe von blond bis schwarz. Einmal hieß es sogar, der Täter sei kahlköpfig gewesen. Körpergröße und Figur stimmten weitgehend überein. Der Täter war kräftig, untersetzt und maximal 1,65 Meter groß. Unsere ersten Maßnahmen bestanden darin, Kontrollpunkte einzusetzen, an denen Kriminalisten und Zusatzkräfte alle durchfahrenden Personenkraftwagen des Typs Trabant nach Farbe und Kennzeichen erfassten. Dann überprüften wir die Fahrzeughalter. Waren sie männlich? Hatten sie Vorstrafen, die im Sexual- oder Gewaltbereich lagen? Wir überprüften viele Personen. Einen Tatverdächtigen konnten wir nicht ermitteln.

»Ich gehe mal los«, sagte Heinz an der Tür. »Jetzt?«, fragte seine Frau von drinnen zurück. »Es ist schon acht. Wo willst du denn um diese Zeit hin?« Heinz K. blickte genervt auf den Schlüssel in seiner Hand. »Ich muss noch mal in die Garage. Du weißt doch. Klaus hat doch den Wartburg bekommen. Ich hab noch 'n paar neue Teile organisiert. Da müssen wir noch ein bisschen schrauben.« – »Komm nicht so spät«, schallte es aus der Küche. »Es kann spät werden«, rief es zur gleichen Zeit von der Tür. Dann klappte das Schloss. Gerti schüttelte mürrisch den Kopf. Das war nun schon der vierte Abend diesen Monat. Wenn Klaus nicht allein seinen Wartburg hinbekam, durfte er sich eben kein Auto kaufen. Musste immer Heinz dabei sein? Sie trocknete sich die Hände am Handtuch neben der Spüle ab. Dann ging sie ins Wohnzimmer an ihre Häkelarbeit.

Eine Spur führte mich und einen Kollegen der Mordkommission Potsdam in deren Einsatzwagen, einem Wartburg 353, nach Leipzig. Wir kehrten gerade zur Zentrale in Gräfenhainichen zurück, als es zu regnen begann. Die F2 bestand zu dieser Zeit aus Blaubasaltpflaster. Das ist ein durchaus vernünftiger Straßenuntergrund – solange es nicht regnet. In Verbindung mit Wasser verwandelt er sich in eine Rutschbahn. »Junge, fahr vorsichtig!«, sagte ich noch zum Fahrer. »Das hier wird 'ne blanke Rutschpartie.« Meine Warnung war umsonst. Die F2 ist kurvenreich. Links und rechts wuchsen Birken. Ich las gerade auf der Rückbank in der *Fußballwoche*, als mir die Zeitung plötzlich ins Gesicht geschlagen wurde. Ich spürte das Einsetzen der Fliehkräfte. Es polterte laut, dann trat Stille ein. Als ich zu mir kam, lagen wir mit dem Fahrzeug unterhalb einer Brücke in einem Wiesengelände. Das Fahrzeug lag hochkant auf der Fahrerseite in einem Graben. Ich kniete auf etwas Weichem. Bei näherem Hinsehen bemerkte ich, dass es der Potsdamer Kriminalist war. Front- und Hinterscheibe des Fahrzeugs fehlten. Durch die vordere Öffnung kroch ich ins Freie. Inzwischen kam auch mein Begleiter aus dem Fahrzeug gekrochen. »Ist das eine Sch…!«, fluchte er. »Jetzt muss ich den Schaden bezahlen. Mann so eine Sch…!« Der Regen war inzwischen stärker geworden. Die hinzugerufene Volkspolizei aus Delitzsch stellte fest, dass jeder Reifen einen anderen Luftdruck hatte. Wir brauchten einen neuen Wagen. Um zur Zentrale zu kommen, rief ich über Funk ein Einsatzfahrzeug von uns an die Unfallstelle. Dieses, ein Wolga, nahm nun den zerbeulten Potsdamer 353er-Wartburg in Schlepp. Die vollständige Heckscheibe funktionierte ich zur Frontscheibe um und befestigte sie mit etwas Draht. Bis zur Zentrale in Gräfenhainichen würde sie mir den Regen aus dem Gesicht halten. Der Potsdamer Kollege und der Fahrer des Wartburgs nahmen auf der Rückbank Platz, während ich das Unfallauto steuerte.

Nachdem ich eineinhalb Tage meine Prellungen und Kopfschmerzen behandelt hatte, nahm ich die Arbeit wieder auf.

Beim Frühstück sah Gerti Heinz solange an, bis dieser es merkte und von seiner Brotscheibe aufsah. »Ist was?« Etwas verlegen wiegte Gerti den Kopf. »Ich wollte nur mal fragen, was du am Freitag so vorhast.« – »Ich? Wieso?«

Heinz legte sein Messer neben den Teller. »Ach, nur so«, beschwichtigte sie. »Ich dachte nur, ich könnte vielleicht das Auto mal haben.« Heinz lächelte und schmierte weiter. »Wieso denn nicht? Ich hab am Freitag um eins Schluss. Dann bin ich gegen zwei zu Hause, dann kannst du das Auto haben.« Gerti leuchtete ihn erleichtert an und nahm einen Schluck Kaffee. »Na, dann kann ich ja Waltraut Bescheid sagen. Wir wollten nämlich ein Picknick im Grünen machen, und da meinte sie, mit dem Auto, das wäre doch schön, da kämen wir mal raus aus Leipzig.« Bei dem Wort Picknick zuckte Heinz leicht zusammen, aber Gerti bemerkt es nicht. »Da fällt mir ein …« Heinz dehnte seinen Einwand. »Am Freitag ist noch Parteiversammlung im Betrieb. Die wollen das gleich im Anschluss an die Arbeit machen. Ich werde wohl erst gegen vier zu Hause sein.« Leicht kniff Gerti die Lippen zusammen. »Ach, Mäuschen«, wandte Heinz ein. »Um vier ist doch noch nicht zu spät. Wenn ihr gleich losfahrt, seid ihr halb fünf schon im Grünen. Das geht noch für einen Kaffee.« Und nach einer Pause setzte er hinzu. »Ich könnte euch auch raus in den Heidekrug fahren. Dort könnt ihr ein leckeres Eis essen. Das wäre doch besser als kalter Kaffee mit Ameisen.« Gerti war noch nicht ganz getröstet. »Eigentlich wollten wir Weiber unter uns sein.« – »Ach, die Frauen und ihre Geheimnisse.« Heinz biss herzhaft in das fertig geschmierte Brot. »Du bist auch ständig bei Klaus draußen. Da seid ihr auch unter euch.« Heinz sah eine leichte Ehekrise auf sich zurollen. Er gab klein bei. »Ist ja schon gut. Ich fahre wie der Blitz, und ihr habt schon alles gepackt, wenn ich komme. Dann steigst du ein, und nur ihr beide fahrt ins Grüne. Ich kann ja zum Klaus auf ein Bier.« Ganz zufrieden war Gerti nicht, aber was sollte sie tun? Die Partei ging nun einmal vor.

Am Freitagnachmittag saß Gerti mit Waltraut auf der Bank vor dem Haus. Den Weidenkorb mit der Thermoskanne und dem Kuchen hatte sie auf dem Schoß. Waltraut knetete die Decke. Es war Freitag, zehn nach vier. »Da hast du's«, sagte Gerti vorwurfsvoll. »Dass Männer nie pünktlich sein können.« Waltraut nickte. »Wenn mein Erwin sagt, er kommt um sechs, dann brauche ich das Abendbrot nicht vor halb acht auf dem Tisch zu haben.« Schweigend warteten sie weiter. »Der ist in letzter Zeit so viel unterwegs, und alles nur wegen den blöden Autoteilen.« – »Na ja, man muss zugreifen, wenn sich was bietet«, entschuldigte Waltraut. »Aber die Garage quillt über. Und kaum kriegt er ein Angebot, und sei es aus Cottbus, setzt er sich in seinen Trabi und düst los.« – »In euren Trabi, deiner ist es auch.« – »Ja, eben. Und wenn ich ihn mal brauche, dann ist er nicht da.« Leise Wut kroch in Gerti hoch. »Hast du das von dem Vergewaltiger gehört?«, fragte Waltraut, plötzlich das Thema wechselnd. »Ich? Nein.« – »Das ist ein Serientäter.« Waltraut senkte die Stimme, als ob der Serientäter sie belauschen könnte. »Er erwürgt die Frauen fast. In Wörlitz soll er letztens eine wirklich …« Das Ende ließ sie offen. Gerti fühlte sich etwas unbehaglich. »Und was macht er sonst so?« Waltraut kannte sich wie immer bestens mit Klatsch und Tratsch aus. »Na ja, er ist auf der Fernverkehrsstraße unterwegs. Und dann zerrt er, wenn eine Frau alleine des Wegs kommt, sie in ein Gebüsch.« – »Um Gottes

Willen, und du willst mit mir Picknick machen?« Gertis Augen weiteten sich. »Er ist nicht in Leipzig unterwegs. Und außerdem sind wir zu zweit.« Inzwischen bereute Gerti, dass sie Heinz' Vorschlag, in den Heidekrug zu fahren, abgelehnt hatte. »Weißt du, Waltraut, jetzt habe ich keine große Lust mehr, in den Wald zu fahren. Dort sind wir auch an der Fernverkehrsstraße.« Waltraut versuchte noch mehrere Überzeugungsversuche, als endlich der Trabant vorrollte. »So!«, sagte Heinz ohne Gruß und in merkwürdiger Stimmung. »Jetzt könnt ihr das Auto haben.« Damit warf er Gerti den Schlüssel in den Korb. Mit den Händen in den Taschen zog er seine Hose hoch und stellte sich breitbeinig vor beiden auf. Etwas verwirrt blickte Gerti ihn an. »Ist was passiert auf der Parteiversammlung?« – »Nö, alles bestens.« Heiz schnalzte mit der Zunge, was er nur tat, wenn ihm ein Essen besonders geschmeckt hatte. Gerti schaute Waltraut verwundert an. Diese sah zurück. »Na was?«, fragte Heinz überlaut. »Ihr wolltet doch das Auto. Und eilig hattet ihr es, wenn ich mich recht entsinne.« Gerti griff nach dem Weidenkorb, sprang auf, und ohne weiter auf Heinz merkwürdiges Verhalten einzugehen, lief sie zum Auto. »Ich habe mich extra beeilt.« Rief er den beiden Frauen nach.

Unser einziger Anhaltspunkt blieb das mehrfach beobachtete Fahrzeug. Aus dieser Richtung kam eine vielversprechende Spur. Die Vergewaltigung von Marlene S. hatte die Bevölkerung empört. Das Verbrechen lag erst zwei Tage zurück, als erste Zeugenaussagen bei der Polizei eintrafen. Wanderer hatten im Wald einen geparkten

Wartburg 311 mit Dresdener Kennzeichen beobachtet. Durch die Zeitnähe zur brutalen Vergewaltigung der jungen Mutter sahen die Anwohner einen Zusammenhang und meldeten umgehend, was sie gesehen hatten. Wir konnten den Dresdener Halter leicht ermitteln. Schwierig wurde es, weil er Angehöriger der NVA war und daher nicht durch uns vernommen werden konnte. Doch auch die Militärstaatsanwaltschaft arbeitete zügig. Das Ergebnis dieser Vernehmung war die erste heiße Spur in unserem Fall. Horst N. gab zu Protokoll, dass er zum Tatzeitpunkt mit seiner Freundin Liane H. Urlaub in Wörlitz und Umgebung machte. Er gab weiterhin an, einen Pkw Trabant gesehen zu haben: weiß, mit grünen Seitenstreifen und einem grünen Dach. Aber das war nicht alles. Es war für mich erstaunlich, dass sowohl der Vernehmer als auch der Zeuge selbst alle Register gezogen hatten, um so viele Details wie möglich wiederzugeben. Er erinnerte sich daran, dass die ehemals verchromte Stoßstange des Trabants stark verrostet war. Der Rost hatte sogar auf der linken Seite ein Loch in das Fahrzeugteil gefressen. Außerdem war ihm eine netzartige Ablage rechts neben dem Armaturenbrett aufgefallen. Das waren nützliche Hinweise. Aber es sollte noch besser kommen. Der Zeuge gab an, sich das Kennzeichen gemerkt zu haben. Innerlich jubelte ich. Das war endlich etwas Handfestes. Wir konnten beginnen.

»Heinz?«, fragte die Frau beim Abendbrot. Ihr Mann sah von dem Bohnensalat auf. »Hast du das von dem Vergewaltiger gehört?« Gerti erwartete keine Antwort. Die Frage war nur der Auftakt zum Erlebnisbericht ihres Tages gewesen. »Waltraut hat heute erzählt, dass da ein Vergewaltiger unterwegs ist. Von Cottbus bis Potsdam hat er schon Frauen geschnappt. Er wartet immer an langen, geraden Straßen. Und wenn dann eine allein ist …« Gerti machte eine Drehung mit ihrer Hand. »Er würgt sie so lange, bis sie sich nicht mehr wehren. Bei Wörlitz soll er sogar eine junge Mutter erwürgt haben.« Heinz zog die Augenbrauen hoch wie bei allen Erzählungen seiner Frau. In zwanzig Ehejahren hatte er gelernt, Aufmerksamkeit zu zeigen, auch wenn ihn das Thema nicht interessierte. Das Leben war auf diese Weise einfacher. »Es wird Zeit, dass die da was unternehmen. So ein Kerl gehört doch dingfest gemacht. Aber die Polizei scheint völlig im Dunkeln zu tappen. Man traut sich ja kaum noch aus dem Haus!« Heinz strich sich über das schüttere Haar. »Na, an dir wird er sich wohl nicht vergreifen.« – »Wieso?«, fragte Gerti empört. »Na, bis dir die Luft ausgeht, hat der längst aufgegeben.« Gerti zog einen Schmollmund, den Heinz vor zwanzig Jahren sinnlich gefunden und geküsst hätte. Heute zog er eine Augenbraue hoch, dann widmete er sich wieder seinem Bohnensalat. »Heinz?« Wieder sah er auf. »Da ist auch von einem Trabi die Rede.« – »Wo?«, fragte er mit vollem Mund. »Ach so, wenn der sich die Frauen schnappt. Und?« Er beschloss, sich auf das Gespräch einzulassen. »Ja.« – »Und?« – »Na, ich meine, ist dir denn nichts aufgefallen?« Nun legte er die Gabel beiseite. »Na, wenn du so viel unterwegs bist. Vielleicht hast du ja was gesehen? Vielleicht kannst du der Polizei helfen.« Heinz sah sie verständnislos an. »Du fährst doch so viel in der Gegend herum. Da sieht und hört man doch manchmal was.« Er fuhr sich wieder durch das schüttere Haar. Dann nahm er die Gabel wieder in die Hand und schüttelte den Kopf. »Wenn du mir nicht eben was von dem Typen gesagt hättest, wüsste ich noch nicht einmal, dass einer sich an Frauen ranmacht.« Gerti blickte enttäuscht. »Na ja, jedenfalls fahr ich jetzt nicht mehr mit dem Fahrrad rüber nach Wörlitz. Da musst du schon mal das Auto rausrücken. Oder du fährst mich hin.« – »Um deine Mutter zu besuchen?« – »Einer muss sich schließlich um sie kümmern.« Ein leichtes Schnaufen seinerseits verkündete den Unmut. Dann war sein Bohnensalat aufgegessen.

Leider fiel meine Euphorie kurz danach in sich zusammen. Das Kennzeichen erwies sich als gefälscht. Wir mussten weiter auf unsere Kontrollpunkte setzen. Die Zahl weißer Trabis mit grünen Seitenstreifen im Raum Halle, Cottbus und Potsdam war zwar groß, aber begrenzt. Die Anzahl der noch nicht überprüften Fahrzeuge schrumpfte. So war es nur eine Frage der Zeit, bis ein Kennzeichen auftauchte, zu dem eine Frau als Halterin gemeldet war. Sie schied zwar als Täter aus, aber sie war verheiratet. Und ihr Mann passte in Größe und Statur in die Personenbeschreibung des unbekannten Täters. Beide waren um die vierzig und wohnten in einer Stadtrandsiedlung von Leipzig. Nun setzten die Ermittlungen zu dem Ehepaar und zu ihrem Wagen ein. Das Auto wurde in einem Garagenkomplex in der Nähe der Wohnung geparkt. Es war vorwiegend der Mann, der das Fahrzeug nutzte. Bald waren uns die Tagesabläufe des Mannes vertraut. Wir wussten, wann er frühmorgens das Fahrzeug aus der Garage holte, um zur Arbeit zu fahren. Der Verdacht verdichtete sich, dass es sich um den gesuchten Trabant handelte. Tatsächlich stimmten die Farben und eine auffällig verrostete hintere verchromte Stoßstange. Mit diesen Indizien endeten aber auch schon die Parallelen, die den Mann mit den Vergewaltigungen in Verbindung brachten. Von oben wurde mit Nachdruck gefordert, den Serientäter zu ermitteln. Inzwischen waren Angehörige des Ministeriums für Staatssicherheit Halle mit im Einsatz. Die Einwohner waren beunruhigt. Frauen machten ihre Besorgungen nur noch in Begleitung. Alle erwarteten, dass der Täter so schnell wie möglich gefunden würde.

Für unseren Verdächtigen konnten keine Vorstrafen ermittelt werden. Auch sonst gab es keine Besonderheiten, außer dass er einen Pkw wie der Täter fuhr. Wegen des Drucks von allen Seiten beschlossen wir, den Mann beim Aufsuchen seiner Garage vorläufig festzunehmen. Im Morgengrauen postierten wir uns um den Garagenkomplex und erwarteten ihn. Niemand hatte ihn zuvor so nahe gesehen wie an diesem Morgen. Ich saß zusammen mit einem MfS-Mann im Dienstwagen. Der Verdächtige näherte sich dem Eingang zu den Garagen. »Du glaubst doch nicht im Ernst, dass dieser Wurzelzwerg der Täter ist!«, sagte mein Mitfahrer. »Und du glaubst doch nicht im Ernst, dass ich den Aufwand noch mal betreibe und noch einen Täter ermittle!«, antwortete ich. Wir hatten abgesprochen, dass der Zugriff erfolgt, wenn der Mann sein Auto besteigt.

Ich sah den Mann auf seine Garage zugehen. Noch im Gehen zog er den Schlüssel aus der Hosentasche. Er schloss auf und zog die beiden Türen so weit wie möglich auf. Dann ging er ins Innere, um seinen Trabant aufzuschließen. Er wollte gerade einsteigen, da war die Besatzung unseres zweiten Fahrzeugs bei ihm. Er wurde sofort isoliert und in das zweite Auto verbracht. Während der Verdächtige zur Dienststelle gefahren wurde, begannen bereits Kriminaltechniker ihre Arbeit. Nach kurzer Zeit stand fest, dass die Aussagen des NVA-Angehörigen in allen Einzelheiten stimmten. Die Techniker fanden unter dem Armaturenbrett die beschriebene netzartige Ablage. Auch die Stoßstange entsprach der Zeugenaussage. Aber noch viel interessanter wurde der Inhalt des Kofferraums. Unter der Hutablage fanden wir mehrere Sätze gefälschter Kennzeichen. Auf der Ablage lag ein Leinensäckchen, dem wir zunächst wenig Bedeutung beimaßen. Dann aber wurde es für mich zu einem Indiz: Es handelte sich um einen gewöhnlichen Stoffbeutel, in den vier Löcher geschnitten waren; zwei für Augen, eins für die Nase, eins für den Mund. Das war die Maske, von der einige der Opfer berichtet hatten. Wir hatten den Täter! Das Ermittlungsverfahren gegen Heinz K. wurde eingeleitet.

Ich führte die Vernehmung durch. Mehrfach befragte ich ihn zu den Straftaten. Er stritt rigoros ab, etwas damit zu tun zu haben. Über die Haarfarbe des Täters hatten wir mehrfach nachgedacht. Ich konnte nun sehen, wie es sich wirklich verhielt. Heinz K. hatte weder schwarze noch blonde Haare. Die schütteren Reste über der Stirnglatze waren von einem unscheinbaren Graubraun, das sich den

Frauen offenbar nicht eingeprägt hatte. Mehrfach führte ich ihm vor Augen, dass es sein Auto gewesen war, welches am Tatort gesehen wurde. Ich hielt ihm die gefälschten Kennzeichen vor, die er benutzte, um keine verfolgbare Spur zu hinterlassen. Er war zu keinem Zugeständnis bereit. Schließlich wurden mir seine Ausflüchte und sein Leugnen zu bunt. Deshalb griff ich zu der Maske. Sie lag griffbereit hinter dem Schreibtisch auf einem Hocker. Ich stülpte mir das Leinensäckchen über den Kopf und sah ihn durch die Augenlöcher hindurch an. »So haben Ihre Opfer Sie mehrfach ansehen müssen!«, sagte ich durch das Mundloch hindurch. Es bewirkte keinerlei Regung bei dem Verdächtigen.

Die erste Vernehmung hatte in Leipzig stattgefunden. Nun überführten wir den Beschuldigten nach Dessau in die Untersuchungshaft. Heinz K. blieb bei seiner Aussageverweigerung. Endlich griffen wir zum letzten Mittel, das wir eigentlich vermeiden wollten. Wir baten die Opfer, an einer Gegenüberstellung teilzunehmen. Nicht alle waren bereit. Dennoch gab es einige mutige Frauen, die nach Dessau kommen wollten.

Sonja hatte die halbe Nacht wach gelegen. Immer wieder waren ihr die Augenblicke durch den Kopf gegangen, als sie dachte, sie würde sterben. Einschlafen ging einfach nicht. Sie hatte wieder die Bilder vor Augen: ihr Fahrrad auf dem Kopfsteinpflaster, sie auf dem Gras, der Mann über ihr, sie, wie sie den Rock versuchte glatt zu streichen, und der Brombeerbusch mit seinen kleinen weißen Blüten, die vor ihrem Auge wippten, rhythmisch. Sie wischte sich über die Augen. Würde sie diese Bilder mit dem nächsten Tag loswerden? War das die letzte, schreckliche Nacht ohne Schlaf? Sie hatte Angst, diesen Mann wiederzusehen. Sie hatte schreckliche Angst, diesem Mann morgen gegenüberzustehen. Endlich graute der Morgen. Müde und erschöpft stand sie auf. Trotzdem spürte sie innere Unruhe. Nervös überlegte sie immer wieder was und wer sie in Dessau erwarteten würde. Aber sie war entschlossen. Sie fuhr heute nicht in die Küche. Stattdessen zog sie sich ein frisches, buntes Sommerkleid an. Noch konnte sie kehrtmachen. Noch konnte sie wie immer zur Arbeit. Sie holte ihr Fahrrad aus dem Keller und machte sich auf den Weg. Was würde sie fühlen, wenn ihr der Mann wieder gegenüberstand? Sie konnte das Fahrrad auch hier stehen lassen, oder jetzt noch zu Arbeit fahren. Aber sie fuhr nicht nach links. Sie schlug die Richtung zum Bahnhof ein. Während sie ihr Fahrrad sorgfältiger als sonst anschloss, überlegte sie wieder. Sie konnte noch immer umkehren. Aber dann käme der Mistkerl ungeschoren davon. Dabei gab es ja auch noch die anderen Frauen. Sie könnten ihn doch ebenso gut identifizieren. Warum sollte ausgerechnet sie das tun?

Dann stand Sonja vor dem Schalter. »Einmal Dessau hin und zurück«, hörte sie sich sagen. Nun würde sie nicht mehr umkehren. Mit der Fahrkarte in der Hand ging sie auf den Bahnsteig. Unter ohrenbetäubendem Quietschen kam der Zug zum Stehen. Sonja griff fest nach ihrer Handtasche, als gäbe die ihr Halt. Noch einmal holte sie tief Luft. Dann stieg sie ein. Sie würde es durchziehen.

In Dessau lief sie zur Dienststelle der Polizei. Je näher sie dem angegebenen Ort kam, desto schneller schlug ihr Herz, desto zittriger wurden ihre Hände. Endlich erreichte sie das Gebäude. Es war groß und grau. Grau fühlte sie sich im Moment auch. Eine breite Treppe führte sie zur Eingangstür. Dort befand sich rechts eine große Glasscheibe. Ein Schalter. Der Polizist dahinter schien schon zu wissen, weshalb sie gekommen war. Höflich bat er sie um ihren Ausweis. Unsicher nestelte Sonja das kleine Büchlein heraus. Dann wartete sie kurz. Ein anderer Polizist kam an die Tür und holte sie ab.

In einem bedrückend kahlen Raum stieß Sonja auf vier Frauen. Auf eine Weise hatten alle denselben Blick, dieselben müden Augen. Sonja erschrak, als sich eine sehr junge Frau, fast noch ein Mädchen, die am Fenster stand, umdrehte, um zu sehen, wer hereingekommen war. Alle sahen sie einander an. Sie verstanden sich ohne Worte. Endlich kam ein Polizist und holte zuerst die ganz junge Frau zur Gegenüberstellung. Sie erschrak etwas. Dann fasste sie sich und ging mit. Sonja war als Dritte an der Reihe. Unbewusst strich sie ihr Sommerkleid nach unten. Wieder hielt sie sich mit aller Kraft an ihrer Handtasche fest. Dann betrat sie den Raum. Sie hatte irgendeine kleine Kammer erwartet, wo sie in sicherer Entfernung durch einen Spiegel die Männer sehen konnte. Aber hier gab es keine Kammer, gab es keinen Spiegel. Hier gab es nur fünf Männer, oder waren es sechs? Sie zählte nicht, denn sie erkannte ihn sofort. Wut kochte in ihr hoch. Dieses Schwein hatte sie beinahe umgebracht! Ohne zu zögern ging sie auf den Mann zu. Doch sie zeigte nicht mit dem

Finger auf ihn. Sie sagte nicht mit fester Stimme: »Der da ist es.« So hatte sie sich die bevorstehende Szene vorgestellt, seit sie ihre Zustimmung zur Gegenüberstellung gegeben hatte. Nun aber ging sie schweigend zu diesem Schwein hin und schlug ihm mit der vollen Kraft ihrer Küchenarme, mit der vollen Kraft angstdurchwachter Nächte ins Gesicht. Dann drehte sie sich um und ging hinaus. Draußen kamen ihr die Tränen. Eine Frau in Uniform führte sie sacht beiseite und ließ ihr Zeit, wieder zu sich zu kommen. Hinterher war es Sonja peinlich. Sie wollte sich entschuldigen, aber die Polizistin wehrte ab. »Das war schon in Ordnung. Er hat es verdient.« Dann unterschrieb Sonja ein Protokoll, erhielt ihren Ausweis zurück und durfte gehen. Vor der Dienststelle kitzelte sie die Sonne. Und zum ersten Mal seit vier Wochen nahm sie ihre Wärme wieder wahr.

Ich konfrontierte Heinz K. mit dem Ergebnis der Gegenüberstellungen. Zwei Frauen hatten ihn ohne jeden Zweifel erkannt. Offenbar hatte er zweimal keine Maske getragen. Heinz K. leugnete weiter. »Die Frauen verwechseln mich«, meinte er. Es vergingen Tage und weitere ergebnislose Gespräche, bis er letztlich doch anfing, die Taten einzugestehen. Es kam endlich zur Sprache, dass er bei seinen Handlungen nichts dem Zufall überließ. Er kundschaftete die Orte genau aus. Überprüfte, wo er ungesehen über lange Strecken die Straße einsehen konnte. Dort legte er sich mit seinem Beobachtungsfernrohr auf die Lauer. Und wenn sich eine einzelne Frau seinem Versteck näherte, zu Fuß oder mit dem Fahrrad, dann brachte er sein Spektiv und die zugehörige Ausrüstung etwas weiter weg – nicht immer ins Auto zurück. Kurz bevor die Frau seine Stelle erreichte, trat er hervor und griff sich sein Opfer. Hilfeschreie erstickte er, indem er den Frauen den Mund zuhielt. Später hatte er dann herausgefunden, dass Würgen effektiver war, denn die Frauen konnten auf diese Weise gar nicht schreien. Seine Opfer bedrohte er außerdem mit einem Messer oder einer Pistole. »Die war aber gar nicht echt!«, betonte er. »Für die Frauen war sie echt!«, erwiderte ich. Denn sein Ziel hatte er erreicht. Die Frauen setzten sich nicht oder nur schwach zur Wehr. Nach der Tat verließen die Opfer in jedem Falle fluchtartig die Ereignisorte, während er in Ruhe seine Sachen im Trabant verstaute und den Tatort verließ. Immer wenn er zu seinen Vorhaben aufbrach, wechselte er mehrfach die Autokennzeichen. Auf der Heimfahrt tat er das Gleiche. Das erklärte, warum wir ihm so schwer auf die Schliche gekommen waren. Besonders schrecklich fand ich das Geständnis zur Tat an einer jungen Frau. Er hatte sie vor den Augen ihrer Tochter vergewaltigt.

Neben den Geständnissen kamen weitere Straftaten zur Sprache. So hatten Kriminalisten bei der Durchsuchung seines Wohngrundstückes eine Unmenge an Autoersatzteilen sichergestellt. Von Trabant bis Wartburg waren alle Fahrzeugtypen vertreten. Die Teile waren sogar neuwertig. Heinz K. hatte seine Ausflüge also nicht nur zur Befriedigung seiner geheimen Gelüste genutzt. Wo er schon einmal so weit von seinem Heimatort entfernt war, konnte er sein Hiersein ganz praktisch für Einbrüche in Garagen nutzen. Er stahl teilweise komplette Reifensätze, Vordersitze, Rückbänke und alles, was ihm nützlich erschien.

War der Mann krank? War er zurechnungsfähig? Ich befragte Gerti K., die Ehefrau des Täters. Sie hätte die Aussage verweigern können, doch sie machte von ihrem Recht keinen Gebrauch. »Nö, beim Heinz ist alles in Ordnung. Ich habe da nichts gemerkt.« – »Hatte er vielleicht andere Vorstellungen, Ideen, Neigungen?« Doch sie schüttelte den Kopf. »Nein, ich habe nichts bemerkt.«

Nach Abschluss aller Untersuchungen und der psychiatrischen Begutachtung des Mannes verurteilte ihn das Kreisgericht Dessau wegen mehrfach begangener Sexualstraftaten und räuberischen Diebstahls zu dreizehn Jahren Freiheitsentzug.

Die Oma wiegte die kleine Sabine im Arm. Leise summte sie das Lied von der Suse im Stroh. Dann stand sie auf und legte das schlafende Baby in den Kinderwagen. »So, meine Süße«, sagte sie. Schritte knirschten den Sandweg herab. »Ah, siehst du, da kommt deine Mutti schon.« Sie ließ den Wagen stehen und kam ihrer Enkelin entgegen. »Und wie war es?« Marlene senkte den Blick. »Ich habe es nicht geschafft. Ich bin da nicht reingegangen.« Sanft strich ihr die Oma über die braunen, kurzen Locken. »Ist nicht schlimm. Sie haben den Kerl. Auch ohne dein Zutun. Komm, setz dich auf die Bank. Du brauchst noch Ruhe.« Im Wind flatterte das bunte Tuch, das Marlene um den Hals gebunden hatte, damit man die braunen und grünen Stellen nicht sah. Leise strich sie Sabine über das Gesichtchen.

Das Westpaket

Ich saß im Sessel, im Wohnzimmer von Ines H., einer ledigen vierundzwanzigjährigen Frau. Vor mir stand ein niedriger Couchtisch, und hinter diesem ein Sofa. Ich dachte über Ines nach. Sie war jung, schlank, hatte rote, volle Locken und lebte in dieser Wohnung – allein. Ich stellte mir vor, wie sie nebenan in der Küche das Essen zubereitete, wie sie es dann hier hereintrug und auf den Tisch stellte. Wahrscheinlich war sie eine miserable Köchin. Aber das spielte bei ihrem Aussehen keine Rolle. Weingläser standen auf dem Tisch. Das Radio spielte. Sie kam lächelnd herein, stellte das Essen ab und setzte sich auf das Sofa. Gleich würde man essen und plaudern und genau wissen, wie dieser Abend ausgehen konnte …

Doch etwas war schiefgelaufen. Ich sah zu der Stehlampe in der Ecke. Sie war umgerissen und lag mit dem Schirm zum Couchtisch. Der Stuhl an der Stirnseite des Tisches lag umgestürzt im Zimmer. Seine Beine versperrten den schmalen Durchgang zwischen Schrankwand und Couchtisch. Das Weinglas war zerbrochen. Etwas Wein war im Glas und auf der Tischplatte festgetrocknet. Eine Schneekugel, wie man sie Kindern schenkt, lag auf dem Fußboden zwischen Tisch und Fenster. Gedankenverloren hob ich sie auf, schüttelte, und in der Glaskugel erhob sich ein Schneegestöber. Ich sah mich im Raum um, hing meinen Gedanken nach. Mein Blick wanderte zu dem verdunkelten Fenster. Ich schob die Verdunklung beiseite. Das Fenster ging auf einen trostlosen Hinterhof wie man sie häufig im Stadtteil Prenzlauer Berg in Berlin findet. Ich ließ die Verdunklung los. Und setzte mich in den Sessel. Ich ließ meine Gedanken zurückschweifen. Wie war ich überhaupt hierhergekommen, in dieses fremde Wohnzimmer, das einerseits einladend gemütlich wirkte und andererseits der Schauplatz eines Mordes geworden war …

»Was haben die nur an uns gefressen, dass wir immer auf Reisen gehen?«, fragte laut ein Mitarbeiter der Morduntersuchungskommission, als ich mitteilte, dass wir nun auch in der Hauptstadt, in Berlin, zu einer Mordaufklärung eingesetzt wurden. Es nützte nichts, dass wir im eigenen Bereich genug zu tun hatten. In Berlin hatte es innerhalb von zwei Tagen zwei Morde gegeben. Das ergab eine negative Reputation und stellte somit ein Politikum dar. Fünf der halleschen Kriminalisten wurden daher abkommandiert, um schnellstmöglich wenigstens einen der Morde aufzuklären.

Am 1. März 1978 erwartete man uns im Präsidium der Deutschen Volkspolizei. Die erste Lagebesprechung war hoch dekoriert: Leiter der Abteilung Kriminalpolizei Oberst W. B., der Leiter der MUK Berlin, Johannes V. und Oberstleutnant Herbert G. vom Ministerium des Innern Hauptabteilung Kriminalpolizei. Alle drei Männer machten ernste Gesichter. Wir wurden über die akute Lage in Kenntnis gesetzt. So gab es neben beiden Morden weitere Straftaten, die bearbeitet werden mussten. Der Leiter der MUK Berlin übernahm mit seiner Kommission den Mord mit unbekanntem Täter an einer Studentin. Meiner Kommission übertrug man den Mord an einer allein lebenden Frau auf dem Prenzlauer Berg. Das Mordopfer war bereits am 28. Februar erdrosselt in seiner Wohnung aufgefunden worden. In den späten Abendstunden des 1. März rief man mich zu einem ersten Rapport beim Präsidenten der Deutschen Volkspolizei Berlin. Die Anwesenden waren dieselben wie am Morgen. Hinzugerufen hatte man Oberstleutnant Dieter L. vom Ministerium für Staatssicherheit und einen weiteren Vertreter der Abteilung Sicherheit beim Zentralkomitee der SED.

Die Vorgesetzten stellten mir und Johannes Fragen zu unseren beiden Fällen, zu unserem Vorgehen bei der Aufklärung der beiden Delikte. Von vornherein stand fest, dass beide Morde nichts miteinander zu tun hatten. Wir beide berichteten davon, dass wir uns einen ersten Überblick verschafft, uns mit den Spuren der Tatorte vertraut gemacht und auch schon erste Befragungen durchgeführt hatten.

»Genosse Schwarz«, meinte der Leiter der Abteilung Kriminalpolizei, »beide Delikte haben höchste Priorität! Wir erwarten eine schnellstmögliche Aufklärung. Dazu stellen wir materiell und technisch alles zur Verfügung, was benötigt wird.«

Zu dieser Ausstattung gehörte auch Ebs, ein junger Mitarbeiter und Absolvent der Fachschule des Ministeriums des Innern Aschersleben. Dieser junge Mann wurde, ohne ihn oder uns zu fragen, ins kalte Wasser unserer MUK geworfen. Gefallen hat ihm das anfangs nicht, denn an einer Laufbahn als Kriminalist hatte er wenig Interesse. Jedoch erkannte ich sein Talent zum akribischen Analysieren von Sachverhalten und setzte ihn hier in Berlin zum Leiter der Auswertung ein. Es galt, die Spuren, welche die Ermittler sicherstellten, auszuwerten. Dreh- und Angelpunkt jeder Mordaufklärung ist die Erfassung aller Spuren und ihre exakte Registrierung. Als Spuren wurden sowohl Gegenstände als auch Personen bezeichnet.

Unsere Ergebnisse stellten wir allabendlich bei den angeordneten Rapporten vor. Dabei fiel mir auf, dass Johannes immer lang und breit erklärte, was seine Ermittler am Tage herausgefunden hatten. Ergebnis dieser Offenheit und Ausführlichkeit war, dass man ihn zu den unterschiedlichsten Zeiten herbeizitierte und ihn über Gebühr zu seinen Spuren oder nach seinem Ermittlungsstand befragte. Zu seiner eigentlichen Arbeit – der Leitung der MUK – kam er bei all den Rapporten und Berichten kaum noch. »Schwarz, den Fehler machst du nicht!«, sagte ich zu mir selbst. Deshalb waren meine Antworten immer kurz und knapp. Fragte man mich detaillierter, antwortete ich ebenfalls nur so viel wie nötig. Und auf die Frage: »Gibt es was Neues?«, war meine Antwort sowieso immer dieselbe: »Nein.«

Die Tatortarbeit war abgeschlossen. Als Leiter der MUK hatte man mir den Schlüssel zur Wohnung des Opfers ausgehändigt. Da war ich nun. Was war hier passiert?

Von dem Sessel aus ließ ich den Blick durch den Raum schweifen. Zu meiner Linken stand das Sofa, davor der niedrige Couchtisch. Auf dem Tisch die besagten Weingläser. »Wen hast du da hereingelassen, Mädel?«, fragte ich in den Raum. »Du kanntest ihn oder sie, nicht wahr?«, setzte ich mein imaginäres Verhör fort. »Mit einem Unbekannten hättest du keinen Wein getrunken.« Einen Mord aus räuberischem Interesse fand ich abwegig. Ausschließen konnte man aber momentan noch nichts. Ich hatte schon Raubmorde aufgeklärt, in denen das Opfer glaubte, dem Täter vertrauen zu können. Fälle, in denen Opfer und Täter vorher in trauter Zweisamkeit Wein getrunken hatten, nur um danach ein schlimmes Ende zu finden. Ich betrachtete das Glas, als ob es mir verraten könnte, wer daraus getrunken hatte. Es war kein Lippenstift sichergestellt worden. Aber es tragen eben nicht alle Frauen Lippenstift – leider, so musste ich in diesem Falle feststellen. »War es ein Freund gewesen? Ein Geliebter?« Mein Blick schweifte über die Schrankwand. Weingläser aus Polen. Volkstümlich angemalte Keramikteller. Ein klobiger, kleiner Fernseher stand in der dafür vorgesehenen Öffnung. Ein Schallplattenspieler lud in einem weiteren Fach dazu ein, Musik aufzulegen. Drei Platten lehnten daneben an der Seitenwand. Ich stand nicht auf, um nachzusehen, um welche Musik es sich handelte. »Ihr hättet tanzen oder Musik hören können. Stattdessen so etwas! War es ein Streit oder ein plötzlicher Angriff? Du bist geflohen, nicht wahr?« Vielleicht handelte es sich bei dem Besuch ja auch um eine Freundin oder eine Bekannte. Mein Blick blieb an der Glaskugel hängen. Wir hatten einige Fingerspuren daran gesichert. Hätte ein Mann diese Kugel angefasst? Oder faszinierte der kleine Schneesturm im Glas nur Frauen? Oder spielte die Kugel an sich gar keine Rolle und der Täter hatte nur nach einem harten Gegenstand gesucht? Ich war aufgestanden.

»Warum nur ist der Abend so aus dem Ruder gelaufen? Es fing doch ganz gemütlich an.« Ich blieb stehen, sah wieder das Weinglas. »Ihr habt beide getrunken. Du hättest deinem Gast nicht so viel geben sollen. Vielleicht war es ein Glas zu viel? Vielleicht wäre die Situation ohne Alkohol gar nicht eskaliert?« Ich ging zu der umgestürzten Stehlampe. Die beiden mussten um den Tisch herumgelaufen sein. »Du wolltest ihn oder sie hinauswerfen, stimmt's?« Ich betrachtete die Richtung, in die die Lampe gefallen war. »Nein, falsch! Dein Gast ist zu dir gekommen. Du hast auf dem Sessel gesessen. Und dann ist er oder sie vom Sofa aus auf dich losgestürzt.« Ich rieb mir das Kinn. »Du hast etwas Falsches gesagt, du hast ihn oder sie beleidigt. Und da ist dein Gast vom Sofa aufgesprungen und wollte dich angreifen. Du warst schneller. Du standest schon bei der Schrankwand. Du hast vielleicht geschrien, dass er oder sie gehen soll. Doch dein Gast wurde nur wütender. Er hat sich die Kugel gegriffen und wollte dich damit schlagen. Du bist weggerannt. Weit bist du nicht gekommen.« Ich ging den kurzen Weg von der Schrankwand zur Stubentür und von dort in den Flur. Hier hatte die Flucht geendet. Der Angreifer hatte Ines zu Boden geworfen, sich auf sie gestürzt. Laut dem Ergebnis der Obduktion lag kein Sexualvergehen vor. Auf welche Art Täter ließ das schließen? Im Flur war sie erdrosselt worden. Angewidert sah ich auf die Zeichnung. Traurig schüttelte ich den Kopf. Dann schaltete ich das Licht aus, verließ die Wohnung und zog die Tür hinter mir zu.

Die Wohnung des Opfers lag in einem riesigen Gebäudekomplex mit mehreren Eingängen. Dicht dahinter erhoben sich die nächsten Gebäudekomplexe, sodass dazwischen nur schmale, dunkle Hinterhöfe als Lücken klafften. Auf diesem engsten Raum lebten Hunderte Familien und Einzelpersonen, die möglichen illegalen Personen gar nicht mitgerechnet. Jeder stellte eine Spur dar, der wir nachzugehen hatten. Das berühmte Klinkenputzen würde meine kleine Kommission vor eine Herausforderung stellen. »Klinkenputzen« bedeutete, von Wohnung zu Wohnung zu gehen, Befragungen durchzuführen und zu hoffen, dass daraus Spuren entstanden, die ihrerseits zu Zeugen führten, deren Aussage wir aufnehmen mussten. Ich war froh, dass ich den jungen Auswerter hatte, denn die Zahl der zu verfolgenden Spuren konnte in diesem Umfeld riesig sein.

Wir arbeiteten nun schon seit zwei Tagen an dem Fall, als Ebs sich zum vierten Mal an diesem Tag krümmte. »O Mann, das zieht vielleicht!« Er stützte die Hand in den Lendenbereich und verzog schmerzhaft das Gesicht. »Was ist denn los?«, fragte ich. »Nierenschmerzen. Höllisch, sag ich dir.« – »Sag jetzt nicht, dass du ausfällst!«, schimpfte ich und dachte an die vielen Informationen aus dem Gebäude. »Ich hab einen Stein, das hat der Arzt schon lange festgestellt. Aber bisher ging es immer noch.« – »Na, jetzt kannst du jedenfalls nicht krank machen! Ich brauch dich hier!« Ebs stöhnte. Es schien ernst zu sein. Als junger Kriminalist biss er die Zähne zusammen und arbeitete weiter. So überstand er den Tag. In der Zwischenzeit organisierte ich meine Art der Therapie: Ich besorgte einen Kasten Bier. Als es Abend wurde und wir in unsere Unterkunft kamen, zeigte ich Ebs den Kasten.

»So! Und jetzt trinkst du so viel davon, wie du kannst. Wir wollen doch mal sehen, ob wir dem blöden Stein nicht den Garaus machen können. Wir spülen ihn einfach raus!« Ebs sah mich ungläubig an. »Und das soll helfen?« – »Einen Kasten Bier überlebt kein Stein!«, machte ich ihm Mut. Er grinste säuerlich und griff zur ersten Flasche. Das Problem war aber, dass Ebs es nicht gewohnt war, viel zu trinken. So warf ihn der Alkohol nach der dritten Flasche um. Als er nachts weiter stöhnte, brachten wir ihn dann doch ins Krankenhaus. Meine Therapie war gescheitert. Nun stand ich ohne Auswerter da und hatte den Zeitdruck im Nacken.

Unsere Befragungen gingen in alle Richtungen. Die Kollegen putzten die Klinken am Wohnhaus der ermordeten Ines H. Freunde und Bekannte aus ihrem Umfeld standen uns Rede und Antwort. Es gab einige verdächtige männliche Personen, die wir näher unter die Lupe nahmen. Als Informationsquelle sind Rentner oft vielversprechend. Denn die haben Zeit, um zu beobachten und zu überprüfen, ob der Lebenswandel ihrer Mitbürger den Normen entspricht. So kam, wie erwartet, der entscheidende Hinweis von einer älteren Dame, die auf der gleichen Etage, in der gegenüberliegenden Wohnung des Opfers wohnte.

»Wissen Sie, es geht mich ja nichts an, aber so ganz anständig ist das nicht. Und da braucht man sich nicht wundern, dass das dann so endet.« Sie wies mit dem ausgestreckten Zeigefinger auf die gegenüberliegende Wohnungstür.

»Was denn, Frau Taube?«

»Na, dass die Frau H. Herrenbesuch bekommt, ich meine, bekam.« Sie sah betreten zu Boden. Der Ermittler schaute die ältere Dame erwartungsvoll an.

»Wie meinen Sie das?«

»Also, zu meiner Zeit haben ledige Frauen keinen Herrenbesuch bekommen, wenn sie allein waren. Und schon gar nicht in den Abendstunden!«

»Sie meinen also, dass ein Mann Frau H. besucht hat?«

»Ja. Und das auffallend häufig. Also, wenn Sie mich fragen, hatten die beiden was miteinander.«

Genüsslich leckte sie sich die Lippen, als sie diese pikante Information so ganz nebenbei einflocht.

»Gut, Frau Taube. Können Sie den Besucher beschreiben?«

»Also, gutaussehend war der ja. Das muss man der Frau H. lassen. Bei Männern hatte sie einen guten Geschmack. Und wohlerzogen war der auch. Wenn ich zufällig vor der Tür stand und meine Schuhe gerade gerückt habe, hat er ganz freundlich gegrüßt. Er hat auch regelmäßig kleine Pakete dabei gehabt. Sicherlich Geschenke. So etwas wünscht man sich.«

»Wie alt war der Mann?«

»So um die dreißig, schätze ich.«

»Ist Ihnen an dem Mann etwas aufgefallen, an der Kleidung, den Haaren, der Körperhaltung?«

»Sehr gepflegt sah er aus. Ordentlich rasiert. Na ja, dass die Haare etwas länger sind, ist ja wohl modern.«

»Er hatte also lange Haare?«

»Nein, nur im Nacken eben etwas länger. So wie man das heute trägt. Und dunkel war er. Nicht blond, meine ich. Mittelgroß«, sie hob die Hand auf etwa 1,70 Meter. »Na ja, und sonst sah der ganz normal aus.«

»Ist Ihnen an seiner Kleidung etwas aufgefallen?«

»Ja, er hatte immer eine Lederjacke an. So eine schwarze, lange mit mehreren Knöpfen vorne zum Zumachen. Ein bisschen wie eine Uniform.«

Der Ermittler klappte sein Notizbuch zu, in das er eifrig die Angaben von Frau Taube notiert hatte.

Ein anderer Rentner gab an, dass ein dunkelhaariger Mann mit schwarzer Lederjacke ihm öfters unten an der Tür begegnet sei, wenn er mit seinem Dackel abends noch einmal vor die Tür ging.

Interessant wurde es am 3. März, als der gleiche Ermittler einen jungen Mann eine Etage weiter oben befragte. »Einen Mann mit 'ner Lederjacke so um die dreißig? Klar hab ich den gesehen. Die Lederjacke ist von drüben. So was Feines kriegt man hier nicht. Und den Kerl kenn ich auch. Der ist von der Bahnpost. Da hab ich den mit seiner Jacke schon öfters gesehen. Ist 'n echter Angeber. Ja hier im Haus ist er mir auch schon vor die Füße gelaufen. Hat er was angestellt?« Seine Augen wurden groß, und er fragte flüsternd: »Der hat doch nicht etwa was mit dem Mord unten zu tun?« Doch der Ermittler brach an dieser Stelle das Gespräch ab.

Die Bahnpost kannte einen Dreißigjährigen mit schwarzer, topmodischer Lederjacke natürlich. Es handelte sich um Harald B., der Harry genannt werden wollte. Er arbeitete in Schichten und war für das Verladen von Paketen und die Weiterleitung wichtiger Güter verantwortlich. Von seiner Arbeitsstelle erfuhren wir auch seine Adresse und konnten uns nun intensiv mit dem Mann beschäftigen. So fanden wir heraus, dass Harry eigentlich in festen Händen war. Tisch und Bett teilte er offiziell mit Angelika Neumann. Diese war genau wie das Opfer vierundzwanzig Jahre alt und wusste offenbar von dem Doppelleben ihres Freundes nichts.

»Sieh mal, was ich dir mitgebracht habe.« Harry hielt den grün gemusterten Nylonbeutel nach oben. Im Eingang stehend, streifte er seine Schuhe von den Füßen und schob sie an die Flurwand. Dann zog er die Wohnungstür hinter sich zu. »Leg es aufs Sofa. Ich mach gerade Schnittchen fürs Abendbrot.« Harry stellte den Beutel neben der Garderobe ab und zog den schweren, wetterfesten Mantel aus. Dann ging er ins Wohnzimmer. »Soll ich den Tisch decken?«, fragte er. Doch er sah schon beim Eintreten, dass Ines bereits alles hergerichtet hatte. Also zog er den Nylonbeutel ab. Darunter knisterte ein Plastikbeutel mit der Werbung von Karstadt. Diesen legte er neben den Teller von Ines. Kurz darauf kam sie mit einem großen Teller voller geschmierter halber Schnitten und einem Teller mit sauren Gurken ins Zimmer. Ihre roten Locken hatte sie, wie immer, wenn sie in der Küche arbeitete, zu einem Pferdschwanz zusammengenommen. Sie sah die Karstadt-Werbung auf dem Tisch liegen. »Also, die Tüte ist schon mal total in. Carola hat jetzt ihre Frühstücksbrote immer in einer mit SPAR-Werbung. Das soll was heißen! Aber jetzt hab ich eine von Karstadt. Das ist natürlich auch was.« – »Es geht nicht um die Tüte«, sagte Harry und griff nach einem Leberwurstschnittchen. »Es geht um das, was drin ist!« Ines Augen glänzten vor Neugier wie bei einem Kind, das ein Geburtstagsgeschenk erhält. Allein dieser Blick war es Harry wert gewesen. Ines konnte sich wirklich freuen wie ein kleines Mädchen. Sie nahm die Tüte, packte aber noch nicht aus. Stattdessen hob sie das Paket mitsamt Inhalt vor ihre Nase und sog genießerisch den Geruch ein, der von dem Beutel ausging. »Waschmittel und Pfefferminzkaugummi«, sagte sie hingebungsvoll. »Kaffee war auch drin«, ergänzte Harry. »Aber den nehme ich Angelika mit.« Sie schnüffelte noch einmal. »Stimmt. Kaffee ist auch dabei. Eben der typische Geruch von einem Westpaket.« Harry kaute glücklich mit vollen Backen. »Nun pack schon aus!« Nun erst öffnete Ines den Beutel und sah hinein. Ihr Mund klappte nach unten. »Das, das ist 'ne echte Röhre!« Sie nahm die eng geschnittene Jeans heraus. »Man, das ist wie ein Fünfer im Lotto.« – »Kam geschtern rein«, quetschte er aus dem vollen Mund hervor. Ines faltete die Hose auseinander, prüfte das Markenschildchen am Hosenbund, fuhr genießerisch mit ihren rot lackierten Fingernägeln über die metallenen Knöpfe. »Weißt du, wie viel die bringt, wenn man die verkauft?« – »Würd ich nicht machen. Ist deine Größe.« Harry schob eine Gurke nach. »Echt?« Ines sprang auf. Sie hielt sich die Jeans vor die Hüfte. »Nun probier sie schon! Seit gestern stell ich mir dich in dieser superengen Hose vor!« Ines arbeitete sich hinter dem Couchtisch hervor und stand im Gang zwischen Schrankwand und Tisch. Dort streifte sie ihren Baumwollrock ab und stieg in die blaue Westhose. Schließlich hielt sie die Luft an und schloss den Knopf am Bund. »Siehste! Passt wie für dich gemacht.« – »Findest du mich schick?«, fragte sie und drehte sich kokett. »Schick?«, fragte er und griff nach ihr. »Du bist scharf, ein echt steiler Zahn!« Er zog sie auf seinen Schoß und umschlang ganz fest ihre Taille. Sie umarmte ihn glücklich. »Das ist so toll!«, flüsterte sie in sein Ohr. »So eine wollte ich schon immer mal.« Und nach einer Pause setzt sie hinzu: »Hat doch seine Vorteile, wenn man einen Freund bei der Post hat.« – »Und dabei ist das so leicht«, sagte er zufrieden. »Mich wird niemand wegen Diebstahls drankriegen. Westpakete werden meistens geöffnet. Und meistens nimmt man da was raus – was Staatsfeindliches!« Das letzte Wort betonte er besonders und kniff Ines in den Hintern. Beide lachten. Dann machten sie sich über die Schnittchen her.

Erst spät abends im Bett fragte Ines: »Und deine Frau? Hat sie noch nichts bemerkt?« – »Angelika? Wie sollte sie denn? Ich bin auf Nachtschicht. Alle Kollegen werden ihr das bestätigen.« – »Und dass du mir diese tolle Hose mitbringst?« – »Erstens passt sie nicht rein und zweitens kriegt sie den Kaffee!« – »Hast du ihr auch schon Sachen mitgebracht?« – »Och Mensch, Ines, du stellst Fragen!« Dann kuschelten sie sich aneinander und schliefen Rücken an Bauch ein. Mit dem Morgengrauen kehrte Harry zu seiner Frau zurück.

Unsere Ermittlungen konzentrierten sich auf Harry B. Wo war er in der Tatnacht gewesen? Was hatte er am 28. Februar gegen 22 Uhr gemacht, und vor allem: Konnte das jemand bestätigen? Bevor ich mich mit dem Alibi beschäftigen konnte, kam einer meiner Ermittler im Vertrauen zu mir und beichtete. »Siggi, wir ham da Mist gebaut.« Ich sah ihn aufmerksam an. »Wieso?« – »Na ja, bei den Ermittlungen haben wir die Wohnung von Harry B. – sagen wir – in Augenschein genommen.« Er atmete aus. Ich holte Luft. »Ohne Durchsuchungsbefehl?« Der Ermittler nickte. »Na, bravo!« Bevor ich meinen Unmut äußern konnte, setzte er hinzu: »Die Nebenräume ham wir auch durchsucht.« – »Das darf doch nicht wahr sein!«, plauzte ich los. »Weiß jemand davon?« – »Nee.« Ich wollte gerade erleichtert sagen, dass ich dann eben auch nichts davon wüsste, als er einen Beutel hervorholte. »Dabei ham wir das hier«, er klopfte auf den Beutel, »gefunden.« Ich nickte ihm zu, damit er den Gegenstand herausholte. Umständlich wickelte er daran herum und förderte schließlich eine Pistole zutage. Leise pfiff ich durch die Zähne. Ich griff nach der Waffe. »Mensch, und das ohne Durchsuchungsbefehl! Wieso hast du sie mitgenommen?«, schnaubte ich leise. »Naja ich dachte, das wäre wichtig …« Ich drehte die Pistole in meiner Hand. Der Lauf und auch einige Verschlussteile waren stark verrostet. »Aus dem Ding kannst du keinen Schuss mehr abgeben.« Hoffnungsvoll sah mich mein Ermittler an. »Das Ding ist absoluter Schrott. Keine Gefahr mehr. Aber ich wollte sie dir trotzdem zeigen.« – »Ist ja richtig. Es ist ja auch strafbar, verrostete Waffen oder Waffenteile zu besitzen. Dummerweise dürfen wir von dem Ding nichts wissen!« Ich packte die Pistole wieder in den Beutel. Dann schob ich die Waffe zurück zu meinem Ermittler. Er sah mich fragend an. »Bring sie dahin, wo du sie gefunden hast.« –

»Was?« – »Mensch! Du hast das Ding nie gefunden! Verstanden?« Ich ärgerte mich. »Wir hätten den Kerl damit festnageln können! Aber nun geht das nicht! Was habt ihr euch bloß dabei gedacht? Ihr seid doch lange genug dabei!« – »Hast ja Recht. Aber es war einfach die Gelegenheit. Er war nicht da, wir schon. Da haben wir uns eben alles mal ein bisschen genauer angesehen.« – »Bring das Ding zurück!« Damit war der Fall für mich erledigt – jedenfalls für diesen Moment. Ich ahnte nicht, wie schnell er mich wieder einholen würde.

Am 5. März traten wir wie üblich zum Rapport an. Es waren wieder alle anwesend: vom Polizeipräsidenten bis hin zum Vertreter des ZK. An diesem Abend dauerte es länger. Die übliche Frage wurde gestellt: »Was gibt es Neues?« – »Was wesentlich Neues haben wir nicht.« Trotzdem endete das Treffen erst gegen 21 Uhr.

Ich kehrte in die Auswertung zurück. Kaum war ich im Raum, klingelte das Telefon. Einer der Auswerter reichte den Hörer an mich weiter. »Ja? Schwarz«, meldete ich mich. »Komm sofort unters Dach!« Ich erkannte die Stimme von Oberstleutnant Herbert G. vom Ministerium des Innern. »Unters Dach« hieß, ich solle hinauf in die Nebenstelle des Ministeriums für Staatssicherheit kommen. Ich stand aus unserer Runde auf und machte mich auf den Weg. Noch auf der Treppe überlegte ich: Was hatte das zu bedeuten? »Sicher nichts Gutes«, beantwortete ich mir die Frage gleich selbst. Der Raum war nett eingerichtet mit Sesseln, einer Couch und einem dazu passenden Tisch. In großer Runde saßen neben Oberstleutnant Herbert G. zwei weitere Männer sowie Dieter L.

»Du hast eben beim Rapport nicht die Wahrheit gesagt!«, warf mir letzterer vor. Ich sah ihn fragend an. Was meinte der? »Wir hatten dich gefragt, ob es was Neues gäbe. Du hast mit Nein geantwortet.« Ich wartete ab. Auf was wollten die hinaus? »Gibt es tatsächlich nichts Neues zu berichten? Oder anders gefragt: Warum verheimlichst du uns was?« Ich setzte meine Unschuldsmine auf. »Ich verheimliche nichts«, erwiderte ich völlig arglos. Ich kann nur sagen: Wir sind voll am Ball.« Dieter L. beugte sich zu mir vor: »Siggi«, sagte er drohend. »Möchtest du jetzt einen fünffachen Rittberger tanzen?« – »Ihr habt hier kein Eis fürs Schaulaufen«, konterte ich. Am Gesicht von Dieter L. konnte ich ablesen, dass er genug hatte. Er blaffte mich an: »Was ist mit der Pistole?« Mir wurde heiß. ›Ach du Sch…‹, dachte ich. ›Welches Arschloch hat hier geplaudert?‹ Mir war sofort klar, dass ich aus der Nummer nicht mehr herauskam. Es hatte keinen Zweck, weiter so zu tun, als wüsste ich nichts. Also schilderte ich wahrheitsgemäß, wie ich Kenntnis von der Pistole erhalten hatte. »Du wolltest deine Jungs schützen. Das ist schon in Ordnung. Bevor wir weitere Schritte in diese Richtung unternehmen: Was hältst du von dem Mann?« Ich antwortete: »Ich ziehe ihn als Täter durchaus in Betracht. Er hatte ein Verhältnis mit dem Opfer, seine Partnerin wusste davon nichts. Er besuchte Ines H. heimlich. Das Opfer hat den Täter in die Wohnung gelassen, möglicherweise sogar Wein mit ihm getrunken. Wenn ihr mich fragt, ist Harry B. im Moment mein Hauptverdächtiger!« Herbert G. saß in seinem Sessel, hatte die Fingerspitzen aneinander gelegt und hörte aufmerksam zu. Nachdem ich meinen Bericht beendet hatte, blieb er eine ganze Weile schweigend sitzen. »Gut«, sagte er endlich. »In dem Fall ist der Fund der Pistole ja äußerst hilfreich. Gegen den Mann wird ein Ermittlungsverfahren eingeleitet wegen illegalem Waffenbesitz. Ihr nehmt den Mann fest. Anschließend wird eine gründliche Hausdurchsuchung – und dieses Mal ganz gesetzestreu – durchgeführt.« Ich war entlassen. Auf der Treppe nach unten atmete ich auf. Trotz des glimpflichen Ausgangs nahm ich mir fest vor, herauszufinden, wer hier das Leck war und ihn mir in einer stillen Minute vorzuknöpfen!

In den frühen Morgenstunden des 6. März wurde Harald B. festgenommen und auf das Präsidium gebracht. »Herr B.«, begann der Vernehmer. »Wir haben in Ihren Wohnräumen eine Pistole sichergestellt.« Dazu nahm der Vernehmer die Waffe aus dem Beutel und legte sie vor Harry B. auf den Tisch. Der sah mit leichtem Erschrecken auf den angerosteten Gegenstand, sagte aber nichts dazu. »Der Besitz von Waffen oder Waffenteilen ist ein Straftatbestand. Können Sie eine Waffenbesitzurkunde vorweisen?« – »Die Pistole hab ich von meinem Vater. Die ist noch aus dem Krieg. Natürlich habe ich keine Waffenbesitzurkunde!« Er verschränkte die Arme vor der Brust. »Außerdem ist die doch total verrostet. Damit kann ich nicht mal 'ne Maus erschießen! Und Munition hab ich auch keine!« – »Das spielt keine Rolle. Der Straftatbestand ist schon erfüllt, wenn wesentliche Teile der Pistole erkennbar oder verwertbar sind. Und das ist wohl eindeutig der Fall.« Im Laufe der Vernehmung lenkte der Kriminalist das Gespräch auf Ines H. Nach einigem Zögern gab Harry B. zu, das Mordopfer nicht nur gekannt zu haben. »Ja«, murrte er. »Ines und ich, wir hatten ein Verhältnis. Aber mit ihrem Tod hab ich nichts zu tun!« – »So, so«, meinte der Vernehmer. »Was sagt denn Ihre Lebensgefährtin dazu?« Harald B. wurde zurückhaltend. »Sie weiß nichts davon.« – »Aha?« Der Vernehmer zog abwartend die Brauen hoch. »Der Angelika hab ich erzählt, dass ich auf Nachtschicht muss. In der Zeit hab ich dann öfters Ines besucht.« – »Und Ihre Partnerin hat nie im Betrieb nachgefragt?« – »Wie denn? Da müsste sie schon nachts loslaufen und rüberkommen. Und das macht sie bestimmt nicht. Die ist froh, wenn sie abends die Füße hochlegen kann.« – »Es hat auch keiner der Kollegen geplaudert?« – »Nee, eher nicht. Angelika kam nicht mit meinen Kollegen zusammen.« Er sah auf seine Hände. »Aber das muss Angelika jetzt nicht erfahren, oder?« Der Vernehmer schüttelte den Kopf. »Das ist nicht Ihr Ernst, oder? Es geht um Mord. Sie sind dringend tatverdächtig. Und Ihre einzige Sorge ist, dass Ihre Lebensgefährtin nichts von Ihrem Techtelmechtel erfährt?« Der Vernehmer lehnte sich auf seinem Stuhl zurück. »Wo wir einmal dabei sind. Wo waren Sie eigentlich in der Nacht vom 28. Februar? Und kommen Sie mir nicht mit Nachtschichten! Im Gegensatz zu Ihrer Frau überprüfen wir Ihre Angaben!« Verzweifelt sah der Festgenommene seinen Befrager an. »Aber ich *war* auf Nachtschicht!« Er betonte es wie ein trotziges Kind. »So? Dieses Mal waren Sie wirklich auf Ihrer Arbeit?« – »Fragen Sie doch den Schichtleiter! Schauen Sie sich den Dienstplan an! Ich war auf dem Bahnpostamt. Ich habe Dienst geschoben. Wirklich!« – »Wir werden das überprüfen.« Damit war die Vernehmung vorerst beendet.

Wir überprüften sein Alibi. Es stimmte. Harald B. hatte in der besagten Nacht auf dem Bahnpostamt gearbeitet. Seine Schicht ließ es auch nicht zu, dass er in dem für den Mord notwendigen Zeitraum unbemerkt hätte verschwinden können. Wie es aussah, musste ich mir einen neuen Verdächtigen suchen.

Bei der Hausdurchsuchung des Mannes konnten wir interessante Dinge sicherstellen. Harry B. hatte mit dem Umschlag und der Weiterleitung von Paketen zu tun. Wir fanden eine Vielzahl von Sachen und Gegenständen aus dem westlichen Ausland, die es bei uns in der DDR gar nicht zu kaufen gab. Mit anderen Worten: Harald B. plünderte Westpakete und verschob die Sachen dann auf dem Schwarzmarkt, wenn er sie nicht für sich oder seine beiden Frauen behielt. Das war ein interessanter Aspekt. Ich mutmaßte, dass seine auffällige Westlederjacke auch aus einem nicht an ihn adressierten Paket stammte. Aber das nachzuweisen, war nicht mehr meine Aufgabe. Für seine Diebstähle und Hehlereien wurde eine andere Einsatzgruppe beauftragt.

Bevor ich mich ganz von der Idee trennte, dass Harry B. etwas mit der Ermordung von Ines H. zu tun hatte, nahmen wir uns seine Lebensgefährtin Angelika vor. Im Nachhinein muss ich sagen, dass diese Entscheidung von Dieter L. ein Glücksfall war. Wusste sie wirklich nichts von der anderen Frau? Wie stand sie zu seinen Diebstählen? Entgangen konnten sie ihr kaum sein, da sich viele der geklauten Dinge in ihrer gemeinsamen Wohnung befunden hatten. Es war naheliegend, dass sie von seinen Diebstählen wusste und stillschweigend davon profitierte. An dieser Stelle sollte der Vernehmer ansetzen:

»Frau Neumann, in Ihrer Wohnung wurde Diebesgut sichergestellt. Wie erklären Sie das?«

»Damit habe ich nichts zu tun. Das ist alles Harry seins.«

»Aber Sie müssen doch davon gewusst haben.«

»Nein, ich wusste das nicht.«

»Frau Neumann, üblicherweise kennen sich Frauen in ihrer Wohnung besser aus als Männer. Bei Ihnen wurden vier Kartons mit Produkten aus dem westlichen Ausland sichergestellt. Das übersieht man nicht so leicht.«

»Harry hatte reiche Westverwandte. Die haben ganz oft Pakete geschickt. Das hat er mir selber erzählt.«

»Ihr Lebensgefährte Harald B. arbeitet bei der Bahnpost. Er hat täglich mit Paketen zu tun, auch aus dem westlichen Ausland. Ihnen muss bei der Menge doch klar gewesen sein, dass die Waren nicht von seiner Westverwandtschaft geschickt worden sein konnten!«

»Nein, das habe ich nicht so gesehen.«

»Frau Neumann. Ihre Kleidung, Ihre Wohnung, beides zeugt von einem gewissen Lebensstandard. Nun ist das Gehalt eines Bahnpostbeamten nicht so reichlich, dass man sich all diese schönen Dinge aus dem Intershop leisten könnte. Auch Ihre Lohntüte würde dafür nicht ausreichen.«

»Ich hab doch gesagt, dass Harry viele Pakete bekommt. Und meine Eltern schenken uns viel.«

»Frau Neumann, hören wir mit den Spielchen auf. Ist es nicht eher so, dass Sie ganz genau wussten, woher all die Dinge stammten? Und ist es nicht weiterhin so, dass Sie es billigend hinnahmen, dass Ihr Freund Harald das Diebesgut verkaufte und sich und Ihnen dafür so manche Wünsche erfüllte?«

Sie schwieg.

»Möglicherweise haben Sie die Waren auch selbst verkauft …«

»Nein, das habe ich nicht! Ich habe mit Harrys krummen Geschäften nichts zu tun.«

»Aber Sie wussten davon.«

»Ja, natürlich. Wie sollte ich das denn übersehen. Und dann die schönen Geschenke: Hier ein Pullover, da etwas Kaffee. Ja, ich habe es gewusst, und es hat mir gefallen.«

»Sie wissen, dass Sie sich strafbar gemacht haben.«

»Aber ich hab doch die Sachen nicht geklaut.«

»Aber Sie haben die Diebstähle auch nicht zur Anzeige gebracht. Oder sie unterbunden.«

»Ich kann doch nicht meinen Lebenspartner anzeigen!«

»Wenn Sie das so sehen. Der Staatsanwalt sieht das anders. Sie sind Mitwisser und damit auch Mittäter. Ihren Freund werden Sie wahrscheinlich so schnell nicht wiedersehen. Es wird zu einer Anklage kommen. Bis dahin bleibt er in Untersuchungshaft.«

»Von mir aus kann er bleiben, wo der Pfeffer wächst.«

»Wie meinen Sie das?«

»Für diesen Schuft gehe ich nicht in den Knast. Nee, das soll er mal alleine ausbaden!«

»Eben haben Sie mir noch gesagt, dass Sie Ihren Lebenspartner nicht anzeigen wollten, und nun bezeichnen Sie ihn als Schuft?«

»Er hat mich da mit reingezogen. Ja, es war ja schön, an all die tollen Sachen ranzukommen. Ich habe keine Verwandten drüben. Und da war das natürlich verlockend. Aber das kann er alleine ausbaden. Ich helfe ihm da nicht mehr! So, wie der mich abserviert hat, soll er mal in den Knast wandern!«

»Was meinen Sie?«

»Ich meine sein Flittchen!«

Jetzt kamen wir der Sache näher. Sie hatte also von der zweiten Frau gewusst!

»Sie meinen, er hatte eine Geliebte?«

Sie lachte bitter. »Ja. Ich hab ihm wohl nicht mehr ausgereicht.«

»Wie haben Sie davon erfahren?«

»Eine Frau spürt so etwas. Erst wurden die Geschenke kleiner, dann wurden die Nachtschichten häufiger. Für wie blöd hat er mich denn gehalten?«

»Sie meinen, er hat der anderen Frauen Diebesgut geschenkt, das er sonst Ihnen gegeben hat.«

»Ach, hören Sie doch damit auf. Die Klauerei, die Westsachen, das war alles gar nicht mehr wichtig.«

Der Vernehmer spitzte die Ohren. Es wurde spannend. Das Eis war gebrochen. Angelika Neumann war in Fahrt gekommen. Ab jetzt galt es, zuzuhören.

»Früher hat er mir Pullover und Hosen mitgebracht. Am Ende bekam ich nur noch Kaffee und Schokolade. Aber das war es gar nicht, was mich stutzig gemacht hat. Was mich verwundert hat, waren die vielen Nachtschichten. Harry hat die Nachtschichten gehasst. Wo er konnte, hat er sich drum gedrückt. Und dann fiel plötzlich nach den Nachtschichten die Tagschicht aus, und er hatte gleich wieder Nachtschichten? Das macht doch kein Schichtleiter. Also hab ich drüben mal nachgefragt. Was ist denn bei euch los, hab ich gefragt. Habt ihr keine Tagschichten mehr? Und da habe ich erfahren, dass Harry seine Tagschichten genauso hatte wie immer. Da hab ich mich natürlich gefragt, wo er die Nächte verbringt.«

»Haben Sie ihn darauf angesprochen?«

»Der hätte mich eh nur belogen. Nee, das wollte ich selber rausfinden und es ihm dann auf den Kopf zusagen. ›Du hast 'ne andre!‹, wollt ich ihm sagen. Also bin ich ihm nachgegangen, wenn er auf seine Nachtschichten ging. Tja, und da hab ich es mit eigenen Augen gesehen.«

Sie machte eine Pause. Der Vernehmer saß angespannt auf seinem Stuhl und wartete auf die Fortsetzung.

»Er fuhr in den Prenzlauer Berg, zu diesen Mietskasernen. Er ist immer durch den gleichen Hauseingang und dann in eins von den Häusern.«

»Sie sind ihm mehrfach gefolgt?«

»Na ja, am Anfang hatte ich Angst, dass er mich bemerkt. Deshalb habe ich mich weit zurückfallen lassen. Und da war ich dann zu spät. Er war irgendwo dort verschwunden. Aber einmal hatte ich Glück. Da ist Harry ins Haus rein und ein anderer Mann wollte gerade mit seinem Hund Gassi. Er hat die Haustür für den Dackel eine Weile offen gehalten. Und da habe ich gesehen, dass er da links im Parterre in eine Wohnung ging.«

In dem Vernehmer keimte ein Verdacht auf. Doch er hütete sich, nachzufragen.

»Das Haus hat mich nicht mehr losgelassen. Immer wieder musste ich daran denken, dass Harry dort seine Nächte verbringt. Ich musste herausfinden, bei wem. Also bin ich nach Arbeitsschluss im Hellen mal dorthin. Ich hatte vor, mit Hilfe der Klingeln den Namen herauszufinden. Aber es war einfacher als gedacht. Eine Omi hat mich die Klingeln lesen sehen. Sie hat mich gefragt, ob sie mir helfen könnte. Ja, hab ich gesagt. Ich wolle wissen, wer in der Wohnung Parterre links wohne. Und da hat sie es mir gesagt: Ines H. Da hatte ich es. Die Oma hat mir natürlich brühwarm auch noch erzählt, dass diese Ines unverheiratet sei und sehr nett und so weiter, was alte Damen eben so schwatzen.«

Angelika Neumann schwieg. Sie sah starr geradeaus, und man konnte ahnen, dass vor ihrem inneren Auge jetzt ein Film ablief. Aber sie war noch nicht bereit, diesen Film mitzuteilen.

»Sie waren eifersüchtig?«

Angelika bemerkte nicht, dass der Vernehmer das Thema gewechselt hatte. Sie war in Gedanken vor dem Haus im Prenzlauer Berg.

»Ob ich eifersüchtig war?«

Sie lachte bitter.

»Ich hätte nie gedacht, dass ich wegen so einem Scheißkerl eifersüchtig sein könnte. Aber ja. Ich war sauer. Wie konnte er mir das antun? Der Gedanke an die andere ließ mich nicht mehr los. Bestimmt sah sie besser aus als ich.

Oder sie hatte Geld. Ich versuchte, mir alles Mögliche vorzustellen. Und dann packte ich den Stier bei den Hörnern. Angelika, sagte ich zu mir, das Grübeln nützt gar nichts. Geh hin, schau sie dir an.«

Pause.

»Und das haben Sie dann getan?«

Sie nickte kaum sichtbar.

»Ja, ich bin nach meiner Arbeit hin. Ich habe geklingelt. Ich hätte nicht erwartet, dass sie mich reinlässt. Hat sie aber. Zuerst wusste ich nicht, was ich sagen sollte. Eigentlich hatte ich sie ja nur anschauen wollen. Sie ist genauso alt wie ich. Aber besser aussehen tut sie nicht. Eher wie ein Flittchen. Ziemlich aufgetakelt. Viel zu stark geschminkt. Und einen Ausschnitt bis zum Bauchnabel. Und das zu Hause, wo einen normalerweise keiner sieht! Ich habe nicht verstanden, was Harry an der findet. Na ja, egal.«

Alles lief auf ein Geständnis hinaus. Der Vernehmer nickte jetzt mitfühlend und gab Frau Neumann so zu verstehen, dass sie weitererzählen konnte.

»Wir haben uns ins Wohnzimmer gesetzt. Sie hat mir Kaffee angeboten. Westkaffee! Bestimmt von Harry. Ich hab aber nichts gesagt. Also haben wir zuerst den Kaffee getrunken – aus Meißner Porzellan. Das hatte wohl was zu bedeuten! Wir haben über Harry gesprochen. Darüber, wie sich die beiden kennengelernt haben. Angeblich hat er sie angesprochen. Na, so wie die aussieht, hatte sie es wohl eher auf ihn abgesehen. Sie sagte, dass sie auch erleichtert sei, dass ich jetzt da wäre. Weil sie sich so in dem Dreiecksverhältnis nicht wohl gefühlt habe. Das habe ich ihr nicht geglaubt. Der war es doch egal, ob es mich gab oder nicht. Und es sei gut, dass wir beide uns mal aussprächen. Na ja, irgendwie tat mir das auch gut. Und so haben wir eine ganze Weile nett geplaudert. Sie ist dann aufgestanden und hat Wein angeboten. Rotwein. Ich hab nicht Nein gesagt. Und so hat jede von uns ein Gläschen getrunken. Vielleicht hätte ich ablehnen sollen. Vielleicht wäre …«

Sie schwieg eine Weile, bevor sie fortfuhr: »Später habe ich sie gefragt, wie sie sich das nun mit uns dreien vorstelle. Eine müsste ja wohl verzichten. Dass ich das nicht sein würde, habe ich sehr deutlich gemacht. Sie wurde sauer. Harry sei erwachsen genug, um selbst zu entscheiden, bei wem von uns beiden er bleiben wolle. Harry und erwachsen! Das wird der nie! Aber das hab ich nicht gesagt. Am Ende gab ein Wort das andere. Sie beschuldigte mich, dass ich nicht loslassen könnte. Es sei doch schon lange aus zwischen mir und Harry. Er wäre längst gegangen, wenn ich nicht so klammern würde. Und im Bett würde angeblich auch nichts mehr laufen. Na, das hab ich mir nicht sagen lassen. Dieses Flittchen, diese Nutte, die sich anderen an den Hals wirft, egal, ob der schon vergeben ist oder nicht. Und dann hatte sie auch noch eine Westjeans an! Die hatte Harry ihr geschenkt, das war ja wohl klar. Irgendwie musste er sie ja für ihre Dienste bezahlen. Ich hab ihr das gesagt, da ist sie ausgerastet und wie eine Furie auf mich los. Ich hab mich gewehrt. Erst haben wir über den Tisch hinweg gerangelt. Dabei ist ein Weinglas umgefallen. Dann wollte ich um den Tisch herum, stieß aber zuerst gegen die Stehlampe. Sie hat mich immer weiter beschimpft, wollte mich rausschmeißen. Und ich hab rot gesehen. Ich schlug auf sie ein. Sie ist zurückgewichen. Irgendwie standen wir plötzlich im Flur. Sie hat mich gegen die Garderobe geschubst. Ich hatte so einen blöden Haken im Kreuz. Das tat weh. Ich hab nach hinten gegriffen und einen Schal zu fassen gekriegt. Na ja, und den hab ich ihr um den Hals geworfen und sie damit runtergezogen. Als sie auf der Erde lag, hab ich gemerkt, dass ich gewinne. Ich hab ihr den Schal noch einmal um den Hals gewickelt und dann zugezogen. Erst schlug sie um sich. Aber nicht mehr lange. Plötzlich lag sie reglos da. Erst in diesem Moment begriff ich, was ich getan hatte. Ich weiß nicht, wie das passieren konnte. Ich habe das nicht gewollt!«

Angelika Neumann schlug die Hände vors Gesicht und begann zu schluchzen. Ihr ganzer Körper zuckte durch ihr heftiges Weinen. Sie hatte sich nun alles von der Seele geredet.

»Was war mit der Schneekugel?«

Verheult sah sie auf. Dann kramte sie in ihrer Handtasche nach einem Taschentuch. Erst nachdem sie sich kräftig geschnäuzt hatte, antwortete sie:

»Die hab ich genommen, als wir uns vor der Schrankwand geprügelt hatten. Sie zog an meinen Haaren. Das tat furchtbar weh. Ich wollte sie loswerden. Da hab ich ihr mit der Schneekugel auf den Kopf gehauen. Mehrfach. Es hat gewirkt, sie ließ mich los.«

Wir hatten unser Geständnis. Die abschließenden Vernehmungen und Ermittlungen waren innerhalb von zwei Tagen beendet.

Ebs, mein Leiter der Auswertung, war im Krankenhaus seinen Nierenstein losgeworden und befand sich auf dem Wege der Besserung.

Im Beisein des Polizeipräsidenten gab es für die Einsatzgruppe abschließend ein gemeinsames Essen. In unserer Unterkunft, einem Wohnheim der Humboldt-Universität, ließen wir den Tag bei Schnaps und Bier ausklingen. Tags darauf traten wir die Heimreise an. Der anderen Einsatzgruppe unter der Leitung von Johannes wünschten wir eine baldige Aufklärung ihres sicherlich komplizierteren Falles.

Schnell hatte uns der Alltag wieder.

Welche Urteile für Harry B. und Angelika Neumann gefällt wurden, habe ich nie erfahren. Dazu war die Zeit viel zu schnelllebig. Und immer neue Fälle ließen Gedanken an zurückgelegte Wegstrecken kaum aufkommen.

Der Pionierausweis

Das Wochenende war schön gewesen. Anne hatte Tante Rosa besucht. Die Tante war zwar schon alt, aber sie konnte Geschichten erzählen und hatte für das Mädchen immer etwas Schokolade in einer Schublade. Sie hatten gemeinsam Kuchen gebacken – mit den Äpfeln aus dem Keller und den Walnüssen, die noch draußen in einem Netz zum Trocknen hingen. Dabei erzählte die Tante von dem Eichelhäher, der morgens ans Netz kam, um eine Nuss zu naschen. Den Kuchen hatten sie beide dann den Eltern präsentiert und ihn sich mit Tee schmecken lassen. Danach saßen alle am runden Tisch und spielten bis zum Abend Karten. Beim Abschied hatte Tante Rosa den Rest Apfelkuchen in Butterbrotpapier gewickelt und ihr mitgegeben. »Den nimmst du am Montag mit in die Schule. Da hast du ein leckeres Frühstück und denkst an mich«, hatte sie gesagt.

Nun war Montag, und sie musste los. Das Butterbrotpapier mit Tante Rosas Kuchen lag im vorderen Fach ihres Schulranzens. Sie sah mit wenig Lust nach draußen. Es war noch dunkel. Anne ging in den Keller, zog sich den warmen Anorak an. Dann ging sie in den Vorraum und streifte die gefütterten Schuhe an. Sie setzte den Ranzen auf, band den weißen Wollschal um, setzte die passende weiße Mütze auf und griff zum Schluss mit den behandschuhten Händen nach dem Schlüssel. Draußen erwartete sie der kalte Novembermorgen. Im Licht der Hoflampe sah sie Reif auf den Grashalmen glitzern. Das Pflaster war rutschig. Sie ging zum Schuppen, um ihr Fahrrad zu holen. Quietschend öffnete sich der Holzverschlag. Anne zog das Fahrrad aus dem Dunkeln in den matten Lichtschimmer hinter sich. Über den Lenker gebeugt, zog sie die Klinke zu sich heran. Mit einem Seufzen schloss sich der Schuppen. Sie schob das Fahrrad zur Vorderseite des Hauses. In der Haustür stand ihre Mutter und wartete, dass sie aufstieg und losfuhr. »Fahr vorsichtig, es ist glatt«, sagte die Mutter und schlang sich fröstelnd die Arme um den Bauch. »Das hab ich schon gemerkt«, entgegnete Anne und schob das Fahrrad zum Hoftor hinaus. Das Mädchen sah aus den Augenwinkeln, dass ihre Mutter ihr zuwinkte wie immer und war sich sicher, dass sie nicht eher wieder ins Haus gehen würde, bis sie selbst um die nächste Ecke gebogen war. Dann wehte ihr der Novembermorgen mit feuchter Kälte ins Gesicht, und Anne dachte daran, wie sie nachher zusammen mit Ute mit ihren Monchhichis spielen würde. Diese Plüschäffchen mit Plastikgesicht waren der neueste Schrei aus dem Westen und in der Schule strengstens verboten. Aber Ute hatte Westverwandte und keine Angst vor den Lehrern. Ob sie Ute etwas von dem Kuchen abgeben sollte?

Die Mutter stand in der Tür und sah ihrer Tochter nach. Der weiße Wollschal flatterte auf ihrem Rücken über dem Ranzen auf und ab wie eine Fahne. Er leuchtete noch eine ganze Weile durch die Dunkelheit. Erst, als das Mädchen nicht mehr zu sehen war, schloss sie die Tür und setzte sich an den nun verwaisten Frühstückstisch. Sie griff zur *Märkischen Volksstimme* und las bei einer Tasse Muckefuck die zweite Seite. Sie hatte noch zwanzig Minuten Zeit, bis sie selbst losmusste, um zur Arbeit zu gehen.

Als Anne die kleine Brücke über den Graben überquerte, wäre sie beinahe ausgerutscht. Der Reif lag als dicker Belag auf dem Beton, und die Reifen ihres Rades waren schon alt. Mit Mühe konnte Anne das schwankende Rad wieder ausbalancieren. Ihr Herz klopfte, und sie atmete erleichtert aus. »Puh, das war knapp!« Dann befuhr sie den Trampelpfad quer durch die ehemalige Deponie. Es war dunkel, aber die weiße Natur leuchtete. Die bereiften Äste und Zweige um sie herum ließen das Unkraut und Buschwerk wie einen Märchenwald aussehen. Anne spürte ein leichtes Kribbeln im Bauch. Es war gruselig, hier so ganz allein entlangzufahren. Das Licht ihrer Fahrradlampe warf einen gelben Kegel auf den Weg vor ihr, der aber nicht weiter als zwei Meter reichte. Sie hörte ihren Dynamo surren und die Kette rhythmisch klacken. Sonst war alles gespenstisch still. ›Wie bei Schneeweißchen und Rosenrot, als sie den Bären gesehen haben‹, dachte das Mädchen. Vor kurzem war der DEFA-Film im Fernsehen gezeigt worden. Was, wenn jemand in der nächsten Kuhle lauerte? Ein Schauer überlief sie, doch es war ein angenehmer. In solch einem herrlich verzauberten Märchenwald konnten höchstens Hexen und Feen lauern. Und an böse Hexen und Feen glaubte Anne schon lange nicht mehr.

Nach ungefähr zwei Kilometern war sie durch die Deponie hindurch und erreichte die andere Seite des Dorfes. Noch fünfhundert Meter, und sie war in der Schule. Als sie ihr Fahrrad anschloss, kam ihre Freundin Ute zu ihr. »Hallo, Anne«, rief sie schon von weitem. »Guck mal!« Und sie ließ aus ihrem Ranzen den braunen Haarschopf ihres neuesten Monchhichis herausgucken. Anne lächelte. »Du hast deinen Monchhichi dabei.« Ute nickte. Dann sah sie auf Anne. »Aber du deinen Turnbeutel nicht!« Anne überlief es heiß. Sie griff nach hinten an ihren Ranzen, begriff aber gleichzeitig, dass dort sowieso kein Turnbeutel hängen konnte. Verdammt! Sie hatte ihr Sportzeug vergessen. Kurz dachte sie zurück. Beim Anziehen unten im Keller hatte sie den Beutel noch dabeigehabt. Dann war sie in den Vorraum gegangen, um die Schuhe anzuziehen. Ja, und dort hatte sie ihn liegenlassen. Frau Riediger, die Sportlehrerin, war streng. Sie hatte Anne schon mehrfach angeschrien, weil sie herumgealbert oder statt der kurzen Hose ihre Trainingshose angezogen hatte. Wenn Anne heute ganz ohne Sportsachen kam, würde Frau Riediger ein Fass aufmachen. Bestimmt würde sie sie hinten an die Wand zwischen die Kletterstangen stellen und dort die ganze Stunde stehen lassen. Mit Jana hatte sie das jedenfalls schon mal gemacht. Und bei jeder weiteren Gelegenheit hatte Jana ihre bissigen Bemerkungen abbekommen. Nein, das wollte Anne sich nicht antun. Ohne Sportsachen zu Frau Riediger, das ging nicht. Kurz überlegte sie, wie lange sie von der Schule nach Hause und wieder zurück fahren würde. Sie war schon mehrmals in zehn Minuten zu Hause gewesen. Da hatte sie sich sehr beeilt. Wenn sie also ganz schnell strampelte, konnte sie in zwanzig Minuten wieder hier sein. Zwanzig Minuten bedeutete zwar, dass sie das Morgenlied verpasste, aber sie konnte es schaffen, zur ersten Stunde wieder da zu sein.

»Ute, ich fahr noch mal nach Hause und hole meinen Turnbeutel«, sagte sie kurz entschlossen. Dann machte sie das bereits gelöste Fahrradschloss wieder unter dem Sattel fest, zog mit einem kraftvollen Ruck das Rad aus dem Ständer und sauste auch schon vom Schulhof – zurück nach Hause.

Prüfend blickte der alte Mathelehrer Beuchel über seine Brille hinweg auf den leeren Platz der vorletzten Bank, Fensterreihe. »Wo ist Anne?«, fragte er. Ute, drei Bänke davor, meldete sich. »Sie hat ihren Turnbeutel vergessen. Sie holt ihn noch schnell.« Verärgert presste Herr Beuchel die Lippen zusammen, und die bekannten Grübchen rechts und links des Schnurrbartes erschienen. »Na, dann wird sie ja bald auftauchen«, bemerkte er kurz und legte den Kuli neben die Anwesenheitsliste. Doch auch in Deutsch und Heimatkunde blieb der Platz der vorletzten Bank, Fensterreihe leer.

Frau Meißner trug ihre schwere Einkaufstasche auf den Hof zum hinteren Eingang. Sie erwartete, das Fahrrad ihrer Tochter wie immer an der Hauswand lehnen zu sehen, und bereitete sich schon darauf vor, es wie jeden Tag in den Schuppen zu schieben. Sobald Anne die Haustür hinter sich zuzog, hatte sie alles, was die Schule betraf, vergessen. Erst am Abend, wenn sie beide noch einmal gemeinsam Hausaufgaben machten oder Mathe wiederholten, fiel dem Mädchen ein, was an diesem Tag in der Schule los war. Doch sie wurde positiv überrascht. Das Fahrrad stand nicht neben der Hoftür. »Es geht voran«, seufzte sie innerlich. »Das Mädchen wird doch noch ordentlich.« Sie stellte ihren Einkauf ab und kramte den Wohnungsschlüssel hervor. Dann schloss sie auf und trat ein. Im Vorraum fiel sie beinahe über den Turnbeutel. Sie fluchte leise, bevor sie rief: »Anne? Ich bin da.« Drinnen blieb es ruhig. Frau Meißner trug den Einkauf durch den Keller in die Küche. »Anne?« Sie ging in das Zimmer ihrer Tochter. Annes Ranzen lag nicht im Weg. Er stand auch nicht neben der Kommode. Er war gar nicht da. »Hm«, sagte Frau Meißner. Dann wandte sie sich wieder in die Küche, um schnell den Quark und die Milch in den Kühlschrank zu stellen. Sie räumte auch den Rest in die Schränke. Dann ging sie noch einmal durch die Wohnung. Nichts zeugte davon, dass Anne dagewesen war. Aber der Turnbeutel hatte ja im Weg gelegen. Also musste sie angekommen sein. Vielleicht war sie mitsamt Ranzen zu Ute, um Hausaufgaben zu machen. Aber so etwas konnte man aufschreiben, eine Nachricht hinterlassen. Die Mutter fand keine. Schließlich ging sie hinaus, um nach dem Fahrrad zu sehen, obwohl sie inzwischen schon überzeugt war, dass es nicht im Schuppen stehen würde.

Es war, wie erwartet, nicht da. Warum hatte Anne keine Nachricht hinterlassen? Es war doch in Ordnung, die Aufgaben mit einer Freundin gemeinsam zu machen! Nur wissen musste man es! Sonst begann man sich Sorgen zu machen und sich auszumalen, was mit dem Kind geschehen sein könnte. Genau in diesem Augenblick begann sie, sich Sorgen zu machen.

18. November 1980, Bezirksbehörde Deutsche Volkspolizei, Abteilung Kriminalpolizei, Dezernat II, Morduntersuchungskommission Halle/Saale, Dessauer Straße 70, 14 Uhr

»Genosse Hauptmann Schwarz, der K-Leiter verlangt nach Ihnen. Sie sollen umgehend zu ihm kommen!«, damit legte die Sekretärin auf. »Was will denn der Busfahrer um diese Zeit von mir?«, fragte ich laut in die Runde. Die Kollegen grinsten. Der Busfahrer war zwar unser Vorgesetzter, aber da er im zivilen Leben wirklich als Fahrer von Omnibussen gearbeitet hatte, hielt sich dieser Spitzname hartnäckig. Und er wurde gern gegen ihn eingesetzt, weil der Abteilungsleiter unter den Kollegen keine große Beliebtheit genoss. Die hatte er verspielt, als er die Karriereleiter nach oben gefallen war. Seine wichtigsten Arbeitsinstrumente waren Dienstanweisungen, seien es solche vom Chef des Bezirkes oder Parteibeschlüsse und Weisungen vom Ministerium des Inneren. Wehe dem, der dagegen verstieß. Die »Chemie« zwischen uns beiden hatte nie gestimmt. Dabei genügte es schon, ohne Jackett oder Krawatte vor ihm zu erscheinen oder – und das war das schlimmste aller möglichen Vergehen was Kleidung betraf – ohne Parteiabzeichen am Kragen. Dann hagelte es bissige Bemerkungen wie »Genosse, haben Sie vergessen, was die Anzugsordnung vorschreibt?« oder »Sind Sie aus der Partei ausgetreten?«.

Zu diesem Abteilungsleiter wurde ich also nun berufen. Kurz prüfte ich mein Äußeres. Jackett hatte ich an – es war ja November und entsprechend kühl. Das Parteiabzeichen prangte auch an der vorgeschriebenen Stelle. Also alles in Ordnung. Ich verließ mein Dienstzimmer. »Genosse Oberstleutnant, Hauptmann Schwarz wie befohlen zur Stelle.« Er deutete mit der rechten Hand auf einen Stuhl vor seinem Schreibtisch. Er kam schnell zur Sache. »Die Morduntersuchungskommission Potsdam arbeitet schon seit einiger Zeit an einem Mord mit unbekanntem Täter. Nun ist ein zweiter Mord an einer Schülerin zur Anzeige gekommen. Das Ministerium des Inneren, Hauptabteilung Kriminalpolizei verlangt, dass die MUK Halle federführend den zweiten Mord aufklären soll.« Da war er, unser Einsatzbefehl.

19. November 1980, Halle-Neustadt, 8 Uhr

Ich verließ meine Wohnung mit gepacktem Koffer. Ich hatte eigentlich eine eigene Ermittlungsarbeit zu einer Mordsache. Nun kam der Mord in Königs Wusterhausen dazu. Um beide Richtungen bedienen zu können, nahm ich einen langjährigen Mitarbeiter meiner Kommission und einen frisch gebackenen Kriminalisten von der Fachschule auf die Reise in den Norden mit.

19. November 1980, Volkspolizeikreisamt Königs Wusterhausen, 11 Uhr

Am späten Vormittag trafen wir ein. Uns erwarteten zum Teil bekannte Gesichter. Von der Potsdamer MUK erhielt ich zwei Mitarbeiter. Einen erfahrenen Kollegen bestimmte ich zum Leiter der Auswertung und stellte ihm unseren Fachschulabsolventen an die Seite. Weitere Kriminalisten aus Potsdam vervollständigten unsere Truppe. Nach der Einteilung der Mitarbeiter fand ein längerer Informationsaustausch statt. Im Mittelpunkt standen natürlich die kriminaltechnische Tatortarbeit und das Ergebnis der Obduktion zur Todesursache. Nach diesem Austausch hatten wir folgendes Bild:

Die Mutter von Anne K. hatte ihre neunjährige Tochter am 17. November 1980 gegen 17 Uhr als vermisst gemeldet. Auf dem Nachhauseweg war das Kind spurlos verschwunden. Dieser Weg führte für das Mädchen durch eine ehemalige Mülldeponie, die bereits Jahre zuvor eingeebnet worden war und sich nun in einer Art verselbständigter Renaturierung zu einem Wäldchen entwickelte. Die Bewohner der Siedlung durchquerten das Areal regelmäßig, um den langen Weg auf die andere Seite des Ortes abzukürzen. Dadurch war ein unbefestigter Weg entstanden, den auch Anne K. täglich auf ihrem Weg zur Schule und zurück befuhr.

Die Suchaktion wurde sofort eingeleitet: Aushänge und Handzettel forderten die Bevölkerung zur Mithilfe auf. Wer hatte das Mädchen zuletzt gesehen? Wo war es zuletzt bemerkt worden? Selbst ein Polizeihubschrauber kam zum Einsatz und kreiste über der Waldsiedlung von Annes Wohnort. Keine dieser Maßnahmen führte zu einem Ergebnis. Das Kind konnte nicht gefunden werden. Also wurde eine großangelegte Suche gestartet, bei der mehr als dreißig Volkspolizisten den Schulweg und das dazwischen liegende Wäldchen durchkämmten. Gefunden wurde das Fahrrad des Mädchens – eine beunruhigende Tatsache, die keinen anderen Schluss als ein Gewaltverbrechen zuließ. Eine zweite Suchaktion startete. Und erst diese brachte das traurige Ergebnis: Unweit eines unbefestigten Weges durch die ehemalige Deponie fand man am 18. November um zehn Uhr die vermisste Schülerin tot auf. Das Fahrrad lag nur einhundertundfünfzig Meter vom Fundort der Leiche entfernt. Der Inhalt ihres Schulranzens war in weitem Kreis um den Fundort verteilt. Die ausgiebige Tatortarbeit ließ den Schluss zu, dass der Fundort auch gleichzeitig der Tatort war. Der Obduktionsbericht wies aus, dass das Mädchen mit ihrem weißen Wollschal erdrosselt worden war. Die Fundsituation zeigte eine Reihe von Hinweisen, dass die Tat sexuell motiviert gewesen war. Zu einem direkten sexuellen Kontakt war es aber laut Gerichtsmedizin nicht gekommen.

Nachdem wir uns einen Überblick über die Tat und den Stand der Ermittlungen verschafft hatten, legten wir den Schwerpunkt auf die Personenbewegung zur Tatzeit. Wir mussten herausfinden, wer sich zur Tatzeit im unmittelbaren und erweiterten Tatortbereich aufgehalten hatte. Das bedeutete Klinkenputzen und Befragungen.

19. November 1980, ehemalige Mülldeponie, Marienstraße, 14 Uhr

Zuvor jedoch ließ ich mir und meinen Mitarbeitern den Fund- und Tatort zeigen. Mit dem Dienstwagen fuhren wir an diesem nasskalten Mittwoch durch den Ort und parkten an einer kleinen Brücke aus Beton. Ab hier ging es zu Fuß weiter. Die Feuchtigkeit stand in der Luft, und nass glänzte das Laub des letzten Sommers auf dem Boden. Der trübe Novembertag und der abscheuliche Anlass unserer Wanderung drückten die Stimmung deutlich. Wir liefen auf dem unbefestigten Weg entlang. Die ehemalige Mülldeponie war als solche nicht mehr zu erkennen. Überall wuchsen junge Pappeln und Erlen. Die Gegend war feucht, der Graben nicht weit. Trotz der kahlen Äste und der entlaubten Zweige konnte man das Gestrüpp nicht weit durchschauen. Kuhlen und Senken sorgten zusätzlich dafür, dass die Umgebung uneinsichtig blieb. Diese Situation erklärte, warum die Polizisten auf fünf Meter an der Leiche hatten vorbeilaufen können, ohne sie zu bemerken. Schließlich blieben wir auf dem Weg stehen. Eine Schneise von niedergetrampeltem Gestrüpp zeugte davon, dass ab hier schon viele Polizisten in das Buschwerk eingedrungen waren. Wir hatten den Tatort erreicht. Ich konnte es nicht lassen, die unmittelbare Umgebung gründlich in Augenschein zu nehmen. Das lag nicht daran, dass die Tatortarbeit vom Vortag schlecht ausgeführt gewesen wäre oder dass ich noch etwas zu finden hoffte. Es war eher mein Bauchgefühl, das mich dazu trieb. »Ihr glaubt aber nicht ernsthaft, dass ihr noch unentdeckte Spuren findet?«, lachte der Potsdamer Kriminalist, der uns hierhergeführt hatte. Die Kollegen der Spurensicherung hatten ganze Arbeit geleistet. Ihnen war nichts entgangen. Ich wollte eben nur mein eigenes Bild von diesem Ort gewinnen. Unweit des Ortes, an dem man den Körper des Mädchens gefunden hatte, sah ich etwas Glänzendes,

Halbrundes aus der Erde ragen. Ich zwängte mich zwischen einer Espe und einem Erlensprössling hindurch und kniete mich neben das Objekt. »He, Siggi, du hast doch nicht etwa noch was gefunden?« Ich schob mit der Hand das feuchte Laub beiseite und grub mit den Fingern im nassen Erdreich. Dabei legte ich einen aus Ton gebrannten und glasierten Kerzenhalter frei. »Ich glaube nicht«, rief ich zurück und hielt den Kerzenhalter hoch. »Der hat mit dem Mordfall bestimmt nichts zu tun.« Eher war mein Fund wohl ein Überbleibsel der Mülldeponie. Sollte dieser die Erleuchtung in meinem Mordfall bringen? Ich nahm das Fundstück mit.

»Wir haben auch Geruchskonserven genommen«, rief mir der Potsdamer zu. »Unmittelbar um die Leiche herum«, setzte er fort. Das war interessant. Dazu nahm der Kriminaltechniker mit einer sterilen Zange ein zwanzig mal zwanzig Zentimeter großes, steriles Tuch aus einem Schraubglas und legte es auf die zu sichernde Stelle (in der Fachsprache Spurenträger genannt). Dieses eine oder auch mehrere Tücher wurden anschließend mit steriler Folie abgedeckt. So ließ man den Geruch des Tatortes zwei bis drei Stunden in das sterile Tuch eindringen. Nach der Liegezeit sicherte der Kriminaltechniker die Tücher wieder steril in dem Schraubglas. Die Gläser entsprachen in etwa den heute handelsüblichen Honiggläsern. Maß und Farbe der Deckel war für alle Gläser gleich. Wurden am Tatort Geruchsspuren gesichert, gingen diese Spuren als Konserven an die Diensthundeschule in Pretzsch. Dort befand sich eine Spezialausbildung für Diensthunde, an der geeignete Tiere zur Geruchsdifferenzierung ausgebildet wurden. Dafür waren die Geruchsspuren in unserem speziellen Fall gedacht. Wir sollten sie bald brauchen.

Der Schock im Ort saß tief und war für alle spürbar. »Ich hätte sie nicht fahren lassen dürfen«, beteuerte unter Tränen Annes Freundin Ute. »Wenn ich gewusst hätte, dass …« Dann weinte sie. »Und alles nur wegen des blöden Turnbeutels!«, sagte auch der Klassenlehrer betroffen. »Sie hätte doch auch ohne Sportzeug mitmachen können.«

Was Zeugen und Betroffenen immer am meisten zu schaffen macht, ist die Frage: »Welche Schuld habe ich an den Ereignissen? Hätte ich das Unheil verhindern können?« Die Zweifel nagen hartnäckig an allen. Natürlich konnte Ute nichts dafür, dass Anne noch einmal zurückgefahren war. Und sie konnte erst recht nichts dafür, dass auf dem Weg jemand dem Kind aufgelauert hatte. Aber wer war es gewesen? Unser Weg-Zeit-Diagramm setzte am Montagmorgen um sieben Uhr ein. Zu diesem Zeitpunkt war Anne vom Schulhof aus gestartet. Als Todeszeitpunkt legte der Obduktionsbericht den frühen Vormittag des 17. November 1980 fest. Und wir wussten, dass die Schülerin tatsächlich auf dem Heimweg ermordet worden war, also höchstwahrscheinlich unmittelbar nach ihrer Abfahrt. Wir kannten den Weg, den sie genommen hatte: Wer hatte sich zwischen sieben Uhr und neun Uhr auf dem Weg von der Schule hinüber zur ehemaligen Deponie befunden? Wer war in diesem Zeitraum auf dem unbefestigten Weg unterwegs gewesen?

20. November 1980

Durch Aushänge und Pressemitteilungen machten wir unser Weg-Zeit-Diagramm öffentlich. Die große Betroffenheit zeigte sich auch in der Bereitschaft der Bevölkerung, uns bei der Suche nach dem Täter zu unterstützen. »Auf dem Weg zur Deponie durch die Karl-Liebknecht-Straße, da habe ich einen großen Mann auf einem Fahrrad mit Anhänger zur Deponie einbiegen sehen. Das war etwa gegen neun.« So lautete eine der Zeugenaussagen. Zur Personenbeschreibung gab der Zeuge an: »Der Mann war mittelgroß, etwa 1,70 Meter. Er sah recht ungepflegt aus. Er hatte längere, fettige Haare, eine schmutzige, blaue Arbeitshose und eine gefütterte grüne GST-Jacke an.« In einer weiteren Zeugenaussage fand sich derselbe Mann: »Der Mann fuhr mit seinem Fahrrad und mit Anhänger hin zur Karl-Liebknecht-Straße. Das war am Montagmorgen, wahrscheinlich gegen acht.« Und auch hier wurde der Mann als ungepflegt mit fettigen dunklen Haaren und mit gefütterter GST-Jacke beschrieben. Eine dritte Aussage verfestigte in uns die Gewissheit, eine verdächtige Spur gefunden zu haben: »Der Mann kam mit dem Fahrrad und mit dem Anhänger von der Brücke von der ehemaligen Deponie. Ich schätze ihn auf Mitte dreißig, aber das lässt sich schlecht sagen, er hatte einen Dreitagebart.« Auf Frage nach der Kleidung des Mannes antwortete der Zeuge: »Eine blaue Arbeitshose und eine grünliche GST-Jacke.« Wir hatten einen Gesuchten! Aber noch fehlte der Name. Ein vierter Zeuge half uns auf die Sprünge: »Das war der Ulrich. Ja, den hab ich auch gesehen. Der war wirklich am Montag mit dem Fahrrad und dem Anhänger unterwegs. Er hat Heu für seine Viecher gefahren. Ja, stimmt, das war so gegen achte.« Damit hatten wir einen Namen.

Ulrich H. lebte allein auf einem etwas abseits gelegenen, ländlichen Grundstück. Als unsere Ermittler dort eintrafen, bestätigte sich der ungepflegte Eindruck, den die Zeugen beschrieben hatten. Die Kriminalisten wurden von einem wütenden Hofhund mit struppigem schwarzen Fell verbellt. Der Weg zum Haus war unbefestigt und durch mehrere verrostete Fahrzeuge, Eimer und Eisenteile verstellt. Dazwischen liefen Hühner herum. In einem hinteren Stallgebäude hielt Ulrich H., dem Geruch nach zu urteilen, Schweine. Ein Misthaufen in einer entfernten Ecke des Hofes dampfte. Der Hausflur selbst roch nach kaltem Zigarettenrauch, altem Schweiß und den Tieren des Hofes. Letztere Duftnote verströmten die Gummistiefel und die blaue Stallhose, welche an einem Haken neben der Tür hing.

»Herr H., wir möchten gerne wissen, wo Sie am Montag, dem 17. November zwischen sieben und zehn gewesen sind.« Die Augen des Mannes wurden groß. »Warum wollen Sie das wissen?« Nach einer Pause ging dem Mann ein Licht auf. »Sie wollen mich mit dem toten Mädchen in Verbindung bringen!« – »Mehrere Zeugen haben gesehen, wie Sie mit Ihrem Fahrrad zur ehemaligen Deponie gefahren sind.« Der Mann schien zu wachsen. »Aber ich war da nicht. Ich war am Montag gar nicht auf der Deponie!« – »Und wieso wurden Sie dann von mehreren Leuten gesehen?« – »Was weiß denn ich, was die gesehen haben! Ich war nicht da!« – »Gut, Herr H. Das müssen wir nicht hier klären. Sie werden von uns zur Vernehmung vorgeladen.« Damit verließen die Ermittler das Grundstück des Verdächtigen.

24. November 1980, Volkspolizeikreisamt Königs Wusterhausen, 8 Uhr

Die Vernehmung des Verdächtigen Ulrich H. fand in einem Vernehmungszimmer statt. Der kahle Raum bot den Augen wenig Abwechslung, sodass sich Vernehmer und Verdächtiger auf das Gespräch konzentrieren konnten. Der Kriminalist konfrontierte Ulrich H. mit den Zeugenaussagen. »So! All diese Leute haben Sie gesehen. Was glauben Sie, wie es möglich ist, dass so viele unabhängig voneinander behaupten, einen Mann Ihres Aussehens mit einem Fahrrad und einem Fahrradanhänger zur Tatzeit im näheren Tatumfeld gesehen zu haben?« – »Woher soll ich das wissen?« Der Mann lehnte sich trotzig auf seinem Stuhl zurück. »Es gibt viele Leute, die einen Fahrradanhänger haben!« – »Ja, aber passt deren Äußeres auch auf die Personenbeschreibung? So wie das bei Ihnen der Fall ist?« Der Mann sagte nichts. »Muss ich das jetzt rausfinden? Sie sind doch der Polizist!« Mit starrem Blick sah er zum Fenster hinaus. »Ich war das nicht! Ich war gar nicht da!«, beharrte er nach einer Pause. »Gut«, sagte der Vernehmer. »Wenn Sie nicht zur Tatzeit am Tatort waren, wo waren Sie dann?« – »Mensch, das ist über eine Woche her! Ich merk mir doch nicht, wo ich jeden Tag zu jeder Stunde bin!« – »Herr H., das bringt uns jetzt nicht weiter.« Schweigen. »Versuchen wir es anders. Ich will Ihnen ja helfen. Was machen Sie üblicherweise am Montagmorgen zwischen acht und zehn Uhr?« – »Da fahr ich für die LPG Briefe aus. Ich mach den Kurier.« – »Demnach waren Sie mit Ihrem Fahrrad unterwegs.« – »Ja, schon möglich.« – »Und wo stecken denn die Briefe, die Sie ausfahren?« – »Jedenfalls nicht in einem Fahrradanhänger!« – »Herr H., es wäre wirklich besser für Sie, wenn Ihnen einfallen würde, wo Sie gewesen sind. Und noch besser wäre es, wenn Sie jemand dabei gesehen hat und bestätigen kann, dass Sie nicht zwischen sieben und neun zusammen mit Anne K. auf der Deponie waren.« Der Mann begann zu schwitzen. Er strich die fettigen schwarzen Haare nach hinten. »Ich vergreife mich nicht an kleinen Mädchen! So was mache ich nicht! So was ist das Allerletzte!« Er schrie jetzt fast, Verzweiflung lag in seiner Stimme. »Dann sagen Sie mir ganz einfach, wo Sie zum besagten Zeitpunkt waren.« – »Ich weiß es nicht mehr! Ich war mit dem Fahrrad und mit Briefen unterwegs. Aber ich fahre jeden Tag hin und her. Zum Rat der Stadt, zum Rat des Kreises, zum Bürgermeister, was weiß ich, was an diesem blöden Tag angelegen hat. Aber ich war nicht in der Karl-Liebknecht-Straße, und ich war nicht in der ehemaligen Deponie!« Eine Pause trat ein. Ulrich H. schwitzte weiter und verströmte in der Tat einen unangenehmen Geruch – um es milde auszudrücken.

Der Vernehmer verließ den Raum, um den Kriminaltechniker zu rufen. Dieser kehrte mit dem bekannten Glas und dem sterilen Tuch zurück. »Wir nehmen jetzt eine Geruchsprobe von Ihnen«, erklärte er dem Verdächtigen. »Sie müssen nichts anderes tun, als sich auf das Tuch zu setzen und zu warten. Das ist alles.« Ulrich H. nickte stumm. Dann breitete der Kriminaltechniker eine Folie auf dem Stuhl aus, legte mit der sterilen Zange das Tuch auf, und Ulrich H. nahm wieder Platz. Als die Liegezeit vergangen war, entließen wir den Mann. Ich selbst schnappte mir die Geruchskonserve und auch die Konserve vom Tatort und fuhr mit beiden Gläsern zur Diensthundeschule nach Pretzsch.

24. November 1980, Diensthundeschule Pretzsch, 14 Uhr

Da ich mein Kommen durch einen Anruf angekündigt hatte, war der Raum für die Differenzierung schon vorbereitet. »Genosse Hauptmann Schwarz, schön, dass Sie da sind. Ich hoffe, Sie bringen uns was Interessantes mit?«, wurde ich begrüßt. »Unsere Hunde freuen sich immer, wenn sie was zu tun bekommen.« Ich übergab meine beiden Geruchskonserven. »So, dann wollen wir mal«, freute sich der Diensthundeführer. Ich folgte ihm in den präparierten Raum. Dort sah ich in der Mitte einen längeren weißen Farbstreifen, der den Raum in Längsrichtung teilte. Auf dem Streifen platzierte der Diensthundeführer acht nummerierte Gläser. In einem davon befand sich die Geruchsspur von Ulrich H. Alle anderen hatten mit unserer Sache gar nichts zu tun. »So«, sagte er. »Jetzt wird es spannend. Ich hole mal unseren Spezialisten.« Er meinte den Schäferhund, der in einem Nebenraum gewartet hatte. Der Hund bekam den Befehl »Sitz!« und blieb artig am

Beginn der weißen Linie sitzen. Mit Einweghandschuhen öffnete der Hundeführer ein Glas mit einer Geruchsspur vom Tatort. Mit der wohlbekannten sterilen Zange nahm er das entsprechende Tuch heraus und hielt es dem Differenzierungshund unter die Nase. Ich hielt den Atem an. Würde der Hund unseren Verdächtigen identifizieren? Nach all den Zeugenaussagen hielt ich das für sehr wahrscheinlich, auch wenn Ulrich H. seine Anwesenheit am Tatort vehement leugnete. Ich hatte zu diesem Zeitpunkt schon mehrfach erlebt, dass Hunde die richtige Probe erschnüffelten und vertraute daher dieser Methode. Für mich und jeden Vernehmer von Verdächtigen war es ein gutes Hilfsmittel.

Auf ein Zeichen lief der Hund zum ersten Glas. Intensiv roch er in dieses hinein. Dies tat er langsam und konzentriert und wiederholte es mit den folgenden Gläsern auf der Linie. Bei Glas sieben angekommen legte der sich vor dem Glas ab. Treffer! Im Glas Nummer sieben befand sich die Geruchsprobe von Ulrich H. Natürlich konnte das Zufall sein. Es mussten weitere Durchgänge erfolgen, um sicherzugehen, dass wir nicht an den Falschen gerieten. Der Hund wurde in den Nebenraum gebracht. Wir warteten einige Zeit, damit sich seine Nase neutralisierte. In der Zwischenzeit tauschten wir die Gläser aus. Dieses Mal stand Ulrich H. auf Nummer zwei. Der Hundeführer holte die Spürnase. Dieser roch tief und intensiv an der Vorgabe vom Tatort, dann witterte er in Glas eins, dann in Glas zwei und – legte sich ab. Auch im dritten Durchgang lag der Hund zielsicher vor der Geruchsprobe von Ulrich H. Wir hatten unseren Täter!

Auch wenn die Identifizierung der Geruchskonserven vor Gericht nicht als Beweis verwertet werden durfte: Für einen Haftantrag reichte es allemal, da sein Bestreiten hinzukam, im Bereich des Tatortes gewesen zu sein. Zufrieden kehrte ich mit dem Ergebnis nach Königs Wusterhausen zurück. Mit den Erkenntnissen aus der Zeugenvernehmung und dem Ergebnis der Geruchsdifferenzierung formulierte ich einen Haftantrag an die zuständige Staatsanwaltschaft. Ich bekam einen Haftbefehl.

25. November 1980, Volkspolizeikreisamt Königs Wusterhausen, 10 Uhr

Ulrich H. wurde nun als Verdächtiger in Untersuchungshaft in das Vernehmungszimmer geführt. Mehrfach legte ihm der Vernehmer das Ergebnis der Geruchsprobe vor, mehrfach verlas er die Zeugenaussagen. »Ich habe mit diesem Verbrechen nichts zu tun!«, wiederholte Ulrich H. das eine ums andere Mal.

»Wie macht er sich?«, fragte ich meinen Vernehmer. »Er beteuert seine Unschuld, und das ziemlich hartnäckig.« – »Wenn er nicht bald gesteht, müssen wir ihn wieder laufen lassen!« Ärgerlich kratzte ich mich am Kopf. »Der Hund hat ihn eindeutig identifiziert. Du musst ihn umkippen. Wir brauchen ein Geständnis!« Doch mein Vernehmer schüttelte nur den Kopf. »Weißt du was? Langsam fange ich an zu glauben, dass er es wirklich nicht war. Der Hund kann sich geirrt haben!« – »In drei Durchgängen?«, fragte ich zurück. »Vielleicht mochte er den Gestank von dem Kerl.« Ich kniff die Lippen zusammen. Nach Witzen war mir nicht zumute. »Wie wär's, wenn ihr einen handfesten Beweis findet?«, entgegnete der Vernehmer. »Das würde ihn auch festnageln. Vielleicht hat er vom Tatort was mitgehen lassen. Fetisch, du weißt schon. Tatorterinnerung.« Ich ließ mir den Einwand durch den Kopf gehen. Wenn wir mit der Vernehmung nicht weiterkamen, mussten wir Beweise auftreiben. Wonach konnten wir suchen? Vielleicht fehlte am Tatort wirklich etwas. Vielleicht hatte der Täter eine Erinnerung mitgehen lassen. Die Kleidung des Mädchens hatten wir vollständig gefunden. Den Inhalt des Schulranzens hatten wir weiträumig eingesammelt. »Vielleicht sollte einfach noch mal jemand mit der Mutter reden und fragen, ob persönliche Gegenstände ihrer Tochter fehlen«, meinte der Vernehmer. »Sie hat doch den besten Überblick über die Utensilien ihres Kindes.« Ich aber setzte entgegen: »So ein Schulranzen ist wie die Handtasche einer Frau. Da weiß keiner, was wirklich alles drin ist. Wahrscheinlich nicht mal die Besitzerin selber.« Mein Vernehmer lachte. »Stimmt. Da hast du auch wieder Recht!«

Inzwischen wuchs der Druck auf uns. Angst vor dem Mörder machte sich im Ort und der Umgebung breit. Eltern brachten ihre Kinder persönlich zur Schule und ließen sie von Großeltern oder Verwandten wieder abholen. Kein Kind war mehr ohne Begleitung unterwegs. Die Vernehmungen von Ulrich H. dauerten schon fast eine Woche. Zu einem Geständnis aber wollte sich der Mann nicht bewegen lassen. Jegliche Beweise, die ihn mit der Tat verbinden konnten, fehlten. Die Tatsache, dass er allein und ohne Frau lebte und dadurch etwas verwahrlost war, passten zwar ins Täterprofil, waren aber selbstverständlich nicht ausreichend für eine Verurteilung.

28. November 1980, Staatsanwaltschaft Potsdam, 10 Uhr

Ich erhielt einen Anruf von der Staatsanwaltschaft Potsdam. »Genosse Hauptmann Schwarz, wie steht es um die Ermittlungen im Mordfall Anne K.?« Ich musste nun zugeben, dass wir gegen unseren Verdächtigen nichts in der Hand hatten. »Er beteuert seine Unschuld«, schloss ich meinen Bericht. »Das ist zwar nicht gut, Genosse, aber wir können den Mann nicht ohne Grund festhalten.« Und dann kam der Satz, den ich schon vorhergesehen hatte. »Ich ordne die Entlassung von Ulrich H. aus der Untersuchungshaft an.« Dagegen konnte keiner von uns etwas machen. Diese Entscheidung war nach der Sachlage folgerichtig. Eine halbe Stunde später verließ Ulrich H. die Untersuchungshaft als freier Mann. Ich rief meine Truppe zu einer Besprechung zusammen.

28. November 1980, Volkspolizei Kreisamt Königs Wusterhausen, 10.30 Uhr

Meine Ermittlungsgruppe und ich saßen am großen Konferenztisch. Darauf ausgebreitet lagen mehrere Papiere: Zeugenaussagen, Weg-Zeit-Diagramm, Lageplan. »Gut. Ulrich H. war eine Sackgasse«, begann ich. »Wir fangen noch mal von vorne an. Anne hat den Schulhof vor acht Uhr verlassen. Sie fuhr auf dem Fahrrad in Richtung Deponie davon. Es wurde schon hell. Sie konnte also von weitem beobachtet werden. Was haben wir für diesen Zeitraum?« – »Wir haben die Aussage von Ute. Sie hat als Letzte mit ihr gesprochen.« Ich nickte. »Bei ihr fangen wir an. Vielleicht hat sie noch etwas gesehen. Weiter!«, forderte ich auf. »Der Mathelehrer Herr Beuchel hat ihr Fehlen im Klassenbuch vermerkt.« Das brachte uns aber nicht weiter. »Kann die Schulleitung etwas beitragen?«, fragte ich. »Na ja, sie könnte uns eine Liste der Schüler geben, die am 17. November morgens auf dem Schulhof waren.« Mein Kollege mischte sich ein. »Die hatte ich schon hier, mit all denen habe ich gesprochen.« Ich fragte weiter: »Wer außerhalb des Schulhofes hat sie gesehen oder war um diese Zeit auf dem Weg?« Das Weg-Zeit-Diagramm zeigte mehrere Gewerke, die auf dem Weg zur Schule lagen. Da war der Blumenladen, der eine Lieferung bekam. Dort hatte man aber nichts bemerkt oder konnte sich an nichts erinnern. Da war der Busfahrer, der zwar um diese Zeit die Strecke fuhr, der aber auch nichts gesehen hatte. Da waren zwei Rentner, die auf dem Weg zum Friedhof gewesen waren und dabei Ulrich H. bemerkten. Es gab mehrere Radfahrer, die zur Arbeit oder zur Ausbildung gefahren waren. Aber nichts hatte deren Aufmerksamkeit erregt. Ein Autofahrer hatte seinen Lehrling wiedererkannt, wie er auf dem Fahrrad zur Werkstatt fuhr. Aber daran war nichts Befremdliches, denn der Junge war ohne Zeitverzögerung eingetroffen. In einem Schreibwarengeschäft war die Jalousie des Schaufensters halb geöffnet, wodurch der Verkäufer ebenfalls einige Radfahrer und den Lehrling gesehen hatte. Aber auch das ergab keine Spur. Auf der anderen Seite der Deponie hatte niemand die Ausfahrt beobachtet. Leider war kein Mensch zwischen acht und zehn Uhr an der kleinen Betonbrücke über dem Graben gewesen. Oder wir hatten diese Person noch nicht gefunden. Es fand sich kein Zipfel, an dem man hätte anpacken können. Wir diskutierten noch eine geraume Weile. Nach umfangreichen Einschätzungen und Analysen kamen die Auswerter und ich zu der Überzeugung, dass das Tötungsverbrechen indirekt mit der Schule zu tun haben musste. Irgendeine Beziehung musste es doch geben! Schließlich entschieden wir uns, die Spur ›Schule‹ weiterzuverfolgen. »Der Täter ist männlich«, sagte mein junger Absolvent. »Das ergibt sich aus den Hinweisen zu sexuellen Handlungen.« Alle nickten. »Zur Spur ›Schule‹ erfassen wir alle männlichen Schüler der höheren Klassen«, bestimmte ich. »Und auch solche, welche bereits die Schule verlassen und eine Lehre begonnen haben.« Damit begann wieder kleinschrittige Ermittlungsarbeit.

29. November 1980, Sekretariat der POS Schulzenhof, 8 Uhr

Die Erfassung der Listen hatte ein altgedienter Kriminalist aus Potsdam übernommen. Er saß an diesem Samstagmorgen zusammen mit der Sekretärin der Schule über den Akten sämtlicher Schüler der achten bis zehnten Klassen sowie der Absolventen aus den letzten fünf Jahren. Name für Name und Adresse für Adresse notierte der Kriminalist in der vorgesehenen Liste. Diese umfasste anschließend fast zweihundert Personen. Es kam viel Arbeit auf uns zu.

29. November 1980, Volkspolizeikreisamt Königs Wusterhausen, 12 Uhr

In einer nächsten Besprechung nahmen wir uns diese Liste vor. Weibliche Namen strichen wir aus, sodass nur die männlichen Personen verblieben. Diese Namen sortierten wir nach Wohnorten und teilten die Wohnorte den Kriminalisten zu. Die Ermittler schwärmten aus. Als wir uns am Montag zur nächsten Besprechung trafen, wartete einer der Ermittler mit einer wichtigen Neuigkeit auf: »Du, Karl«, sprach er den Potsdamer Kollegen an, der die Liste erstellt hatte. »Ich hab da noch einen Namen bekommen, als ich mit den Leuten gesprochen habe. Hast du jemanden vergessen?« Der Angesprochene verzog die Mundwinkel. »Das glaube ich nicht. Ich habe die Liste dreimal nachgezählt, und die Sekretärin auch. Die Schülerzahl stimmt.« – »Aber ich habe hier den Hinweis auf einen Christian T.« – »Das kann nicht sein!«, murrte unser Kollege und nahm sich seine geschriebene Liste noch einmal vor. »Dann hat die Sekretärin bestimmt eine Akte übersehen.« Als er Name für Name durchging, wurde er schließlich rot. »Na? Was ist?«, fragte der Ermittler. »Ich hab aus dem Christian eine Christiane gemacht!« – »So, so, Geschlechtsumwandlung, wie?« – »Da wär er uns beinahe durch die Lappen gegangen. Mich hat nämlich sein ehemaliger Mitschüler gefragt, ob wir beim Christian auch schon gewesen sind. Und da habe ich den Christian eben vergeblich gesucht. Der Mitschüler hat mich auch darauf aufmerksam gemacht, dass der Junge ein wenig auffällig sei und dass wir ihn unbedingt befragen sollten.« Ich wurde aufmerksam. »Inwiefern?« – »Sein Mitschüler beschreibt ihn als Einzelgänger, eigenbrötlerisch, und eine Freundin hatte er wohl auch noch nie.« Das klang vielversprechend. Kurz besprachen wir die Ergebnisse der anderen Ermittler, auch andere Mitschüler hatten auf Christian T. hingewiesen. Alle Hinweise stimmten dahingehend überein, dass er ein Außenseiter und Sonderling sei, ein dicklicher Typ, der deshalb oft gehänselt wurde. Beziehungen zu Frauen oder gar eine feste Freundin hatte er, nach den Aussagen der anderen, nicht. Auch diese Tatsache unterstützte natürlich sein Außenseiterdasein und bot Grund für Hohn und Spott.

Die Personeneinschätzung von Christian T. passte zu unserem Täterprofil. Und wir begannen, uns diesen Jungen etwas genauer anzusehen. Er war siebzehn Jahre alt, hatte im Sommer die Schule verlassen und anschließend eine Lehre als Gärtner im Treptower Park begonnen.

Noch in der Planung des weiteren Vorgehens und der Überprüfung des Jugendlichen trat eine Situation ein, wie ich sie vorher und auch danach bis zu meinem Dienstende nie wieder erlebt habe: Einer der ortsansässigen ABV meldete uns, dass die Mutter des noch auf Täterschaft zu überprüfenden Jugendlichen bei ihm sei und eine erstaunliche Anzeige gemacht habe.

2. Dezember 1980, Zeugenvernehmung, Volkspolizeikreisamt Königs Wusterhausen

Die Mutter von Christian T. hatte ihre Jacke vorsorglich draußen abgegeben. Nun saß sie mit zusammengefalteten Händen und geradem Rücken an einem unserer Schreibtische. Ihr gegenüber, hinter der Schreibmaschine, saß unser Kriminalist und legte erwartungsvoll die Finger auf die Tasten. Es lag jetzt in seinen Händen, die Lösung des Falls zu Papier zu bringen. »Also, wie soll ich anfangen?«, fragte sie etwas unsicher. »Sagen Sie alles einfach so, wie sie denken. Ich schreibe das erst einmal so mit.« Dann begann sie:

»Es ist wegen der Sache mit dem toten Mädchen. Da reden ja jetzt alle davon. Und dann habe ich ja auch mitbekommen, dass Sie nun in Richtung der Schule und der Schüler ermitteln. Auch in Richtung von meinem Christian. Na ja. Ich habe mir gedacht, es könnte ja stimmen.« Kurz unterbrach der Kriminalist. »Was meinen Sie, was könnte stimmen?« – »Na ja, dass der Christian das Mädchen, ich meine die Schülerin …« Dann raffte sie sich auf. »Na ja, was ich sagen wollte: Ich habe mir gedacht, was wäre, wenn es der Christian wirklich gewesen wäre? Und da bin ich eben rauf in sein Zimmer und habe gesucht.« – »Sie meinen, Sie haben im Zimmer aufgeräumt.« – »Nein, ich habe es durchsucht. Und da habe ich eben unter dem Teppich den Pionierausweis gefunden. Den da.« Sie wies mit der Hand auf eine himmelblaue dreigliedrige Pappe. Vorn prangte das Emblem der Jungpioniere und unter dem Feuer der Fackel der Aufruf der Jungpioniere:

»Seid bereit«. Stumm nickte unser Ermittler. »Ich war erst ziemlich erschrocken. Ich meine, dass ich mit meinem Verdacht richtig lag und dass es der Christian, dass es mein Sohn gewesen ist. Ich habe auch kurz darüber nachgedacht, ob ich den Ausweis jetzt verschwinden lassen sollte. Das hätte ich ja machen können. Keiner wusste was davon. Aber ich habe es als meine Pflicht angesehen, den Ausweis abzugeben. Und da bin ich eben zum ABV und habe ihm den Ausweis gegeben.« Erwartungsvoll sah sie den Kriminalisten an. »Sie wissen aber, dass sie damit Ihren Sohn an uns ausliefern?« Sie nickte. »Ich betrachte das als Selbstverständlichkeit. Schauen Sie, die Eltern des Mädchens: Die haben doch ein Recht darauf, zu wissen, was passiert ist. Und all die anderen hier, es kommt ja keine Ruhe rein. Und früher oder später würden Sie es ja doch rausfinden. Nein, es war meine Pflicht, den Ausweis abzugeben. Wer weiß, wie lange das sonst gedauert hätte. Ich hätte nachts nicht mehr ruhig schlafen können.« Ungläubig schüttelte der Ermittler den Kopf. »Darf ich fragen, warum Sie Ihren eigenen Sohn in Verdacht hatten? Ich meine, Sie haben, wenn ich Sie recht verstanden habe, ja regelrecht nach einem Hinweis gesucht.«

Die Frau holte kurz Luft und räusperte sich.

»Ja, es gab Probleme von der Schule her. Schon früher. Man sagte mir, er müsste eben mal zum Arzt. Sie sagten, er sei immer so aufgeregt. Na ja, es haute eben nicht so ganz hin mit ihm und der Schule. Er war immer irgendwie ein Außenseiter. Er ist sehr gehänselt worden. Aber warum, weshalb, das hat er mir nie erzählt. Das kann ich auch nicht sagen. Er hatte viele Probleme. Ich habe auch von der Schuldirektion mal ein Schreiben bekommen, dass ich unbedingt mit dem Jungen mal zum Arzt müsse. Na ja, die sagten eben, wenn das nicht besser wird mit ihm, dann müsste er in ein Heim. Sie meinten, er müsste betreut werden. Na ja, das lag mir natürlich fern. Da haben wir uns dann so durch die Schulzeit durchgeschummelt. Und später dann, er hatte ja nie Freunde, jedenfalls nicht so richtige. Kumpels, ja. Mit denen ist er auch mal weggegangen, aber es waren eben keine richtigen Freunde.« Sie schwieg.

»Sie wussten also, dass Christian anders war, sich auch anders verhalten hat. Aber hatte er denn Probleme mit Mädchen? Ich meine, diese Tat …« Die Mutter sah kurz auf, dann sah sie wieder auf den Schreibtisch. »Na ja, Christian ist siebzehn. Er hatte noch nie eine Freundin – jedenfalls hat er keine mit nach Hause gebracht oder davon geredet. Ich bitte Sie, siebzehn! Da habe ich meinen Alfred schon gekannt. Und meine Freundin hatte schon einen Hochzeitstermin, sobald sie achtzehn werden sollte. Und auch die anderen Jungs in seinem Alter waren mit Mädchen unterwegs. Aber der Christian machte eben keine Anstalten. Da macht man sich als Mutter schon so seine Gedanken.«

Es trat eine kurze Pause ein. Dann nahm der Kriminalist die Finger von den Tasten.

»Gut, Frau T., das wäre es im Moment. Ich danke Ihnen nochmals, dass Sie hergekommen sind. Das ist eine hohe menschliche Leistung.« Sie erwiderte nichts mehr, stand aber auf. Man verabschiedete sich.

2. Dezember 1980, Gärtnerei Treptower Park

Christian T. wurde direkt von seiner Lehrstelle abgeholt und zur Vernehmung in das Volkspolizeikreisamt überführt. Schon bei der ersten Vernehmung legte er ein umfassendes Geständnis ab.

Christian T. war ein schwieriges Kind gewesen. Er reagierte oft überempfindlich und war äußerst nachtragend. Kleine Sticheleien waren für ihn schwerwiegende Beleidigungen, spielerisches Kräftemessen zwischen Gleichaltrigen betrachtete er als unverzeihliche Angriffe. Mit solchen Kindern wollte er nichts mehr zu tun haben. So kam es, dass er in seiner eigenen kleinen Welt lebte, in der es keine Freunde gab. Kinder, die sich ihm nähern wollten, stieß er durch seine Abwehrhaltung vor den Kopf, sodass sie es bald aufgaben, mit ihm spielen und in Kontakt treten zu wollen. Die zwangsläufige Einsamkeit, die daraus resultierte, kompensierte Christian T. schon frühzeitig dadurch, dass er mehr und mehr Freude am Essen gewann. Fatalerweise bewegte er sich nicht gern und nicht viel, außerdem blieb er verhältnismäßig klein. So kam es, dass er mehr und mehr an Gewicht zulegte. Als er in das Alter kam, in dem sich Mädchen und Jungen füreinander interessieren, sortierte ihn sein Äußeres schon aus dem Gesichtsfeld der Mädchen heraus. Die sahen nach den sportlichen und gutgebauten Jungen. Der sensible, pummelige Christian fand wenig Aufmerksamkeit. Hinzu kamen die täglichen Hänseleien, die Grobheiten, das Anrempeln. Ein Junge, auf dem die anderen herumtrampelten, war so attraktiv wie ein Fußabtreter.

Keines der Mädchen würde sich mit dem Prügelknaben der Klasse einlassen. Diese tägliche Zurückweisung verfestigte in dem Jungen eine diffuse Angst vor dem anderen Geschlecht, die es ihm auch an anderen Orten außerhalb der Schule unmöglich machte, sich Mädchen zu nähern. Mit der Pubertät verlagerte sich das Thema der Hänseleien von seiner Unsportlichkeit hin zu sexueller Unfähigkeit. »Der Christian hat immer noch nicht!«, gehörte dabei ebenso ins Repertoire wie »Der Kerl ist doch 'ne Schwuchtel!«. Dabei hätte Christian gern eine Freundin gehabt. Aber er konnte sie nun einmal nicht auf Frauen zugehen und sie ansprechen. Und zu ihm kam natürlich auch keine. Der Druck von außen auf den Jungen nahm zu. Alle berichteten von ihren Eroberungen, von ihren sexuellen Erfahrungen, nur er konnte nicht mitreden. Irgendwann begann auch der Körper, seiner Natur Rechnung zu tragen, und das Verlangen von beiden Seiten, von außen und von innen, ließ dem jungen Mann keine Ruhe mehr. Er hatte geglaubt, wenn er nur endlich aus der Schule raus wäre, wenn er all seine Peiniger los wäre, dann könnte er zu leben beginnen. Dann würde alles anders werden. In der Lehre war keiner von seiner Schule. Dort konnte er von vorn anfangen. Aber er war nun einmal, wie er war. Er fiel auch dort auf. Und mit den Mädchen ließ der Erfolg weiterhin auf sich warten. Der Sommer, von dem er gehofft hatte, dass sich im Schwimmbad etwas ergeben würde, verging. Der Herbst kam. Und noch immer stand er unter dem Druck, kein Mädchen besessen zu haben. Es wurde Oktober. In seinen schlaflosen Nächten grübelte er, wie er ein Mädchen kennenlernen könnte. In den Nächten hatte er auch gute Ideen. Nur am Morgen holte ihn die Realität ein. Eines Nachts kam ihm ein Gedanke: Wenn die Mädchen nicht von allein kamen, dann musste er sich eben eine nehmen. So einfach war das. Warum nur war er früher nicht darauf gekommen? Am nächsten Morgen, bei Tageslicht verspürte er Ernüchterung. Was er vorhatte, sich einfach ein Mädchen zu nehmen, war nichts anderes als ein Überfall. Andererseits, vielleicht konnte er es ja nett angehen. Diese Vorstellung ließ ihn nun nicht mehr los. Es wurde November, und der Plan reifte.

In der Nacht auf den 17. November wachte Christian mitten in der Nacht aus wüsten sexuellen Träumen auf. In seinem Traum hatte er Janine umklammert. Sie hatte in seinem Traum gelacht und ihn an seinem besten Teil festgehalten. Was er auch tat, sie lachte nur umso lauter und hielt fest. Dann wachte er auf. Doch der Schmerz blieb, ihm wurde seine schmerzhafte Erektion bewusst. Damit konnte er nicht wieder einschlafen. Er wälzte sich von einer auf die andere Seite. Sein Zustand besserte sich nicht. Während er sich Erleichterung zu verschaffen suchte, wurde sein Entschluss zur Gewissheit: Morgen früh, nein, nachher würde er sich ein Mädchen nehmen, und sei es gegen ihren Willen. Die Zeit war reif.

Die Nacht war kalt gewesen. Reif lag auf den Grasbüscheln. Christians Kopf pochte vom Schlafmangel und von der Aufregung angesichts dessen, was er vorhatte. Er zitterte, als er im grünen Parka nach draußen trat. Aber er zitterte nicht vor Kälte. Wie würde es sein, ein Mädchen zu haben? Würde sie sich gut anfühlen? Würde sie sich wehren? Was würde passieren, wenn ihm das Mädchen nicht gefiel? Er wollte zärtlich sein, ihr nicht wehtun. Das ging doch bestimmt. Er musste ihr nur sagen, dass sie keine Angst zu haben brauchte. Gegen halb sieben verließ er das Haus und schwang sich auf sein Fahrrad. Als Ort für sein erstes Mal hatte er sich die ehemalige Mülldeponie ausgesucht. Er würde einfach warten. Mal sehen, welches Mädchen das Schicksal ihm zuführte. Hoffentlich war es einigermaßen hübsch. Aber darauf kam es eigentlich gar nicht an.

Er fuhr mit seinem Fahrrad durch den kalten, dunklen Morgen. Beim Ausatmen hinterließ er Dunstwölkchen, die hinter ihm in der Luft zurückblieben. Der Ort erwachte gerade zum Leben. Ein Bus fuhr an ihm vorüber, doch die Insassen saßen mit müden Augen darin und bekamen von der Außenwelt nichts mit. Er kam am Blumenladen vorbei und sah in den hinteren Räumen Licht. Dort hatte schon jemand mit der Arbeit begonnen. Ein Multicar mit leerer Ladefläche überholte ihn in Richtung Friedhof. Christian fuhr an seiner ehemaligen Schule vorbei. Der Schulhof war noch leer. Bis vor wenigen Monaten hatte er jeden Morgen hier angehalten, hatte sein Fahrrad abgestellt und hatte sich von den anderen niedermachen lassen. Das war nun vorbei. Es war sowieso alles Geschichte, was bisher geschehen war. Denn heute begann ein neuer Lebensabschnitt. Heute würde er zum Mann werden. Niemand konnte ihn dann mehr auslachen. Und niemals wieder würde er hilflos dastehen, wenn die anderen von ihrer letzten Nacht erzählten. Ab heute würde er dazugehören. Endlich würde er wissen, wovon sie immer redeten, würde wissen, wie es sich anfühlt, in einer Frau zu sein. Ein unkontrollierbares Zittern überlief ihn wieder. Kurz dachte er an Janine. Sie hatte ihm einmal einen Hefter aufgehoben, als Klaus ihm seine Sachen aus der Hand geschlagen hatte. Die ganze nächste Woche hatte Christian auf ein Zeichen von Janine gewartet. Aber sie war an ihm vorbeigelaufen, hatte keinen Blick mehr für ihn übrig gehabt.

Dann war er an der Schule vorüber. Nur noch über das Kopfsteinpflaster, und er würde zur ehemaligen Deponie einbiegen. In diesem Augenblick rutschte seine Fahrradkette ab, und er trat ins Leere. Er wollte sich noch halten, doch der Reif auf dem Kopfsteinpflaster sorgte für den Rest. Das Fahrrad rutschte unter ihm weg. Zum Glück konnte er sich mit dem rechten Bein fangen und vermied so den peinlichen Sturz. Er fühlte Wut in sich aufsteigen und war von seinen unermüdlichen Gedanken kurz abgelenkt. Dann besann er sich auf sein Vorhaben und schob das Fahrrad hinüber zum Wäldchen. Inzwischen war es sieben Uhr. Um acht Uhr musste er spätestens im Betrieb sein. Es sei denn, ihm fiele eine gute Ausrede ein. Die Kette zum Beispiel oder ein wirklicher Sturz oder die glatten Straßen. Er hatte noch Zeit. Die Kette konnte er nachher noch aufziehen. Als er sich auf die Deponie zubewegte, zappelte ihm der Lichtstrahl einer Fahrradlampe entgegen. Er blieb wartend im Schatten einer Litfaßsäule stehen. Es war ein Mädchen. Er kannte sie vom Schulhof. Dritte Klasse, wie er sich zu erinnern glaubte – oder jetzt schon vierte? Das Mädchen fuhr an ihm vorbei, ohne ihn zu sehen.

Sie lenkte geradewegs in Richtung Schule. Ihr weißer Wollschal flatterte hinter ihr her.

Christian sah ihr nur kurz nach. Dann schob er sein Fahrrad auf den unbefestigten Weg der ehemaligen Deponie. Im Osten graute inzwischen der Morgen herauf. Mit Bedacht suchte er sich eine Stelle aus, an der er sich verstecken und warten wollte. Er entschied sich schließlich für einen Punkt, etwa auf halber Höhe zwischen der kleinen Betonbrücke und der Stadt. Die bereiften Äste der Erlen streiften sein Fahrrad und seinen Parka, als er sich und sein Gefährt ins Gebüsch zwängte. Die Kälte und feuchte, ungemütliche Witterung dieses Morgens konnten ihn nun auch nicht mehr von seinem Vorhaben abbringen. Er verbarg er sich im Gebüsch und stellte sich darauf ein, längere Zeit so zu verbleiben. Wenn er etwas wollte, dann konnte er sehr geduldig sein. Etwa zwanzig Minuten später sah er aus Richtung der Stadt ein Fahrrad kommen. Sein Puls beschleunigte sich. Ihm wurde heiß. Wenn das jetzt kein Mann war, dann … Er schlich ein Stück nach vorne und ging neben dem Weg sprungbereit in die Hocke. Dann hörte er ein Rumpeln wie von einer leeren Tonne. Das war ein Fahrradanhänger. Welche Frau fuhr mit einem Anhänger hier hindurch? Seine Spannung ließ nach. Er zog sich wieder ein Stück zurück und ließ den Fahrer durch. Es war ein Mann mit längeren, dunklen Haaren. Er zog eine unangenehme Duftmarke von kaltem Zigarettenrauch und altem Schweiß hinter sich her. Christian wartete weiter. Endlich erblickte er erneut den sich nähernden Lichtschein einer Fahrradlampe. Kurz darauf konnte Christian das Surren des Dynamos ausmachen. Hinter der Senke tauchte schließlich das Fahrrad auf. Und darauf saß – das Mädchen von vorhin. Warum kam sie zurück? Er erkannte den großen Schulranzen auf ihrem Rücken. Ein wenig enttäuscht sah er sie an. War sie diejenige, die ihm das Schicksal an diesem Morgen schickte? Offensichtlich. Denn sie fuhr ja das zweite Mal an ihm vorüber.

Für Christian T. war dies die Situation, die er seit Nächten heraufbeschworen, die ihn in seine Träume verfolgt hatte. Jetzt musste er handeln! Er trat aus dem Gebüsch. Erschrocken sprang Anne von ihrem Fahrrad. Sie keuchte. Es war nicht auszumachen, ob ihr stoßweiser Atem von dem Schreck oder der schnellen Fahrt herrührte. Aber Christian T. törnte es unheimlich an. Sein Glied war steif, seit er erkannt hatte, dass es sich um ein Mädchen handelte. Es drückte schmerzhaft und erinnerte ihn bei jedem Schritt daran, was er jetzt zu tun hatte. Aber er wollte es nicht so abrupt angehen. Er wollte doch zärtlich sein. So hatte er sich das vorgestellt. Zärtlich sollte es werden und sanft. Er war doch nicht so ein harter Kerl wie manche seiner Kumpels. Also bemühte er sich, das Mädchen zu beruhigen. »Hallo«, begrüßte er Anne. »Ich glaube, du fährst in die falsche Richtung«, fügte er nett hinzu. Sie sah ihn mit vor Schreck geweiteten Augen an. Davor hatte die Mutter sie immer gewarnt, dass mal jemand aus dem Gebüsch herausspringen und sie angreifen könnte. Daher sagte sie nichts. »Wie heißt du?«, wollte der große Junge wissen. Doch sie presste die Lippen aufeinander. »Du hast wohl auch keine Lust, in die Schule zu gehen, oder?« Verständnislos sah sie ihn an. »Ich habe meinen

Turnbeutel vergessen. Und wenn du mich nicht gleich fahren lässt, komme ich zu spät!«, sagte sie trotzig. »Ah, der Turnbeutel. Sport bei Frau Riediger, vermute ich?« Sie sah ihn an und musste lächeln. »Ja, Sport bei Frau Riediger.« Dann schien sie ihn zu erkennen. »Du bist doch aus der Zehnten! Warst du nicht letztes Jahr noch …?« Er nickte. »Ich bin schon runter, mach jetzt eine Lehre.« Sie nickte, stand jedoch noch immer abfahrbereit mit ihrem Fahrrad auf dem Weg. Irgendwie musste er sie davon weglotsen. »Lässt du mich jetzt durch?«, frage sie. »Ich hab gleich Mathe bei Herrn Beuchel. Du weißt, wie der ist. Da darf man nicht zu spät kommen!« Herrn Beuchel hatte Christian auch schon als Lehrer erlebt, auch wenn der die Unterstufe unterrichtete. Aber das spielte keine Rolle. Was eine Rolle spielte, war sein steifes Glied. Das ließ keine Verzögerungen mehr zu. »Es tut mir leid. Aber ich kann dich noch nicht durchlassen.« Sie legte den Kopf schief und wartete missmutig auf eine Erklärung. »Du musst erst mit mir kommen. Ich will dir was zeigen.« Dabei dachte er an den Prachtkerl in seiner Hose. Hatten nicht seine Kumpels gesagt, dass kein Mädchen so einem Anblick widerstehen konnte? »Ich will's aber nicht sehen!«, erwiderte sie trotzig. »Ich will einfach weiter und meinen Turnbeutel holen. Also: Lässt du mich jetzt durch?« – »Nein!« Im nächsten Augenblick stürzte Christian sich auf das verdutzte Mädchen. So über dem Fahrrad stehend, konnte sie sich nicht wehren. Er warf sie einfach mitsamt dem Gefährt um und schleifte sie dann vom Weg ins Buschwerk. Das Fahrrad konnte derweil liegen bleiben. Etwa fünf Meter weiter warf er sie vor sich auf den Boden und kniete sich über sie. Er nestelte an seiner Hose. Mit weit aufgerissenen Augen sah sie ihn an. Sie wollte schreien. Doch mit der freien Hand hielt er ihr den Mund zu. Endlich hatte er sein Glied befreit. Prall und groß ragte es aus der Hose. Stolz sah er darauf hinab. »Das wollte ich dir zeigen.« Sie begann sich zu wehren, strampelte und schlug um sich. Er versuchte, an ihre Hose heranzukommen. Aber seine Unerfahrenheit und die wetterbedingt dicke Kleidung machten das Unterfangen recht schwierig. Dann versuchte er, ihren Anorak nach oben zu schieben und Pullover und Unterhemd aus der Hose zu ziehen, denn er wollte ihre Brust anfassen. Sie zappelte und wehrte sich nach Kräften. »So hab ich mir das nicht vorgestellt!«, schimpfte er endlich keuchend. »Ich war doch nett zu dir! Warum machst du nicht einfach mit?« Da bekam sie seine Hand von ihrem Mund und schrie. Er schlug ihr ins Gesicht. Sie sollte still sein. »Mach einfach mit, dann lass ich dich nachher gehen!«, versprach er. Doch er wusste bereits, dass seine Bemühung vergebens sein würde. »Lass mich los!«, schrie sie zurück, und Speicheltropfen sprühten ihm ins Gesicht. »Das sag ich alles meiner Mama!« Dann holte sie tief Luft und schrie, dass es in seinen Ohren gellte. »Mami!« und noch einmal: »Mami!«

In Christians Kopf legte sich ein Schalter um. So hatte er sich sein erstes Mal nicht vorgestellt. Das Mädchen sollte mitmachen! Die Jungs hatten gesagt, dass man nur seinen kräftigen Kerl zu zeigen brauchte, und schon wurden alle Weiber schwach. Aber die hier war noch nicht soweit. Er war an die Falsche geraten. Es hatte keinen

Zweck! Niemals würde es so werden wie in seinen Träumen! Schon wollte er aufgeben, schon wollte er loslassen, da überkam ihn siedend heiß ein Gedanke: Wenn er das Mädchen jetzt laufen ließ, würde es alles erzählen! Und es hatte ihn gesehen und erkannt! Es würde die Polizei zu ihm schicken, bevor er nach Hause gekommen war. Nein, er konnte die Kleine nicht gehen lassen. »Ich kann dich nicht gehen lassen«, flüsterte er. Sie hielt einen Moment inne. »Ich kann dich nicht gehen lassen«, quetschte er verbissen zwischen den Zähnen hervor, als er nach ihrem Schal griff, der rechts neben ihrem Hals lag. Ihre Augen wurden groß, und unendliche Angst sprach aus ihnen. Sie wollte noch einmal schreien, doch da zog er schon an beiden Enden des Schals. Sie griff mit beiden Händen nach dem Strang, versuchte, die Schlinge zu lockern. Doch mit eisernem Griff zog er weiter. Sie strampelte, zappelte, versuchte, ihn von sich herunter zu bekommen, rang verzweifelt nach Luft, röchelte. »Ich kann dich nicht gehen lassen!«, sagte er heiser und mit Tränen in den Augen. »Ich kann dich nicht gehen lassen.« Irgendwann ließ ihre Gegenwehr nach. Sie sah ihn noch immer unverwandt an. Schließlich blieben die Bewegungen unter ihm aus, die Hand an seiner erschlaffte. Nur ihr vorwurfsvoller Blick blieb weiter auf ihn gerichtet. Ihre Augen schienen ihn auch dann noch anzustarren, als das Leben schon längst aus ihr gewichen war.

»Ich konnte sie doch nicht gehen lassen!«, sagte er voller Verzweiflung zu den Bäumen, die um ihn herumstanden. Stumme Zeugen seiner Tat. »Sie hätte doch alles erzählt!« Dann begann er zu weinen. Er sah auf die tote Schülerin hinab, sah auf sich hinab und bemerkte erst jetzt, dass sein schlaffer Penis noch aus der Hose hing. Schnell stopfte er ihn in die Unterhose. Dann nahm er Anne den Ranzen ab und ging zu ihrem Fahrrad. Er schob es vor sich her – wie weit, war ihm nicht bewusst. Irgendwo ließ er es ins Gestrüpp fallen. Dann nahm er sich den Ranzen vor. Schulbücher und Hefte verteilte er im Wäldchen. Irgendwann war der Ranzen leer. Er kehrte zur Leiche zurück. Ganz vorn in der vorderen Tasche fand er, in Butterbrotpapier eingewickelt, ein Stück Kuchen. »War das dein Frühstück?«, fragte er die Tote. Doch antwortete ihm nur der stumme Vorwurf, den er in ihren starren Augen zu sehen glaubte. Er ließ den Kuchen, wo er war. Dann blieb nur noch die flache Tasche im Deckel des Ranzens. Dort hinein passten höchstens Essensmarken. Aber er fand etwas anderes. Als er den Zeigefinger zwischen die beiden Lederflächen schob, ertastete er ein Papier. Er zog es heraus: der himmelblaue Pionierausweis von Anne K. Er klappte die Faltkarte auf, und Anne lächelte ihn von einem schwarz-weißen Passfoto an. Zärtlich strich er über das Bild. Dann las er laut den Namen, der darunter stand. Endlich raffte er sich auf. Er wusste nicht, wie spät es inzwischen war, aber der Morgen war schon ziemlich hell. Noch einmal sah er sich zu Anne um. Dann holte er sein eigenes Fahrrad hinter einem Busch hervor, zog mit gekonnten Handgriffen die Kette auf und fuhr zu seiner Lehrstelle. Er kam nur unbedeutend später als sonst.

Wie ein Lauffeuer verbreitete sich die Nachricht unter der Bevölkerung, dass der Täter gefasst war. Die Menschen atmeten erleichtert auf. Endlich konnten die Kinder wieder beruhigt zur Schule und nach Hause gehen. Dank der schwerwiegenden Entscheidung von Frau T. blieben uns weitere Ermittlungen erspart. Die menschliche Leistung dieser Mutter kann gar nicht hoch genug eingeschätzt werden. So kam es, dass der Familie des Täters in ihrem Umfeld keinerlei Nachteile erwuchsen. Man zollte ihr hohen Respekt. Am Ende unserer Ermittlungsarbeit gab es von verschiedenen Seiten viel Lob zu diesem kriminalistischen Erfolg.

8. Dezember 1980, Bezirksbehörde Deutsche Volkspolizei, Abteilung Kriminalpolizei, Dezernat II, Morduntersuchungskommission Halle/Saale, Dessauer Straße 70

In unserer Dienststelle hatte man zwar zur Kenntnis genommen, wie erfolgreich die gesamte Einsatzgruppe unter meiner Führung gewesen war. Dabei blieb es aber auch. Erst in den neunziger Jahren, als ich meine Kaderakte einsehen konnte, fand ich einen Brief des Leiters der Bezirksbehörde Potsdam an den Leiter in Halle, datiert vom 8. Dezember 1980. Darin bedankt sich Generalmajor Griebsch für unseren Einsatz. Der Brief war mit dem Namenskürzel des Kaderleiters und mit dem Kürzel meines Chefs signiert. Beide hatten den Brief also zur Kenntnis genommen. Mir und meinen damaligen Mitarbeitern wurde er vorenthalten. Manchmal ist es doch gut, dass es Kaderakten gibt.

Epilog

Christian T. wiederholte sein Geständnis bei der Hauptverhandlung vor dem Bezirksgericht Potsdam. Er wurde zu fünfzehn Jahren Freiheitsentzug wegen Mordes zur Verdeckung einer Straftat, der sexuelle Motive vorausgegangen waren, verurteilt. Als zehn Jahre später die Wende kam, galt die bundesdeutsche Rechtsprechung. Diese sieht für Jugendliche und Heranwachsende, die wegen Mordes verurteilt werden, eine Höchststrafe von zehn Jahren vor. Diese zehn Jahre hatte Christian T. abgesessen. Er wurde 1990 aus dem Strafvollzug entlassen. Christian T. ist nie wieder straffällig geworden.

Der Kerzenhalter, den ich am Tatort von Annes Ermordung gefunden habe, steht noch heute in meiner Hütte an exponierter Stelle. Ich habe das alte Stearin daran entfernt und ihn gründlich gereinigt. Wenn ich eine neue Kerze darauf anbrenne, denke ich an die neunjährige Schülerin.

51

K-Ltr.
Pbr.

BEZIRKSBEHÖRDE
DER DEUTSCHEN VOLKSPOLIZEI
Potsdam
- Der Chef -

BDVP - Abt. K -
Eingang:
18 [illegible]
Tgb-Nr. 3566/80

BDVP · 15 Potsdam · Bauhofstraße 11–13

Chef der
Bezirksbehörde der
Deutschen Volkspolizei
Gen. Oberst der VP Schröter

4000 Halle

Ihre Zeichen	Ihre Nachricht vom	Unsere Nachricht vom	Unsere Zeichen	15 Potsdam Bauhofstraße 11–13
				08.12.1980

Betreff:

Genosse Oberst!

Am 17.11.1980 wurde in [redacted] Kr. Königs Wusterhausen die Schülerin [redacted] ermordet.

Das führte zu einer erheblichen Beunruhigung unter der Bevölkerung.

Im Ergebnis angestrengter Ermittlungstätigkeit konnte dieses schwere Verbrechen am 02.12.1980 unter Leitung der Morduntersuchungskommission Ihres Bezirkes aufgeklärt und damit die Sicherheit und Ordnung in dieser Gemeinde wieder hergestellt werden.

Ich möchte Ihnen für die gegebene Unterstützung danken.

Gleichzeitig habe ich auch Veranlassung, die Einsatzbereitschaft und Initiative der eingesetzten Genossen hervorzuheben.

Mein besonderer Dank gilt hierbei dem Leiter der Morduntersuchungskommission, Gen. Hptm. der K Schwarz, der durch sein persönliches Engagement, gewissenhaftes Handeln und Führen der aus dem Bezirk Potsdam zugeordneten Kräfte einen entscheidenden Beitrag zur Aufklärung des Tötungsverbrechens geleistet hat.

Griebsch
Generalmajor

Fernruf: 41 51 Bankverbindung: Deutsche Notenbank Potsdam, Konto-Nr. 8 043

Der Nestbeschmutzer

Es gibt eine Frage, die mir immer wieder gestellt wird: Was war dein erster gelöster Fall? Nun, meinen ersten Täter stellte ich in einer Siedlung in Sichtweite einer großen Chemiefabrik bei Halle. Aber auch später führte mich mein beruflicher Weg immer wieder einmal dorthin.

Diese Siedlung war Anfang des 20. Jahrhunderts mitten auf freiem Feld und in Nachbarschaft der Kreisstadt entstanden. Sie lag inmitten herrlicher Landschaft und diente als Unterkunft für die vielen Arbeiter, welche täglich in der Fabrik ihren Lohn erwirtschafteten. Nach dem Zweiten Weltkrieg vermischte sich die Bevölkerung mit Umsiedlern aus den Teilen Deutschlands, die als Ergebnis des Krieges an Polen und Tschechien gingen.

Am 1. Juli 1956 wurde ich als Schutzpolizist mit gerade einmal einundzwanzig Jahren in die Kriminalpolizei der Kreisstadt übernommen. Das Leben war zu dieser Zeit nicht einfach. Es gab kaum etwas zu kaufen. Lebensmittel, insbesondere Fleisch, waren Mangelware. Viele Leute glichen diesen Mangel durch einen eigenen Garten aus, in dem sie Obst und Gemüse heranzogen. Aber auch Kleintiere wie Hühner und Kaninchen wurden gehalten. Der Wert, den diese Tiere damals besaßen, lässt sich aus heutiger Sicht kaum ermessen. Daher wurde ihr Verlust durchaus als Diebstahl der Polizei gemeldet. So bekam ich meinen ersten Auftrag: Einem Umsiedlerehepaar waren in eben dieser Siedlung über Nacht zwei Kaninchen gestohlen worden. Ich sollte den Diebstahl aufklären. Mein »Dienstfahrzeug« war ein Herrensportrad, welches als »Fundfahrrad« bei der Polizei abgegeben, aber nicht abgeholt worden war. Der ausgebaute Radweg von der Kreisstadt zum Chemiekombinat führte unmittelbar an dem Wohnkomplex vorbei. So war es für mich nicht schwer, vom Volkspolizeikreisamt aus per Rad den Tatort zu erreichen. Zunächst meldete ich mich bei den Bestohlenen und ließ mir die Tiere beschreiben. Dann galt es, die weiteren Kaninchenbesitzer der Siedlung zu ermitteln. Das war nicht allzu schwer, da man die Ställe in den Gärten sehen konnte. Bei der Besichtigung sämtlicher Ställe fand ich die gestohlenen Tiere recht bald. Bereits nach einer Woche hatte ich Täter und Diebesgut gefunden. Zur großen Freude des Ehepaars waren die Tiere nicht geschlachtet worden. Ich konnte beide lebend zurückbringen. In einem Pappkarton auf Lenker und Querstange meines »Dienstfahrzeugs« transportierte ich die Kaninchen zurück in ihr rechtmäßiges Zuhause. Die beiden Eheleute waren sichtlich gerührt und weinten beide.

Jahre später führte mein Weg wieder in die Siedlung. An einem Spätnachmittag zur Winterzeit erhielten wir die Meldung, dass spielende Kinder unter einer Baubude wimmernde Laute gehört hatten. Sie meinten, dass es sich um ein Baby handeln müsste. Es war draußen sehr kalt, fünf Grad unter null. Konnte man dieser Meldung Glauben schenken? Oder handelte es sich um einen Jungenstreich? Vielleicht wollte nur so ein Möchtegern testen, wie lange wir brauchten, um vor Ort zu sein. Sollten wir wirklich wegen der Kinder noch einmal hinaus in die Kälte? Andererseits sind es gerade Kinder, die am genauesten beobachten. Sie lernen in der Schule, wie wichtig es ist, bei allen, was ihnen unnormal erscheint, Bescheid zu geben. Falls die Meldung stimmte, zählte jede Minute. Es gab kein weiteres Überlegen: Wir waren informiert worden, nun mussten wir handeln. Außerdem wurde es bald dunkel. Also setzten wir uns zu dritt und umgehend in unser einziges Dienstfahrzeug und fuhren hinaus auf die Baustelle.

Insgeheim hoffte natürlich jeder von uns, dass die Kinder sich irrten. Die Baubude befand sich in unmittelbarer Nähe zu der mir vom Kaninchenraub bekannten Siedlung. Nun wurde hier gebaut. Die Kreisstadt wuchs, und man brauchte Wohnraum. Um die Kollegen abzulenken, erzählte ich die Geschichte von den Kaninchen.

Wir kamen auf einen ausgefahrenen Bauplatz. Rechts reckte ein Kran seinen kahlen, eisernen Arm in den Himmel. Links stand ein Betonmischer neben einem großen Haufen Sand. Dahinter war ein noch größerer Haufen ausgehobener Erde. Schnee war keiner gefallen, daher wirkte alles schmutzig und matschig, obwohl der Boden gefroren war. Einige kahle Bäume rahmten das Gelände ein. Im Hintergrund versank die Silhouette der Siedlung im Abenddunst. Die Bauhütte stand rechts neben dem Kran. Das Fundament mit einer ersten Reihe Betonteile lag zwischen Bauhütte und Erdhaufen.

Beim Ankommen trafen wir auf mehrere Kinder, Mädchen und Jungen, dick eingepackt in Anorak, Schal und Mütze. Sie waren etwa zehn Jahre alt und schienen ziemlich aufgeregt zu sein. Wir gingen zu der kleinen Gruppe, die uns erwartungsvoll ansah. »Habt ihr die Meldung gemacht?«, fragte mein Kollege. »Ja. Wir haben Verstecken gespielt«, sagte ein Junge mit einer blauen, selbstgestrickten Bommelmütze. »Und da haben wir es gehört.« – »Ja«, drängte sich ein Mädchen dazwischen, »es klingt wie ein Baby. Ganz bestimmt! Ich habe eine kleine Schwester. Das klingt genauso, nur leiser eben.« – »Und wo kommt es her?«, fragte ich sofort. Es galt, keine Zeit zu verlieren. Seit der Meldung an uns war mindestens eine Stunde vergangen. Eine Stunde, in der jeder erfriert, der sich nicht bewegt. Und ein Baby, das seine Körpertemperatur nicht regulieren kann, kühlt lebensgefährlich aus. »Ich hab mich da drüben versteckt.« Der Junge zeigte auf die Bude. Dann eilte er uns voran darauf zu, wobei er sich immer wieder umdrehte und sich vergewisserte, dass wir ihm auch folgten. Die anderen Kinder liefen mit. Bei der Baubude handelte es sich um einen Bretterverschlag, überlappend verzimmert mit einem geteerten Dach. Als Schutz vor Feuchtigkeit war er nicht auf den blanken Boden gesetzt, sondern stand auf Kanthölzern. Man hatte die Bude nach Lot ausgerichtet, um einen waagerechten Untergrund zu schaffen. Dadurch ergab sich ein etwa fünfundzwanzig Zentimeter breiter Hohlraum zwischen der kalten Erde und dem Holzgebäude. Als ich dort stand und mich hinunter beugte, hörte ich tatsächlich ein Wimmern. Es war jedoch schon zu dunkel, um etwas zu erkennen. Das Baby lebte also noch. Die Kinder standen hinter mir und flüsterten. Es galt höchste Eile. Ich rannte zurück zum Dienstfahrzeug, dort hatten wir einen Handscheinwerfer. »Ich brauche Licht!«, rief ich den Kollegen zu. Dann kam ich zurück. Ich leuchtete zwischen Baubude und Erde und erkannte ein Bündel, in das etwas eingewickelt war. Daraus hervor kam das Wimmern. Nun ließ ich die Kinder durch einen Kollegen vom Ort wegbringen. Ich legte mich auf den Bauch und versuchte, das Bündel zu erreichen. Doch es lag außerhalb meiner Reichweite. Also suchte ich fieberhaft nach einer Verlängerung. Ich fand eine Dachlatte. Damit startete ich den zweiten Versuch. Das Wimmern war inzwischen verstummt. Endlich erreichte ich das Bündel. Ich schob es an den Rand der Baubude. Dort konnte ich es aufheben. Das Bündel war ein Pullover, und in den Pullover eingewickelt war ein männliches Neugeborenes. Als ich es in den Händen hielt, war keine Atmung mehr vorhanden. Der Körper war kalt. Ich war zu spät gekommen! Der kleine Junge war noch mit der Nabelschnur verbunden, deren Ende faserig war, also nicht medizinisch fachgerecht durchschnitten.

In der Zwischenzeit hatte mein Kollege die Kinder nach ihren Beobachtungen befragt. Der Junge mit der blauen Bommelmütze hatte an der Baubude ein junges Pärchen beobachtet. Dieses hatte mit einer Dachlatte unter dem Bretterhaus hantiert. Das hatte den Jungen neugierig gemacht. Deshalb war er zu der Bude gegangen, und dort hatte er das Neugeborene wimmern gehört. Anschließend war das Paar schnell in Richtung Stadt verschwunden.

»Wie haben die beiden ausgesehen?«, fragte mein Kollege. »Also, die Frau hatte einen roten Anorak an. Sie hatte blonde Haare und eine gelbbraune Mütze auf.« – »Wie konntest du da sehen, dass sie blond war?« – »Ihr Pferdeschwanz guckte doch hinten zwischen Kapuze und Mütze raus«, antwortete der Junge pfiffig. »Sie war bestimmt sechzehn«, mischte sich das Mädchen von vorhin ein. »Meine Cousine ist auch sechzehn, die sieht genauso aus.« – »Hatte sie eine Hose an?« – »Ja«, meinten beide Kinder einstimmig. »Eine lange, braune Wollhose und dicke Schuhe.« Die Kinder hatten wirklich genau beobachtet. »Und wie sah der Mann aus?« – »Der hatte einen Parka an«, beschrieb der Junge mit der blauen Bommelmütze. »Was für einen Parka?« – »Na, so einen Parka halt: dunkelgrün mit braunem Fell in der Kapuze und mit einem Gürtel. Nein, es war eher ein Band, zum in der Mitte Zuschnüren.« – »Hatte er auch eine Mütze auf?« – »Nein«, meinte das Mädchen. »Er hatte so halblange Haare.« – »Halblang?« – »Na ja, er musste sich dauernd den Pony aus dem Gesicht streichen.« Was Kinder alles so sahen! »Welche Haarfarbe?«, fragte mein Kollege. »Schwarz«, sagte der Junge. »Braun«, sagte das Mädchen. »Also dunkel auf jeden Fall«, fasste mein Kollege zusammen. Die beiden nickten. »Und seine Hose?« – »Eine braune Cordhose.« – »Manchesterhose«, meinte das Mädchen fachmännisch. Da hatten wir eine perfekte Personenbeschreibung der Tatverdächtigen. Damit ließ sich doch etwas anfangen.

Natürlich konnten wir die schlechte Nachricht nicht vor den Kindern verbergen. Sie waren sehr traurig, dass ihre und unsere Hilfe zu spät gekommen war. Die Mädchen baten, das Kind sehen zu dürfen. Das ging natürlich nicht. Inzwischen waren weitere Kollegen eingetroffen. Die Kindsleiche wurde abtransportiert, und die Kollegen leisteten die Tatortarbeit. Als diese beendet war, beschlossen meine beiden Kollegen und ich, die Ermittlungen in der nächstgelegenen Gaststätte zu beginnen. Es galt das Nützliche mit dem Praktischen zu verbinden: Wir wollten uns aufwärmen und zugleich den Wirt und die Bedienung nach dem gesuchten Paar befragen. Man konnte den Informationswert von Kneipen gar nicht hoch genug schätzen. Mehr als einmal bekam ich die dienlichsten Hinweise von Gastronomiemitarbeitern. Diese Gaststätte am Stadtrand lag in Richtung zum Tatort und war mir wohlbekannt. Ich kannte sowohl den Wirt als auch die Bedienung, weil mein Vater in der Nähe wohnte und dort Stammgast war. Als wir eintraten, schlug uns der feuchtwarme Dunst aus Bier, Schweiß und Zigarettenqualm entgegen, der Gaststätten dieser Zeit innewohnte. Ich begrüßte den Wirt und ließ, vom Schanktisch aus, den Blick durch den Raum schweifen. Von Tisch zu Tisch sah ich mir die anwesenden Gäste an. In einer der hintersten Ecken fiel mir ein junges Paar auf. Der junge Mann strich sich den dunklen, langen Pony aus den Augen. Seine Hose konnte ich unter dem Tisch nicht sehen. Die Frau war blond, hatte die Haare zu einem Pferdeschwanz gebunden. Und sie war leichenblass. »Kennst du die beiden?«, raunte ich dem Wirt zu und nickte nach der Ecke. Die Frau rutschte nervös auf ihrem Stuhl hin und her. Immer wieder blickte sie verstohlen zur Eingangstür. »Du meinst die Turteltauben da hinten?«, antwortete er, ohne auffällig nach der Ecke zu sehen. »Ah, dein Besuch ist dienstlich.« Er grinste wissend. Ich ging nicht darauf ein. Dann sagte er: »Nee, die beiden kenne ich nicht.«

Gäste in einer Gastwirtschaft ohne Bier vor der Nase sind verdächtig. Daher saßen wir drei kurze Zeit später an einem Tisch und hatten ein Helles vor uns. Wir besprachen Belangloses, als die junge Frau aufstand, um auf die Toilette zu gehen. Dabei kam sie an unserem Tisch vorbei. Ich sah nicht auf ihr Gesicht, aber auf ihre Kleidung. Sie hatte sehr schmutzige Schuhe. Ihre dunkle, lange Hose war an den Beinen und am Gesäß schlammig und durchnässt. Dann hörte ich die Tür zum WC klappern. »Das sind doch unsere beiden«, fing ich an. Meine Kollegen nickten. »Die Beschreibung der Kinder stimmt hundertprozentig«, bestätigte auch mein Kollege. »Nehmen wir sie fest?« – »Logisch!«, sagte ich. »Wenn die Frau zurückkommt, schlagen wir zu. Den Herrn da nehmen wir auch gleich mit. Um den kümmerst du dich, damit er nicht türmt!« Damit war die Sache abgemacht. Nach etwa drei Minuten kehrte die Frau zurück. Ich ließ sie bis an unseren Tisch kommen. Dann stand ich auf, nahm sie am Arm und sagte: »Sie sind vorläufig festgenommen. Bitte begleiten Sie uns zur Dienststelle.« Sie zuckte unter meinem Griff zusammen und wurde aschgrau im Gesicht. Für einen kurzen Augenblick fürchtete ich, dass sie zusammenbrechen würde, und stützte daher ihren Ellbogen. Wenn unser Verdacht stimmte, hatte sie gerade ein Kind geboren, was eine außerordentliche körperliche Belastung bedeutet. Entsprechend geschwächt stand sie nun hier. Sie sah mich nicht an, sondern starrte nur hinab auf den Tisch und versuchte, die Fassung wiederzugewinnen.

Mein Kollege war im gleichen Augenblick aufgesprungen und zu dem jungen Mann gestürmt, bevor dieser begriff, was passierte. Er hatte ihn ebenso am Arm wie ich das Mädchen. Beide ließen sich ohne Fragen zu stellen abführen. Als die beiden sich unter unserer Aufsicht anzogen, herrschte völlige Übereinstimmung mit der Beschreibung der Kinder. Die Frau setzte sich eine gelbbraune Mütze auf und nahm einen roten Anorak vom Haken. Der Mann griff nach einem dunkelgrünen Parka und schnürte in der Mitte eine Kordel zusammen. Immer wieder strich er sich den langen, dunklen Pony aus der Stirn. Auch seine Manchesterhose war an den Knien und am Saum schmutzig. Wir hatten einen Treffer gelandet.

Auf der Dienststelle zeigten sich beide geständig. Es handelte sich um Peter Franken und Sabine Neumann. Beide hatten schon seit einem Jahr eine Beziehung. Diese hatten sie geheim gehalten, weil die Eltern der beiden den Zeitpunkt für die Gründung einer Familie als unpassend betrachteten. Eine Schwangerschaft kam überhaupt nicht in Frage, denn Peter hatte gerade eine Lehre als Schlosser angefangen und Sabine sollte Laborantin im Chemiebetrieb werden. Ein Kind passte in diese Lebensphase nicht hinein. Irgendwie war es ihnen gelungen, die Schwangerschaft zu verbergen. Als nun aber der Augenblick der Geburt näher rückte, wurde die Situation brenzlig. Sabine hatte das Kind zusammen mit Peter im Badezimmer seiner Eltern zur Welt gebracht. Er hatte anschließend alles ordentlich gereinigt, um keine Spuren zu hinterlassen. Schließlich beschlossen beide, das Kind auszusetzen, möglichst an einem Ort, an dem es keiner finden konnte.

In ihrer extremen Lage waren ihnen die spielenden Kinder nicht aufgefallen. Sie hatten nicht damit gerechnet, dass jemand sie beobachten und beschreiben konnte. Sie hatten auch nicht damit gerechnet, dass das Neugeborene so schnell gefunden werden würde.

Nachdem sie ihre Geständnisse abgelegt hatten, war ihnen trotz allem Erleichterung anzumerken. Erleichterung darüber, dass nun alles heraus war, dass das Versteckspiel ein Ende hatte. Die Kindsmutter wurde wegen vorsätzlicher Kindstötung verurteilt.

Am meisten aber verbinde ich diese Siedlung mit dem Fall von Opa Kurt. Kurt Möhring war im Krieg gewesen und hatte, wie viele andere auch, an der Front gekämpft. Er hatte den Krieg überlebt, nur um anschließend sofort in Kriegsgefangenschaft zu geraten. So dauerte sein persönlicher Krieg noch drei Jahre länger als das Ende der Naziherrschaft in Deutschland. Äußerlich und innerlich verwundet, kehrte er heim – einer der wenigen. Zu Hause wartete seine Martha auf ihn, und beide durften noch einmal ganz von vorn anfangen. Im Nachkriegsdeutschland galt es, die zerstörten oder demontierten Betriebe wieder instand zu setzen. Kurt Möhring fand seinen Platz im Chemiekombinat. Seine ausgeglichene und geduldige Art machten ihn zu einer angesehenen Persönlichkeit im Chemiewerk. Kurt Möhring war bis zu seiner Rente allseits beliebt.

Trotzdem: Es kann der Frömmste nicht in Frieden leben … Alles wäre in schönster Ordnung gewesen, wäre nicht eines Tages Anton Stark mit in das Haus des Ehepaars

Möhring gezogen. Anton Stark war Polizist. Er war dafür bekannt, dass er, wurde er zu Streitigkeiten gerufen, meist kurzen Prozess machte. Es fiel ihm nicht schwer, konsequent und unerbittlich zu sein, war er doch von Natur aus ein Mensch, der zu Brutalität neigte. Man sagt, eins bedingt das andere. War es die Arbeit, die ihn hart machte, oder war er hart und hatte nur eine Tätigkeit gefunden, bei der er von seiner Härte profitieren konnte? Starks Gewaltbereitschaft verstärkte sich nur noch, wenn er trank, beispielsweise um Ärger von der Dienststelle hinunterzuspülen. Stark war alkoholabhängig. In der Dienststelle wurde diesbezüglich weggeschaut, schließlich litt seine Arbeit nicht darunter. Wer aber darunter litt, das waren seine Mitbewohner. Wenn der Polizist betrunken durch den Garten tapste und dabei Kurts frisch gepflanzte Kohlrabi zertrampelte, stand der Garteninhaber hinter der Gardine und sah zähneknirschend zu. Er schritt nicht ein, weil er das letzte Mal, als er den Betrunkenen auf die Pflanzen hinwies, Schläge bekommen hatte und in wüstem Ton beschimpft worden war. Stark hatte ihn hinter der Gardine entdeckt. Er grölte ihm von draußen zu: »Was willst du, alter Mann? Komm nur her! Ich werde es dir schon zeigen! Von wegen ›Pass mal auf‹!« Dann öffnete er den Hosenstall und pisste auf Kurts Tomaten. »Da, guck nur! Das halt ich von dir, du Schlappschwanz!«

Die Arbeit eines Polizisten hat durchaus unangenehme Seiten. Starks Medizin dagegen war Schnaps. Damit wollte er seinen Ärger über Ungerechtigkeiten auf der Dienststelle, über schlampige Arbeit der anderen oder über asoziale Elemente der Gesellschaft betäuben.

Doch bewirkte der Alkohol bei Stark keinen Rausch, der ihn dämpfte und benebelte. Vielmehr wurde sein Ärger durch den Fusel nur noch multipliziert und schwoll so zu unbändiger Wut an. Wut, die ein Ventil brauchte. Hätte er eine Ehefrau gehabt, so hätte er die möglicherweise verprügelt. Doch Stark lebte allein. So musste Kurt Möhring als Ziel seiner Attacken herhalten. Denn dieser hatte ihm am Anfang die Stirn geboten, hatte ihn »versoffenes Schwein« genannt und gedroht, seinem Hauptmann Bescheid zu geben. Darüber hatte sich Anton Stark maßlos geärgert. Und wer ihn einmal ärgerte, dem verzieh er nicht. Er verhöhnte und beschimpfte den Alten, erniedrigte und bedrohte ihn. Wenn Anton Stark aus der Kneipe kam, dann konnte man ihn schon die Straße herauf hören. Martha verkroch sich in der Wohnung, um jedem Ärger aus dem Weg zu gehen. Nach den letzten Schlägen folgte Kurt ihr ohne Zögern. Früher hätte er nicht gekniffen! Früher hätte er die Schlacht ausgetragen. Aber heute, mit sechsundsiebzig Jahren, war er zu alt, zu gebrechlich, um sich gegen den Jüngeren körperlich aufzulehnen. Den Mann anzuzeigen, scheuten sich die alten Leute. Abends im Bett schimpfte Martha: »Das lassen wir uns nicht länger bieten! Dann geh ich eben zum Rat des Kreises oder des Bezirkes, wenn es sein muss!« Kurt Möhring winkte nur müde ab. »Das Beste wäre, wir ekelten ihn hinaus. Es muss ihn hier so anstinken, dass er sich eine andere Wohnung sucht«, überlegte er. Aber ihm fiel nichts ein, womit er den unangenehmen Übermieter vertreiben konnte. Zumal jedes Ärgniss, das er Stark bereitete, auf ihn zurückfallen würde. »Vielleicht, wenn wir seinen Schnaps wegkippen,« meinte gedankenverloren der alte Mann. Doch dann fiel ihm ein: »Der ist in der Wohnung und das ist Einbruch. Da steht er wieder über uns, der Gesetzeshüter.« Verbittert presste er die Lippen zusammen. Wenn Stark nachts von seiner Kneipentour heimkam, klopfte er an die Möhring'sche Wohnungstür, dass es dröhnte. Er tat es nur, um das alte Ehepaar zu erschrecken. »He, alter Soldat, raustreten zum Fahnenappell!«, brüllte er hinterher. Dann lachte er, dass es die Treppe nach oben schallte.

»Der Krug geht so lange zum Brunnen bis er bricht«, sagt ein Sprichwort. So war es nur eine Frage der Zeit bis der Nachbarschaftsstreit eskalierte. Kurt Möhring beschloss, den Schikanen ein für alle Mal ein Ende zu machen. Dafür legte er sich im Flur seinen Hirschfänger[4] griffbereit …

Als ich erneut in die Siedlung geschickt wurde, war ich inzwischen zum Untersuchungsführer in der Morduntersuchungskommission des Bezirkes Halle aufgestiegen. »Genosse Schwarz, in M. hat die Kriminalpolizei einen Rentner inhaftiert. Er steht im Verdacht einen Schutzpolizisten lebensgefährlich verletzt zu haben. Akte und Beweismittel befinden sich noch in M. Fahr dorthin und übernimm den Fall«, lautete die Order meines Chefs. In M. angekommen, übernahm ich die Sachakte und einen Hirschfänger mit feingemasertem Holzgriff, der in einem sehr weichen, dünnen Lederfutteral steckte. Der Inhaftierte war in die UHA Halle überführt worden. Bereits bei seiner ersten Vernehmung hatte Kurt Möhring den Tatablauf eingehend geschildert.

Der Obermieter Anton Stark sei am Tatabend gegen 19 Uhr nach Hause gekommen. Im Hausflur hatte er angefangen, laut zu schreien und zu fluchen. Das Treppenhaus schallte sehr, so dass sich die Schimpftirade selbst bei geschlossenen Türen nicht überhören ließ. »Kurt, der Stark ist wieder besoffen!«, stellte Martha vom Sofa aus fest. Normalerweise war das Information genug, um die Wohnungstür geschlossen zu halten. Egal, was davor passierte. Kurt stellte den Fernseher lauter, um den Krach auszublenden. Beide Eheleute saßen im Wohnzimmer und warteten, dass der Betrunkene endlich in seine eigene Wohnung verschwände. Das tat er jedoch nicht. An diesem Abend polterte Stark vor der Möhring'schen Wohnungstür herum. Er klopfte und schlug gegen die Tür, er schrie, er schimpfte. »Du alte Nazisau, komm raus!« Pause zwischen zwei Schlägen. »Ich weiß genau, dass du Dreck am Stecken hast! Jeder vernünftige Soldat ist im Krieg geblieben! Du bist aber zurückgekommen! Was hast du den Franzosen verkauft? He?« Das Hämmern gegen die Wohnungstür wurde immer aggressiver. »He, hörst du mich? Ja, du hörst mich genau! Du passt nicht in unser neues, schönes Land! Komm endlich raus, damit ich mit dir abrechnen kann!« Dann kam ein Geräusch, als ob jemand versuchte, die Tür einzutreten. Martha verkroch sich hinter das Sofa. »Nein, Kurt! Mach nicht auf!«, flüsterte sie noch dahinter hervor. »Lass dich nicht provozieren! Der haut von ganz alleine ab!« Aber Kurt Möhring ließ sich nicht mehr abhalten. Dieses Mal nicht. Von wegen Nazisau! Nie hatte er eine Waffe anfassen wollen. Doch dann kam der Einberufungsbefehl. Er hatte keine Wahl gehabt. Und an der Front galt nur ein Gesetz: Wer schießt als Erster! Er war in Kriegsgefangenschaft gewesen, hatte dort ausgeharrt. Man hatte ihn als »Nazisau« beschimpft, und damals mag das gestimmt haben. Jeder Schuss, den er abgegeben hatte, belastete sein Gewissen. Doch hatte er in Frankreich seine Schuld – wenn ihn denn eine traf – verbüßt. Jeden einzelnen Tag lang. Aber heute! Heute war er ein ehrbarer Bürger. Er hatte seine Kameraden verhungern sehen. Er hatte gesehen, wie einige versucht hatten zu fliehen und wie man sie – der Krieg war vorbei – erschossen hatte. Ohne mit der Wimper zu zucken. Und nun kam dieser Abschaum daher, trat seine Wohnung ein, verängstigte seine Frau, bedrohte ihn.

»Mach endlich die Tür auf, du Nazi!«, rief der Mann vor der Tür. Das war der Moment, in dem Kurt die Beherrschung verlor. Er sprang auf. Mit festem Schritt ging er den Korridor entlang. Es reichte! Ein für allemal. Er griff nach dem bereitliegenden Hirschfänger, riss die Wohnungstür auf. Davor stand, noch mit erhobener Faust, Anton Stark. »Jetzt reicht es!«, lautstark tönten die Worte aus ihm heraus. »Zieh Leine! Mach, dass du nach oben kommst, du versoffenes Stück!« Obwohl Stark betrunken war, reagierte er zielstrebig und schnell. Er trat sofort gegen die Tür und ließ den Fuß darin, damit sie nicht wieder geschlossen werden konnte. »Ha, von wegen versoffen. Dir zeig ich's!« Mit Gewalt verschaffte er sich Zutritt. Immer weiter drängte er den Rentner zurück. Schon stand er in der Tür, neben der Küche. Es kam zu einem Handgemenge. An der Garderobe drängte er Kurt gegen die Wand. Sein Unterarm drückte gegen die Kehle des Alten, dass dem die Luft wegblieb. Kurt fühlte sich um Jahrzehnte zurückversetzt. Er sah sich in der Lombardei. Ein Franzose hatte ihn gegen eine Hauswand gedrängt. Er drückte ihm die Kehle zu und holte währenddessen zum Stoß mit dem Messer aus. Im Hier und Heute war es der nach Alkohol stinkende Polizist Stark, der ihn festhielt und zu einem Faustschlag ausholte. Dieser traf den Alten mit Wucht. Noch während sein Kopf zur Seite flog, zog er den Hirschfänger, den Stark noch nicht bemerkt hatte, aus dem Futteral. Dann stach er zu, ohne Besinnung, ohne hinzusehen, was er traf. Er wehrte sich so lange, bis Stark ihn losließ. Dann taumelte der Polizist, stark blutend, in Richtung Wohnungstür. Wankend schien er die Wohnung zu verlassen. Kurt Möhring schwankte ebenfalls ins Wohnzimmer, ließ sich aufs Sofa fallen und wusste nicht mehr, was geschah. »Ich weiß nicht, wer den Notarzt und den Krankentransport gerufen hat«, beschloss er das Geständnis. Noch am gleichen Abend hatte man ihn festgenommen. Anton Stark kämpfte während einer Notoperation um sein Leben.

Mit diesem Wissen begann ich meine Ermittlungen im Tatumfeld. Am allerwichtigsten zu klären war die Frage, ob Kurt Möhring geplant gehandelt hatte. Nach meinem bisherigen Kenntnisstand ging man davon aus, dass er den Hirschfänger absichtlich bereitgelegt hatte, um sich an dem Polizisten zu rächen. Ich befragte die Nachbarn der Möhrings, die Kollegen und Übergeordneten von Stark – und bekam mein eigenes Bild von der Situation. Das Umfeld des Rentners bescheinigte einhellig die begründete Zwangslage des Ehepaars. Alle bestätigten, dass die Gewalt von dem Polizisten ausgegangen sei. Allen tat der alte Mann leid. Und man wunderte sich mehrheitlich, dass er die Schikanen des Trunkenboldes so lange ausgehalten hatte. Sie meinten, es wäre nur eine Frage der Zeit gewesen, dass so etwas passierte. Und wäre es nach ihnen gegangen, hätte man schon viel früher reagieren müssen. Das Verhalten des Polizisten wurde als streitsüchtig und beleidigend beschrieben. Und das waren noch die harmlosesten Bezeichnungen.

Im beruflichen Umfeld von Anton Stark hörte ich dann nicht nur Negatives. Der Schutzpolizist verrichtete seine Arbeit und befolgte die Anordnungen. Sicher griff er auch mal hart durch. Sicher wurde er handgreiflich, sogar brutal. Aber das betrachtete man als Teil seines Berufes. Dass er ohne Alkohol kaum auskam, war kein Thema, dem man Beachtung geschenkt hätte. Er war nicht der einzige Polizist, dem es so erging. Aber sein Wesen kam auch im Dienst deutlich zutage: Stark war überheblich und immer darauf aus, die Schwächen anderer zu erkennen, um sie für seine eigenen Ziele zu nutzen.

Je mehr ich über beide Personen erfuhr, desto mehr kam ich zu der Überzeugung, dass die Ursache für die Tat bei Anton Stark zu suchen war. Oder mit anderen Worten: Der inhaftierte Täter war eigentlich das Opfer. Er war so lange gequält und gepiesackt worden, dass seine Handlungen eher als Verteidigung denn als Angriff einzuschätzen waren. Dennoch bestand der Vorwurf der Tötungsabsicht durch den Rentner. Die Polizisten, welche zuerst am Tatort eingetroffen waren, hatten angegeben, der Rentner habe nicht aus Notwehr gehandelt. Vielmehr habe der Hirschfänger schon bereitgelegen und wurde dann auch tatsächlich für die Tat benutzt. Stimmte dieser Vorwurf?

Ich teilte meine Überlegungen dem Leiter der Kriminalpolizei in M. mit. Damit machte ich mich nicht gerade beliebt. Von der Alkoholsucht wollte man nichts wissen. Nach mehreren Vernehmungen des Beschuldigten stand mein Entschluss fest: Ich werde alles tun, um zu verhindern, dass am Ende der Ermittlungen dem Rentner ein versuchter Mord oder Totschlag angelastet werden konnten. Damit wurde ich in der Dienststelle zum »Nestbeschmutzer«, der Partei für den »Täter« ergriff und gegen einen aus den eigenen Reihen Verrat beging.

Als ich Kurt Möhring besuchte, saß er mir blass und eingefallen gegenüber. »Ich hab doch schon alles gesagt!«, meinte er müde. »In meinem ganzen Leben bin ich nicht vorbestraft gewesen. Ich hab immer nur Gutes gewollt. Fragen Sie doch im Betrieb nach!« Herausfordernd sah er mich an. »Oder fragen Sie die Nachbarn! Sei immer redlich, hat mir mein Vater eingeschärft. Daran habe ich mich gehalten. Immer. Und nun sitze ich hier!« Er lässt den Blick durch den kahlen Raum schweifen. »Ich hab die Nerven verloren«, fing er wieder an. »Ja, wahrscheinlich ist es richtig, dass ich hier bin.« Er senkte den Blick und sah auf die Tischplatte. Er litt unter den Haftbedingungen, das merkte man deutlich. »Herr Möhring, ich glaube Ihnen«, sagte ich. »Und ich werde sehen, was sich machen lässt.« Mehr konnte ich nicht versprechen.

Während der Ermittlungen besuchte ich immer wieder auch die Ehefrau. Natürlich befragte ich auch sie zum

Tathergang. Wir setzten uns in die Küche, sie mit der Schürze, ich in meiner Dienstkleidung. Irgendwie saßen wir uns genauso gegenüber wie ich vorher ihrem Mann. Nur sah sie nicht so mitgenommen aus, eher besorgt und kummervoll. »Ich hab dem Kurt immer wieder gesagt, er soll die Tür nicht aufmachen! Wir tun einfach so, als wären wir nicht zu Hause, habe ich ihm gesagt. Aber er hat nicht gehört. Und dann war das ja auch so schlimm an dem Abend. Der tritt uns die Türe ein, habe ich gedacht. Und das hätte er wohl auch gemacht, wenn der Kurt nicht vorher da gewesen wäre. Hätt er ihn man die Türe eintreten lassen. Dann wäre der Polizist jetzt schuld. So aber ist es mein Kurt! Er hat sich ja nur gewehrt.« Sie sieht recht verzweifelt aus. »Sein ganzes Leben hat er sich nichts zuschulden kommen lassen. Und nun das!« Sie faltete die Hände im Schoß. Ich nickte stumm. Dann fiel mir etwas ein: »Frau Möhring, gibt es nicht etwas, womit ich Ihrem Mann eine kleine Freude machen könnte? Vielleicht eine Ablenkung?« Spontan sagte sie: »Er isst gerne Kuchen.« Ich lachte: »Ich auch.« Da hatte ich schon eine Idee.

Vor meiner nächsten Vernehmung mit Kurt in der UHA ging ich in eine nahe gelegene Konditorei. Ich suchte vier leckere Stücke Torte aus und nahm sie mit. Bevor der Beschuldigte in die Vernehmerzelle gebracht wurde, bestellte ich beim Zellenverantwortlichen Kaffee. Dann stellte ich einen Hocker neben meinen Stuhl und legte den Kuchen dort ab, damit Kurt ihn bei seinem Eintreten nicht gleich sehen konnte. Bald hörte ich Schritte auf dem Flur und das Rasseln von Schlüsseln. Die Tür wurde geöffnet, und Kurt Möhring trat in Begleitung eines Wachmannes ein. Ich begrüßte ihn. Dann setzten wir uns. Er atmete tief ein und sah mich genervt an. Er schien zu denken: ›Was will der denn schon wieder? Ich kann nicht mehr sagen als das, was ich schon zigmal erklärt habe.‹ Ich lächelte ihn an und sagte: »Herr Möhring, wir machen heute mal was ganz anderes.« Ich ließ eine Pause. Ich konnte Erwartung in seinem Blick lesen; Unsicherheit auch. Was würde nun wohl kommen? »Wir machen heute keine Vernehmung, sondern trinken Kaffee und essen Kuchen.« Ungläubig sah er mich an. Wollte ich ihn aufs Kreuz legen? »Ich esse keinen Kuchen«, antwortete er. Ich verzog das Gesicht. »Kurt, Sie haben nach meinen Feststellungen bei den Vernehmungen immer die Wahrheit gesagt. Weshalb lügen Sie heute?« Während ich das sagte, wickelte ich den Kuchen aus dem Papier und platzierte es vor ihm. Seine Miene wurde hart. »Ich esse keinen Kuchen«, wiederholte er mit Nachdruck. Inzwischen brachte man zwei Kännchen mit Kaffee und stellte ihn auf den Vernehmungstisch. Da kam mir die Erleuchtung: Er nahm an, dass mit dem Kuchen etwas nicht stimmte. Er vermutete vielleicht, dass ich ihn vergiften wollte. Diese Zweifel konnte ich leicht ausräumen. Außerdem hatte ich inzwischen großen Appetit auf die leckere Torte bekommen und wollte nicht länger warten. »Was glauben Sie, woher ich weiß, dass Sie doch gerne Kuchen essen?« – »Weiß ich nicht!«, antwortete er kurz angebunden. »Von niemand anderem als von Ihrer lieben Martha habe ich erfahren, wie sehr Sie Torte mögen.« Und dann drehte ich den Kuchen, damit er alle Stücke betrachten konnte. »Kurt, machen wir es kurz: Sagen Sie mir, welches Stück ich zuerst essen soll!« Damit war sein Argwohn gebrochen, und wir ließen uns Kaffee und Kuchen schmecken.

Zu Vernehmen hatte ich nichts mehr. Kurt Möhrings Geständnis war umfassend und ließ keine Fragen offen. Er hatte den Polizisten lebensgefährlich verletzt. Aber war er nicht durch den brutalen Versuch, in die Wohnung des anderen zu gelangen, zu geschockt, um klar seine Handlungen zu planen? Eine psychiatrische Begutachtung sollte diese Frage klären. Das Gutachten fiel zugunsten des Rentners aus. Er hatte durch die lange psychische und physische Gewalt so viel Angst vor dem Polizisten aufgebaut, dass ihm für den Tatabend keine Zurechnungsfähigkeit bescheinigt wurde. Das Verfahren gegen Kurt Möhring wurde eingestellt. Der Polizist überlebte die Messerattacke. Ob er danach seinen Dienst wieder antrat, weiß ichnicht mehr. Für mich blieb in Erinnerung, dass ich Kurt Möhring mit dem Kuchen eine große Freude machen konnte. Und noch heute, wenn ich mit Freunden beim Kaffee sitze, denke ich oft an diese Szene zurück.

Freitag, der 13.

»Eben war der Brigadier aus deiner LPG hier. Er hat mir alles erzählt. Du bist zu nichts nutze!«, schimpfte die alte Frau, als der etwa fünfunddreißigjährige Mann zur Tür hereinschwankte. »Wenn ich das damals gewusst hätte, ich hätte dir die Flausen ausgetrieben! Mein Gott, wo hast du das nur her? Haben nicht dein Vater und ich unser Leben lang geschuftet? Wir haben es dir doch vorgelebt!« Siegfried Maul wollte etwas erwidern, winkte dann aber nur ab. »Und komm mir jetzt nicht wieder mit deinem Motorradunfall!« Die Frau steigerte sich in ihre Predigt hinein, als habe sich dieser Ärger seit langer Zeit angestaut und brach nun, einem Vulkanausbruch gleich, aus ihr heraus. Ihre Stimme war immer lauter geworden. »Ist gut, Mutter!«, versuchte Siegfried Maul dem Redeschwall Einhalt zu gebieten. Aber im Moment war die Frau nicht zu bremsen. »Ja, ich weiß: Erst waren es die Schmerzen, weil alles nicht richtig heilen wollte. Da hatte ich ja noch Verständnis. Ich hab' damals schon gedacht, dass es ein bisschen viel ist, was du trinkst. Und anschließend hast du jedes Mal versprochen, dass du aufhörst. Und was erfahre ich aus dem Betrieb? Wieder besoffen am Arbeitsplatz. Ich habe die Nase gestrichen voll. Kein Wunder, dass du es in keinem Betrieb lange aushältst. Deine eigene Mutter hat ja den Glauben an dich aufgegeben! Du bist asozial! Verstehst du: asozial! Hör endlich mit dem Saufen auf! Das nimmt kein gutes Ende mit dir!« Siegfried Maul schob seine Mutter zur Seite, drängte sich an ihr vorbei und verließ den Flur in Richtung Hinterhof. Ein Schwall kalter Luft wehte herein, und die Mutter zog ihre Strickjacke eng um sich: »Ja, geh du nur! Ich habe es satt! Mach, was du willst, aber ich will es nicht mehr wissen!«

Siegfried Maul stapfte durch den Februarschnee und verließ das elterliche Grundstück durch die Gartenpforte. Dann ging er durch die Thomas-Müntzer-Straße in Richtung Roschwitz und dann zur Schachtstraße nach Friedenshall. In einem Altbau in der kleinen Siedlung Friedenshall hatte er eine Einzimmerwohnung. Er stieg die Treppe in den dritten Stock hinauf. Es war kalt und zugig dort. Schließlich stand er vor seiner Wohnungstür. Siegfried Maul suchte seinen Schlüssel und schloss umständlich auf. In der Wohnung angekommen, warf er sich mit den Sachen aufs Bett. Auch hier war es kalt. Siegfried beheizte den kleinen Kanonenofen in der Ecke so gut wie nie. Wozu auch? In der LPG arbeitete man sich warm, oder man trank einen Grog. Nach der Arbeit ging er in die Kneipe. Dort herrschten angenehme Temperaturen. Für die kurze Zeit, die er in seiner Wohnung verbrachte, zog er sich die Federdecke über die Ohren. Zur Not konnte man auch Socken und dicke Unterhosen anbehalten. Dann konnte man es hier aushalten. Er kam sowieso nur zum Schlafen. ›Morgen‹, so nahm er sich vor. ›Morgen gehe ich zur Schicht. Ich bin schon wieder blank. Wenn ich nicht gehe, kriege ich vielleicht nächste Woche gar nichts. Ach, wird schon irgendwie gehen …‹ Damit schlief er gegen 16 Uhr ein.

Am nächsten Tag raffte er sich tatsächlich halb vier Uhr morgens aus dem Bett auf und stand zu Schichtbeginn im

Kuhstall, genauer gesagt, im Abkalbstall. Dort begann er mit den üblichen Arbeiten: Fütterung, Entmistung. Wenn keine Kuh in dieser Zeit kalbte, konnte er nach dem Frühstück wieder kurz zurück und zwei Stunden schlafen. Anschließend ging es dann weiter. Siegfried hielt an diesem Arbeitstag tapfer durch, sogar ohne einen Tropfen Alkohol. So schwer war das Nüchtern sein doch gar nicht. Aber je näher derFeierabend rückte, umso größer wurde sein Durst. Entgegen allen guten Vorsätze, die er im Laufe des Tages gefasst hatte und fast gegen seinen Willen, wie es schien, fanden seine Füße den Weg in die *Erholung* ganz von selbst. Siegfried hatte noch zehn Mark in der Tasche. Für diesen Abend würde es reichen. Als er sich gegen acht auf den Heimweg machte, nahm er noch drei Flaschen Bier für zu Hause mit. Dort stellte er sie brav in eine Ecke und begab sich zu Bett, damit er zur nächsten Frühschicht aus den Federn kam.

Siegfried Maul schaffte es, seine Arbeitsstätte bis zur Lohnauszahlung regelmäßig zu besuchen. Daher erhielt er tatsächlich die fälligen 150 Mark für zwei Wochen. Die Kollegen betrachteten ihn misstrauisch. »Der Siegfried ist ein Suffkopp. Der hält nicht lange durch.« Aber dieses Mal schien er es ernst zu meinen. Sicher trank er während der Arbeit seine drei bis vier Flaschen Bier. Aber er kam regelmäßig und halbwegs pünktlich.

Seine Tätigkeit als Viehpfleger vollzog sich normalerweise in Zyklen. Es gab mitunter einen ganzen Monat, in dem er regelmäßig auf der Arbeit erschien. Wenn es sehr gut lief, konnten es sogar auch zwei Monate sein, in denen er durcharbeitete, ohne einen Ausfalltag zu haben. Aber dann kam irgendein Geburtstag oder Feiertag dazwischen, oder er traf in der Kneipe einen »alten Freund«. Dann fehlte er tagelang oder auch eine ganze Woche. Es hatte bisher wenig genützt, mit ihm das Gespräch zu suchen. Und es nutzte erst recht nichts, ihm mit seinem Bruder Franz zu kommen, der in der Kreisstadt arbeitete und einen angesehenen Posten innehatte. Die Erwähnung seines Bruders stürzte ihn meist in den nächsten Rausch. Siegfried beneidete ihn um sein Glück. Franz war verheiratet und hatte einen kleinen Sohn. Den mochte Siegfried sehr, aber seine Schwägerin hatte ihm gegenüber Vorbehalte und sah ihn lieber gehen als kommen.

Als er jünger gewesen war, hatte er durchaus selbst einige Beziehungen gehabt. Aber alle Frauen waren ihm entweder davongelaufen oder hatten so lange mitgetrunken, bis sein Geld nicht mehr für die Sucht beider gereicht hatte. In wütenden Streits war er sie dann wieder losgeworden. Eine Familie zu gründen, wie seine Mutter es sich ehemals für ihn gewünscht hatte, hatte er längst aufgegeben. Ihm blieben schließlich nur die »Freunde« aus der Kneipe. Die waren fast immer da, hatten die gleichen Sorgen und somit auch dann noch Verständnis für ihn, wenn kein anderer mehr zuhören wollte. Und ab und zu gab es dort ja auch Frauen, die man mit nach Hause nehmen konnte, für eine Nacht oder zwei.

Nach seinem Feierabend klapperte er die Kneipen in Bernburg ab. Man durfte nicht zu oft in dieselbe gehen, dann fielen die Schulden, die man machte, weniger auf. Er hatte sich irgendwie auf eine Reihenfolge eingeschossen, nach der er dann beinahe wieder berechenbar war. So begann er den Monat in der *Erholung*, anschließend ging es ins *Sägewerk*, in den *Weinberg*, ins *Haus des Handwerks* und in die *Ratsklause*. Überall konnte man ein wenig mogeln. Hier einmal ein Bier zu wenig bezahlen, sich dort einen ausgeben lassen. Man konnte pumpen oder anschreiben lassen. Er beglich, sobald er Geld bekam, hier ein wenig, dort das Angeschriebene, oder er gab einen aus für die, von denen er einen Schnaps bekommen hatte. So konnte man sich durchs Leben schlagen. Daran, mit dem Trinken aufzuhören, dachte er nicht ernsthaft, oder er konnte es nicht.

Irgendwie war er bei seinen Besuchen auch an den »Bunten« geraten. Um den kam er nicht herum, weil er die gleichen Kneipen wie Siegfried Maul nacheinander abklapperte. Von dem Bunten erzählte man sich allerlei: Er hatte sich schon als Jugendlicher nichts gefallen lassen. Wer sich mit ihm anlegte, bekam »ein paar aufs Maul«. Besonders groß tat er mit seiner Republikflucht. In den fünfziger Jahren hatte er mit seiner Frau und dem ersten Kind die DDR verlassen. Im Raum Wolfsburg hatte er dann Arbeit in der Autoindustrie gefunden und prahlt noch heute damit, dass er einen VW-Motor in zwei Stunden auseinandernehmen und wieder zusammensetzen könne. Man erzählte sich etwas von einer Messerstecherei oder Schlägerei, wegen der er schließlich drüben im Westen zu acht Jahren Knast verurteilt worden war. Wenn der Bunte gute Laune hatte, erzählte er aufschneiderisch davon, wie er den anderen fast »kaltgemacht« hätte. Als dann die Polizei kam, konnte er nach eigener Aussage noch drei »Bullen« k. o. schlagen, »… aber es waren einfach zu viele«. Dann nahm man ihn fest. »Alles Weicheier!«, pflegte er hinzuzufügen. Und dann erzählte er großspurig, wie er die »drüben« ausgetrickst hatte. Als er verurteilt war und seine Strafe schließlich antreten sollte, war er mit seiner Familie schon über alle Berge in Richtung Sonnenaufgang. In der DDR belangte man ihn nicht für Straftaten, die er auf der anderen Seite begangen hatte. Die Kumpels in der Kneipe begegneten ihm mit Respekt, ein wenig fürchteten sie sich auch vor ihm. Denn auch hier schlug er zu, wenn ihm jemand in die Quere kam, oder seine Schulden nicht rechtzeitig bezahlte. Er war selten knapp bei Kasse, denn er arbeitete als Kraftfahrer in einer medizinischen Einrichtung. Außerdem trieb er alle Schulden, wenn nötig mit Gewalt, wieder ein. Natürlich galten solche Schlägereien unter den Kneipengängern als Kavaliersdelikt. Selten wurde deswegen die Polizei bemüht. Allerdings hatte es einige gegeben, die den Bunten angezeigt hatten. Die konnten sich aber anschließend im Revier nicht mehr blicken lassen.

Siegfried Maul wusste, dass er bei dem Bunten vorsichtig sein musste. Andererseits konnte er wunderbar mit ihm zechen. Immer wieder begegneten sie sich, saßen gemeinsam am Tisch, quatschten oder knobelten. Durch das Knobeln waren auch seine Schulden beim Bunten zustande gekommen. Siegfried hatte es vermeiden können, sich bei dem Mann Geld zu leihen. Aber beim Knobeln um das nächste Bier oder den nächsten Schnaps hatte ihn dummerweise das Glück im Stich gelassen. »Nur noch ein Spiel«, hatte er sich gesagt. »Ich kann doch nicht immer Pech haben.« Und dann waren die Würfel gefallen, und wieder musste er die Getränke bestellen. Der Bunte hatte seine Zeche übernommen, aber er hatte Siegfried auch angekündigt, dass er das Geld zurückzuzahlen hatte. So war er auf die stattliche Summe von fünfundzwanzig Mark gekommen.

Am 12. Februar des Jahres 1976 war Siegfried gegen 16 Uhr mit seiner Arbeit fertig, wusch sich. Dann zog er lange Unterhosen und die Wollsocken an, die seine Mutter ihm gestrickt hatte. Letzte Nacht waren es minus zehn Grad gewesen. Da er zur Arbeit und nach Hause zu Fuß unterwegs war, zog er sich die dicke Wattejacke über den Wollpullover. Dann machte er sich auf den Weg in die *Ratsklause*. Dort war er seit mindestens einer Woche nicht gewesen und hatte im Moment auch keine Schulden mehr. Geld würde er ja schon morgen, am Freitag bekommen. Im Moment hatte er keinen Pfennig. Aber sicher fand er in der *Ratsklause* jemanden, der ihm ein Bier spendierte. Vielleicht ließe sich ja auch eins erknobeln? Als er die Tür öffnete, schlug ihm warmer, feuchter Bierdunst, aber kein Zigarettenqualm, entgegen. Er trat ein und schloss die Tür hinter sich. Die Glocke oberhalb der Tür läutete und kündigte ihn an. Das wäre allerdings nicht nötig gewesen, da der Wirt ihn auch so bemerkte. In der Gaststätte befanden sich nur zwei Gäste. Siegfried wollte eigentlich gleich wieder gehen, aber das kam ihm irgendwie zu dumm vor, und so zog er die Wattejacke aus, hängte sie an die Garderobe und ging auf dem Rückweg zur Theke. Dort bestellte er sein Bier. »Schreib es an. Ich bezahle es morgen«, setzte er gleich noch hinzu. »Aber nur eins!«, knurrte der Wirt. ›Na, immerhin‹, dachte Siegfried und setzte sich zu den beiden anderen. Das Bier war sehr schnell hinuntergegossen. Es war schließlich erst das dritte heute. Die anderen beiden hatte er auf Arbeit getrunken. Man einigte sich auf eine Runde Skat. Aber ohne ein Bier oder einen Schnaps dazu wollte Siegfried das Kartenspiel keinen richtigen Spaß machen. Erst blieb er noch kurz sitzen, dann aber machte sich der Durst in ihm breit. Er versuchte sein Glück noch einmal beim Wirt. Als sich dieser nicht erweichen ließ, nahm Siegfried seine Jacke und machte sich auf den Weg in die nächste Kneipe. Es war inzwischen 17 Uhr und die Wahrscheinlichkeit schon etwas höher, dort jemanden anzutreffen. Er entschied sich für das *Haus des Handwerks* als nächste Station. Schon als er die Eingangstür hinter sich schloss, hörte er hinter der Tür zum Gastraum die laute Stimme des Bunten. »Der ist also schon da«, murmelte Siegfried leise vor sich hin. Er war sich nicht sicher, ob das gut oder schlecht war. Seitdem er Schulden bei ihm hatte, ging er diesem untersetzten, kräftigen Mann lieber aus dem Weg. Aber draußen war es kalt. In der *Erholung* und im *Sägewerk* hatte er diese Woche schon anschreiben lassen. Ihm blieb keine große Auswahl. Warm schien das Licht der Glühbirnen durch die Glasscheibe der Eingangstür. Siegfried drückte die Klinke herunter und trat ein. Er ließ seinen Blick durch den Raum schweifen. Hier war schon etwas mehr los. An den ersten beiden Tischen saßen drei, am dritten Tisch vier Gäste. Rechts zwischen dem Eingang zur Küche und dem grünen Kachelofen saß der Bunte. Siegfried Maul entschloss sich zu bleiben, aber er setzte sich in die

Nähe des Tresens, weit weg vom Kachelofen und seinem Gläubiger. Tagesthema war das Erdbeben in Guatemala. Die Zahl der Toten wuchs stündlich. Siegfried konnte ein wenig mitreden, weil im Stall das Radio den ganzen Tag lief. »Wer kloppt mit Skat?«, fragte dann einer der Tischgenossen. »Ich mach mit«, entschied Siegfried. Er hatte ganz nebenbei vom Wirt ein Bier hingestellt bekommen, und einen Schnaps dazu. Nun machte das Leben wieder Spaß. Das Spiel ging gut eine Stunde. Dann aber waren Bier und Schnaps alle. Er konnte noch zwei weitere Runden mithalten, weil ihm sein linker Tischnachbar ein Bier und anschließend noch eins ausgab. Siegfried beobachtete den Bunten die ganze Zeit. Als dieser zur Toilette ging, sah er kurz in seine Richtung und erkannte ihn. Auf dem Rückweg, bevor er zu seinem Tisch zurückging, kam er zu Siegfried. »Na? Wie läuft's?« – »Gut läuft's.« Siegfried ging es jetzt richtig gut. Morgen war Freitag, das Ende der Woche nahe. Da konnte man heute schon mal ein bisschen über die Stränge schlagen. Im Überschwang fragte er den Bunten: »Könnt ich mir von dir noch mal 'n Fünfer leihen?« – »Nee, kannste nich mehr! Ich krieg von dir noch fünfundzwanzig.« Damit ließ der Bunte den anderen am Tisch sitzen. Siegfried Maul spielte noch eine Runde Skat. Am Tisch neben dem Ofen wurde es nun lauter. Eine Stimme tönte besonders laut: »Schulden machen kann jeder. Aber bezahlen muss er sie. Und wenn nicht mit Geld, dann anders! Wo kommen wir denn da hin, wenn jeder sich Geld leiht und danach nur noch Versprechungen macht! Nee, ich bin bisher immer zu meinen Kröten gekommen.« Siegfried hörte das natürlich. Ihm wurde etwas mulmig zumute. Hätte er doch nur nicht um weitere fünf Mark gebeten! Zunächst verhielt er sich still zwischen den Tischgenossen und hatte die Hoffnung, dass die erste auch die letzte Begegnung des Abends bleiben konnte. Dann aber setzte sich der Bunte zu ihnen. »Na, Maul? Kannste nu zahlen?« Siegfried Maul gestand, dass er blank war. »Ich will mein Geld zurück! Und zwar jetzt!«, knurrte der Bunte bedrohlich. »Ich gebe es dir morgen zurück. Da krieg ich den Lohn.« – »Nein. Jetzt«, beharrte der andere. »Aber ich hab doch nichts. Wo soll ich es denn herzaubern? Morgen, versprochen! Da krieg ich hundertfünfzig. Dann gebe ich dir alles zurück.« – »Verdammt, versteht du nicht, was ich sage?« Das halbe Lokal verstand, was er sagte, denn er war laut geworden. »Du gibst mir heute noch, was ich dir geliehen habe. Klar?« Kleinlaut meinte Siegfried: »Aber zu Hause, in meiner Wohnung, da habe ich noch Geld.« Ihm war in diesem Moment die Idee gekommen, dass er den Bunten so vielleicht loswerden könne. Er hielt es für unwahrscheinlich, dass jemand nachts bei minus zehn Grad und Schneeverwehungen wegen lumpigen fünfundzwanzig Mark den Weg nach Friedenshall über das windige Feld auf sich nehmen würde. Es war gut eine Stunde Fußweg zu ihm nach Hause. »Wie, du gehst auf Kneipe und lässt dein Geld zu Hause? Das ist ja ‚ne schöne Tour!« Nun sah auch der Tischnachbar scheel auf den Beschuldigten, da er ihm aus Mitleid oder Freundschaft oder was auch immer zwei Bier spendiert hatte, und nun behauptete der, Geld zu haben. Siegfried wand sich. Wie kam er nur aus dieser misslichen Situation? »Ich hab das Geld zu Hause. Ich … ich könnte es holen«, stotterte er. »Holen? Und nich wiederkommen? Nee, so nicht. Dann gehen wir beide«, sagte der Bunte. Siegfried fühlte sich immer unbehaglicher. »Ich will aber noch einen trinken. Eigentlich will ich hier gar nicht weg«, sagte er naiv. »Ich habe drüben am Tisch noch zwei Flaschen Wein. Die können wir ja unterwegs trinken«, bot der Bunte an.

›Bloß nicht mit dem Bunten allein unterwegs sein‹, sagte sich Siegfried. ›Andererseits, vielleicht kann ich ihn irgendwie abschütteln, oder er verliert irgendwann die Lust dazu, in der Kälte so weit zu laufen.‹

»Es ist doch recht kalt draußen«, sprach er seinen letzten Gedanken laut aus. »Red dich nicht raus. Wir gehen jetzt zu dir. Unterwegs halten wir bei Meier an. Der gibt uns noch eine Granate mit. Die habe ich letztens bei ihm stehen lassen. Dann wird es schon nicht zu kalt.« – »Na, meinetwegen«, sagte Siegfried gedehnt. »Dann lass uns zu meiner Wohnung gehen. Dort geb ich dir das Geld.« – »Na, dann los!« Widerwillig stand Siegfried Maul auf, holte seine Wattejacke von der Garderobe, zog sie sich umständlich an und ging nach draußen. Der Bunte folgte ihm mit den beiden Weinflaschen.

Vor der Kneipe stellte Siegfried fest, dass die Luft zwar nicht mehr ganz so eisig war, dafür schneite es in kleinen, schneidend scharfen Kristallen. Er versuchte es erneut: »Ist doch ein Scheißwetter heute. Du musst echt nicht mitkommen bis nach Friedenshall. Du wartest einfach morgen hier, im *Haus des Handwerks*, schön gemütlich neben dem Kachelofen, und ich bringe dir die fünfundzwanzig Mark.« – »Wahrscheinlich sitze ich da, bis ich schwarz werde. Nee, Mann! Das hole ich mir lieber heute.«

Schweigend gingen sie zuerst in Richtung Bahnhof. Unterwegs klingelte der Bunte tatsächlich an einem roten Hoftor und erhielt dort nach kurzer Wartezeit eine Flasche Schnaps ausgehändigt. Später folgten sie der Thomas-Müntzer-Straße und kamen schließlich zur Schachtstraße, die nach Friedenshall führt. Hier pfiff der Wind ungeschützt über die Felder. Siegfried Maul klappte seinen Kragen hoch und hielt ihn zusätzlich vorn mit zwei Fingern einer Hand geschlossen. Er trug die beiden Weinflaschen, eine hatte er sich unter den Arm geklemmt, die andere, an der er immer wieder nippte, hielt er in der Hand an seinem Kragen. Der Bunte hatte eine Fellmütze mit Ohrenklappen auf. Aber auch an ihm zerrte der Wind. Durch das Weiß der Schneefläche leuchtete die Welt in zartem Blau. Und immer mehr Schneeflocken legten sich über die gefrorene weiße Fläche. In den blattlosen Sträuchern am Wegesrand verfing sich die weiße Masse. Einige dürre Gräser schauten aus der Decke heraus und raschelten und bogen sich im Wind.

Je weiter sie die Siedlung Roschwitz hinter sich ließen, desto unwohler fühlte sich Siegfried Maul. Der andere hatte sich weder von der Nacht noch vom Wetter schrecken lassen. Wie sollte er ihn loswerden? Sein Plan schien nicht aufzugehen. Er lief immer langsamer. Mitten zwischen den Ortschaften Roschwitz und Friedenshall maulte der Bunte: »He, was bummelst du denn so? Ist wirklich nicht das Wetter für einen Spaziergang. Los, beeilen wir uns!« Aber Maul trödelte weiter. »Was ist denn jetzt?«

Der Bunte drehte sich um und sah ihm fest ins Gesicht. »Na ja, ich hab da vorhin … na ja, das mit dem Geld … das stimmt nicht«, stammelte er. Der andere kam ihm drohend näher: »Was willst du mir damit sagen?« – »Ich habe nichts.« – »Aber du hast es zu Hause?« Der Bunte packte Siegfried am Kragen und drückte zu, sodass diesem heiß wurde. »Auch da hab ich nichts. Ich bin blank, verstehst du?« – »Willst du mir sagen, dass du mich verarscht hast?« Er schlug dem anderen mit der Faust ins Gesicht, ohne dessen Kragen loszulassen. »Nein, nein, das will ich …«, wimmerte Siegfried. »Hör zu! Ich lasse mich nicht verarschen! Nicht nur, dass du keine Kröte besitzt, du schleifst mich hier bei Nacht und Eis raus aufs Feld, um mir hier zu sagen, du hast nichts?« – »Na ja, ich dachte …« Noch ein Schlag. Der Schuldner wischte sich die Tränen aus den Augen und das Blut von der Nase, welches langsam hervorquoll. »Du brauchst nicht mehr zu denken! Ich denke, du weißt, was ich mit solchen Würstchen wie dir mache.« Jetzt hatte Siegfried begriffen, dass kein Betteln, kein Versprechen half. Er bekam es mit der Angst. In diesem Augenblick erinnerte er sich an das, was der Bunte vorhin zu den anderen gesagt hatte: »Schulden machen kann jeder. Aber bezahlen muss er sie. Und wenn nicht mit Geld, dann anders!« Und jetzt würde er seine Schuld anders bezahlen müssen. »Um Gottes Willen!«, schrie er auf, machte sich aus dem Griff frei, drehte sich um und rannte los. Er rannte über die eingeschneite Straße in Richtung Friedenshall. Die schweren Stiefel zogen an seinen Beinen, jeder Schritt kostete Kraft. Er versank in knöcheltiefem Schnee, aber er rannte. Nur weg hier!

Mit dem Alkohol im Blut und der wenigen Ausdauer, die er hatte, kam er nicht weit. Seine Lungen brannten schon nach den ersten zehn Metern. Er keuchte, schwitzte. Der Schweiß rann ihm heiß den Rücken hinunter. Da fühlte er etwas anderes: einen schneidenden Schmerz. Der beflügelte ihn. Nun rannte er etwas schneller. Er hatte keine Zeit, sich umzusehen. Aber das brauchte er auch nicht, um zu wissen, dass der Bunte dicht hinter ihm war. Er hörte auch ihn keuchen, hörte seine gedämpften Schritte im Schnee aufknirschen. Dann spürte er den zweiten Schmerz, wieder im Rücken. Ab dann spürte er nichts mehr. Siegfried lief und lief, und irgendwann brach er zusammen.

Der 13. Februar 1976 war ein kalter und klarer Morgen. Gegen vier Uhr hatte es aufgehört zu schneien. Die Temperaturen waren wieder zehn Punkte unter null gefallen. Klirrender Frost herrschte über Feld und Flur. Gerhard Kluge hatte sich dick gegen die Kälte eingemummt. Dennoch zog er instinktiv die Schultern hoch, als er aus seinem Zug in Bernburg-Friedenshall ausstieg. Die Wege waren nicht gestreut. Mit vorsichtigen Schritten machte er sich auf den Weg zur Berufsschule in Bernburg, wo er als Lehrer arbeitete. Er wohnte in der Kolonie gegenüber von Baalberge. Normalerweise fuhr er die Strecke mit dem Rad, aber des Wetters wegen nutzte er im Moment den Zug und lief die restliche Strecke zu Fuß. Bei diesem Schnee ging er lieber kein Risiko ein. Er zog seinen Schal fester um den Hals. Die Hände steckten in dicken Lederhandschuhen. In der Rechten trug er seine Schultasche. Die Schranken waren oben. Er überquerte den Bahnübergang an der Bahnstation und machte sich auf den Weg in Richtung Roschwitz. Die Straße war nicht geräumt. Und so stapfte der Lehrer durch den knöcheltiefen Schnee, der letzte Nacht gefallen war. Er genoss die klare Luft und die bizarren Formen, welche Schnee und Frost an Gräser und Feldrain gezaubert hatten. Als er ungefähr in der Mitte zwischen beiden Ortschaften war, bemerkte er zur Linken unweit der Schachtstraße eine sonderbare, schneebedeckte Erhebung auf dem Feld. Der Lehrer fasste diese ins Auge und folgte weiter der Straße. Als er auf gleicher Höhe war, konnte er ein Stück Stoff, wie von Kleidung, erkennen, das halb von Schnee verdeckt wurde. Gerhard Kluge schritt kurzerhand auf das Feld und lief auf die Erhebung zu. Da erkannte er eine Hand, und etwas weiter oben auch einen Kopf. Das dort war kein Kleiderbündel, das war ein Mensch. Und, da er sich nicht rührte, schlussfolgerte Kluge sofort: ein Toter! Der Schreck fuhr ihm in die Glieder. Er lief jetzt so schnell er konnte in Richtung Bernburg. Zum Glück befand sich seine Berufsschule gleich um die Ecke in der Thomas-Müntzer-Straße. Er grüßte noch die umstehenden Schüler, welche sich wunderten, dass er es so eilig hatte. Dann stieg er die sechs Stufen zum Eingang empor. Zum Glück war hier gestreut, denn dieses Mal achtete er nicht auf Eis und Glätte. Dafür hätte er allerdings auf den glatten Fliesen im Inneren fast den Halt verloren. Er fing sich gerade noch und eilte dann weiter ins Büro der Direktorin, um von dort aus die Polizei zu benachrichtigen.

Sofort wurde ein Arzt auf das Feld geschickt, um festzustellen, in welchem Zustand sich die Person befand. Kluge war schließlich kein Fachmann. Vielleicht war die Person sogar noch am Leben? Daraufhin wurde die Kriminalpolizei der Dienststelle Bernburg verständigt. Nachdem ein Kriminaltechniker und ein weiterer Kriminalist die männliche Person in Augenschein genommen hatten, sahen sie sich kurz an. »Das ist doch ...« – »Ja, das ist Maul. Da hat's den ollen Suffkopp erwischt«, bestätigte der andere.

Der Arzt, welcher die Leichenschau durchführte, war nur ungern in die Kälte gekommen. Er wollte es so schnell wie möglich hinter sich bringen. Als er hörte, dass es sich um einen stadtbekannten Trinker handelte, unterließ er die vorschriftsmäßige Leichenschau. Dabei sind bekleidete Personen immer zu entkleiden und auf Spuren von Gewalteinwirkung zu untersuchen. Wahrscheinlich ging er, wie die beiden Kriminalisten, davon aus, dass Maul sich irgendwo betrunken hatte und auf dem Heimweg einfach umgefallen und wegen der Witterung anschließend erfroren war. Der Arzt vermerkte auf dem Totenschein vorsichtig »unklarer Tod«, dann lud man Mauls Leiche ein und brachte ihn in die Leichenhalle des Krankenhauses Bernburg. Wäre der Tote vorschriftsmäßig entkleidet worden, hätte man schon auf dem Feld die Stichverletzungen erkannt. Aufgrund der auf dem Totenschein vermerkten Todesursache wurde im Anschluss eine Obduktion durchgeführt. Der Gerichtsmediziner stellte im Ergebnis der Sektion fest, dass Maul nicht an einer Alkoholvergiftung oder Unterkühlung gestorben war.

Nachdem sich bestätigt hatte, dass es sich um ein Tötungsverbrechen handelte, erfolgte unser Einsatz als Mordkommission. Wir begannen mit Ermittlungen zur Persönlichkeit des Geschädigten, um herauszufinden, ob vielleicht in seinem persönlichen Umfeld Personen verdächtig oder Umstände bekannt waren, die mit dem Verbrechen in Zusammenhang zu bringen waren. Mit zusätzlichen Kräften begannen wir sowohl in den umliegenden Ortschaften als auch in der Stadt, Erkundigungen über Maul einzuziehen. Das Ergebnis der Ermittlungen zur Person bestätigte die erste Andeutung der Kriminalisten: Siegfried Maul war ortsbekannt als Trinker und Arbeitsbummelant. Zeugen gaben an, dass ihn sogar seine Mutter vor nicht allzu langer Zeit in einem Streit als asozial bezeichnet habe. Kleinere Zechprellereien und Schulden bei Gleichgesinnten rundeten das Bild ab. Die in großer Anzahl ermittelten Kontaktpersonen mussten zielstrebig abgearbeitet werden, um in diesem Kreis eventuell auf den oder die Täter zu stoßen.

Aufgrund des Persönlichkeitsbildes und des persönlichen Umfeldes suchten wir eine Person, welche ebenfalls im Trinker- und Kneipenmilieu zu Hause war. Weil Siegfried Maul ständig Geldsorgen hatte und daher häufig borgte oder auch mal die Zeche prellte, gingen wir davon aus, dass dies möglicherweise das Tatmotiv gewesen sein könnte. Im engeren Kreise suchten wir eine Person, bei der Maul Schulden gehabt oder die er mehrfach um ihr Geld gebracht hatte. Ein in Betracht zu ziehendes Motiv war auch seine ständige Schnorrerei, obwohl ich mir nicht vorstellen konnte, dass man jemanden umbringt, weil er dauernd bettelt. Außerdem war davon auszugehen, dass es sich um eine Person mit Gewaltpotential handelte, um jemanden, der schnell zuschlug, um seine Interessen durchzusetzen.

Auf dieses Täterprofil passend, kristallisierte sich immer stärker Gerhard Werner heraus. Zwischen ihm und Siegfried Maul gab es enge Kontakte. Beide hatten sich des Öfteren in Gaststätten getroffen und gemeinsam getrunken. Es fanden sich weiterhin Anhaltspunkte, dass Gerhard Werner von 1974 bis 1976 fortlaufend Körperverletzungen sowohl an weiblichen als auch an männlichen Personen im Zustand der Trunkenheit begangen hatte. Es waren bei weitem nicht alle Körperverletzungen zur Anzeige gekommen. Die noch latenten Körperverletzungen wurden ermittelt. Nun hatten wir ein beachtliches Register: Von Mai 1974 bis Februar 1976 lagen vier schwere Körperverletzungen und zehn leichte vor. Auf der Grundlage dieser Häufigkeit wurde gegen Werner ein Ermittlungsverfahren eingeleitet. Einen Tag später wurde er in Untersuchungshaft genommen und nach Dessau überführt. Aus seinem Vorstrafenregister sprach hohe Gewaltbereitschaft. Unter anderem war darin verzeichnet, dass er im Oktober 1969 durch das Stadtgericht Wolfsburg zu acht Jahren Freiheitsentzug verurteilt worden war, wegen schwerer Körperverletzung und Widerstandes gegen die Staatsgewalt. Er hatte sich dieser Strafe durch die Rückreise in die DDR entzogen. Noch ein Punkt, der Werner zum Verdächtigen Nummer eins machte, war die Tatsache, dass Maul bei ihm Schulden gehabt hatte. Es passte somit alles ins von uns entworfene Bild.

Den in der UHA Dessau einsitzenden Gerhard Werner habe ich im Kommissariat Dessau anfänglich zu den ihm zur Last gelegten Körperverletzungen vernommen. Nach und nach gab er sie zu. Zwischen diesen Vernehmungen pendelte ich von Dessau nach Bernburg, wo die Ermittlungen zum Mordfall inzwischen weitergingen.

Am 1. März 1976 war ich vormittags wieder in Bernburg, um mich über den Fortgang der Ermittlungen zu informieren. Bei dieser Gelegenheit lud mich mein Dezernatsleiter zu einem Umtrunk in das Wehrkreiskommando der Nationalen Volksarmee nach Bernburg ein. Es wurde der zwanzigste Jahrestag der NVA gefeiert. »Die Zeit muss sein!«, sagte ich mir und fand mich am Nachmittag des besagten Tages in der Dienststelle ein. Anwesend war auch der Leiter der Kreisdienststelle des Ministeriums für Staatssicherheit. Man trank auf das Wohl der Armee, des Staates, auf die Arbeiter- und Bauernmacht. Zu fortgeschrittener Zeit saßen der MfS-Kreisleiter, mein Vorgesetzter und ich um einen der Sprelacart[5]-Tische. Wir hatten eng zusammenrücken müssen, damit auch sämtliche Genossen des Wehrkreiskommandos Platz hatten. Eigentlich nicht für meine Ohren bestimmt, sagte der Staatssicherheitsmann sehr leise zu meinem Vorgesetzten: »Frag doch mal den Dicken«, damit meinte er mich, »wann er den Mord geklärt haben will.« Wie aus der Pistole geschossen erwiderte ich: »Am Mittwoch!« Fast eine Woche später rief mich mein Chef an. Er erkundigte sich nach unserem Stand der Ermittlungen und meinte ganz nebenbei: »Der Kreisdienststellenleiter fragt übrigens nach, wann der Mord geklärt ist. Weil ja der Mittwoch vorbei ist.« Darauf ich: »Sag ihm, ich habe nicht gesagt, an welchem Mittwoch!«

Zu dieser Zeit waren wir aber vorangekommen. Wir wussten nämlich schon, dass sich Werner am 12. Februar 1976 zwischen 20 und 21 Uhr in Bernburg in den Gaststätten *Haus des Handwerks* und *Ratsklause* aufgehalten hatte. Von mehreren Personen wurde außerdem bestätigt, dass Gerhard Werner im *Haus des Handwerks* auf sein späteres Opfer Siegfried Maul getroffen war. Die Zeugen gaben ebenfalls an, gehört zu haben, dass der Geschädigte Schulden bei dem Verdächtigen hatte, welche dieser zu diesem Zeitpunkt einforderte.

Dieses Wissen brachte ich in der ersten Vernehmung zur Sprache. Gerhard Werner saß mir im kahlen Vernehmungszimmer gegenüber. Ich hatte einen kräftigen, untersetzten Mann mit roten Haaren vor mir. Sein Gesicht drückte Widerwillen aus. Es war vom Alkohol und von einigen Schlägereien gezeichnet. Er befeuchtete sich die Lippen und sah mich herausfordernd an. Bei diesem Mann durfte ich mich nicht vorsichtig annähern, die Sache nicht langsam angehen. Hier musste ich sofort angreifen, das spürte ich. Der Mann war abgebrüht. An mir lag es, die Situation unter Kontrolle zu bringen – und zwar unter meine. Daher hielt ich ihm nach der üblichen Einführung vor, am Tatabend mit dem späteren Opfer im *Haus des Handwerks* zusammengetroffen zu sein. Er bestritt das entschieden. Ich verwies auf Zeugenaussagen, nach denen es auch um Geld gegangen sei. Wieder bestritt er, an diesem Abend überhaupt in dieser Gaststätte gewesen zu sein. Zu den Zeugenaussagen bemerkte er auffahrend: »Die lügen doch! Die wollen mir da was in die Schuhe schieben. Kein Wunder, die wollen mich loswerden! Aber ich lass mir hier nichts anhängen! Beweisen Sie das erst mal.« – »Ich muss Ihnen hier gar nichts beweisen. Im Moment befrage ich Sie nur zu den Aussagen«, erwiderte ich gelassen.

Tags darauf, am 3. März 1976, kam es zu einer erneuten Vernehmung. Sie dauerte über fünf Stunden. Am Ende hatte ich ihn so weit, dass er zugab, Siegfried Maul tatsächlich zur fraglichen Zeit im *Haus des Handwerks* getroffen zu haben. Zu diesem Zeitpunkt hätte der Geschädigte bei ihm Schulden in Höhe von fünfundzwanzig Mark gehabt. Nun hatte er das mögliche Tatmotiv zugegeben. »Der Kerl wollte ernsthaft schon wieder schnorren. Fünf Mark, darum hat er gebettelt.« Mit drastischen Worten schilderte Werner, dass er sich auf solche Bettelei gar nicht einlasse.

»Da hab ich ihm gesagt, er soll erst mal das zurückzahlen, was er mir schuldet!« Er habe die sofortige Begleichung der Schulden gefordert. Aber Maul habe sich geweigert. »Der Kerl hat gewimmert und gejammert, dass er nichts mehr habe. Na ja, wahrscheinlich hätte er mich sonst nicht um weitere fünf Mark angepumpt.«

»Darauf haben Sie sich aber nicht eingelassen?«

»Wo komm ich denn da hin, wenn ich jedem Geld leihe, nur weil er keins mehr hat? Nee, da geh ich ja als Nächstes auf'm Zahnfleisch!«

»Sie wollten also die Schulden eintreiben?«

»Ja doch!« Er warf sich in die Brust, dann lehnte er sich nach vorn über den Tisch, stützte sich auf die Hände und sah mir in die Augen.

»Er behauptete dann, dass er zu Hause Geld habe. Er wollte es sogar holen.«

»Und warum hat er das nicht gemacht?« Mein Gegenüber lehnte sich wieder schwungvoll zurück und drückte seinen massigen Oberkörper gegen die Stuhllehne, dass sie verdächtig knarrte.

»Auf so was lass ich mich nicht ein. Er sollte gleich bezahlen. Schluss, basta!« Es trat eine kurze Pause ein.

»Der Siegfried hat dann vorgeschlagen, dass wir zu ihm gehen sollen. Dort wollte er mir das Geld geben. Und das habe ich ihm geglaubt. Wir sind also los, bei diesem Dreckswetter, nach Friedenshall.«

»Gab es auf dem Weg irgendwelche Zwischenfälle?«

»Nein, keine.«

»Wie kam es dann mitten auf dem Feld zu der Messerstecherei?«

»Das war keine Messerstecherei. Der Siegfried meinte da plötzlich, mitten in diesem beschissenen Schneetreiben, dass er zu Hause doch kein Geld habe. Ich dachte, das meint der nicht ernst. Und dann merkte ich, dass er das wirklich ernst meint. Da hat mich dieser Scheißkerl verarscht.«

»Und deshalb haben Sie ihn niedergestochen?«

»Nein. Zuerst habe ich ihm eine reingehauen. Der hat mich verarscht, eiskalt verarscht hat der mich. Da bin ich wütend geworden. Aber ich habe nur zweimal zugestochen!«

Nun fragte ich genauer nach. Werner gab an, mit seinem Taschenmesser zweimal von vorn auf sein Opfer eingestochen zu haben. Ich ließ mir das Messer beschreiben. Es handelte sich um die 18 Zentimeter lange Klinge eines Militär- oder auch Jagdmessers. Diese Beschreibung stimmte mit den Angaben der Obduktion überein. Was mit der Obduktion nicht übereinstimmte, war die Angabe, er habe nur zweimal zugestochen. Die Leiche wies elf Messerstiche in den Rücken und einen in die Brust auf. Für mich stellte sich die Situation anders dar, als Werner sie in seinem Geständnis formuliert hatte. Nach meinem Dafürhalten hatte Siegfried Maul die Gefahr erkannt und hatte versucht zu fliehen. Während dieser Flucht fügte ihm der Verfolger die elf Stiche in den Rücken bei. Als der Flüchtende aufgrund der Verletzungen zusammenbrach, trat Werner noch einmal zu ihm, und stach ihm gezielt in die Brust. Er verletzte dabei das Herz und die große Körperschlagader. Einen solchen Stich setzte man nicht aus Versehen und selten aus einer Kampfhandlung heraus. Man musste wissen, wo das Herz und die Ader sitzen. Dieser letzte Stich war laut Obduktion tödlich. Konnte sich Gerhard Werner daran tatsächlich nicht mehr erinnern? Oder glaubte er, dass die Obduktion nicht gründlich durchgeführt worden sei und man dabei die Tathandlung nicht hatte rekonstruieren können?

Gerhard Werner beteuerte immer wieder, dass Wut und Alkohol seine Raserei bedingt hätten, dass er sich über die Folgen nicht im Klaren gewesen sei. Er versicherte, dass es ihm in diesem Moment nicht möglich war, zu erkennen, dass er ein Menschenleben zerstörte. Möglicherweise versuchte er, eine verminderte Schuldfähigkeit für sich zu erwirken.

Ich hatte mehrfach das Gefühl, dass der Verdächtige mit uns spielte, die Situation nicht ernst nahm. Vielleicht kannte er die Vorgehensweise aus seiner früheren Verurteilung. Und damals war es ihm ja gelungen, seinen Hals aus der Schlinge zu ziehen. Offensichtlich glaubte er, das in diesem Falle auch schaffen zu können.

Ich befragte ihn zu dem Tatwerkzeug: »Was haben Sie mit dem Messer gemacht, nachdem Sie auf Herrn Maul eingestochen hatten?«

»Ich habe es weggeworfen.«

»Wohin?«

»Ich weiß nicht mehr so genau. Ich bin weggelaufen, zurück nach Roschwitz. Da sind so Gärten. Da habe ich es über einen Zaun geworfen.«

»Können Sie sich genauer an den Zaun erinnern?«

»Nein.« Ich sah ihn abwartend an. »Es war alles eingeschneit«, erklärte er.

Mit diesen vagen Angaben schickten wir einen Suchtrupp hinaus in den Winter. Zwei Polizisten sollten die Nähe des Tatortes absuchen. Sie kamen nach mehreren Stunden ohne Ergebnis und völlig durchgefroren zurück. Die Zäune der Gartenanlage waren mit Gestrüpp überwuchert, auf dem der Schnee locker und dick auflag. Ein schweres Messer wie das beschriebene wäre dort einfach bis auf den Boden durchgerutscht. Nachdem sich in der letzten Nacht noch eine Lage Schnee über alle Spuren gelegt hatte, war das Auffinden der Tatwaffe wirklich eine Herausforderung. Die beiden Polizisten sollten es am nächsten Tag noch einmal versuchen. Aber sie kehrten nach mehreren Suchgängen stets mit dem gleichen Resultat zurück: Die Mordwaffe wurde nie gefunden. Somit fehlte uns ein Glied in der Beweiskette. Das mussten wir so hinnehmen. Und wer weiß, ob Werner das Messer, das sicherlich teuer gewesen war, wirklich weggeworfen hatte. Ich hielt ihn für abgebrüht genug, es aufzuheben, gut zu verstecken, um später vor seinen Trinkkumpanen damit prahlen zu können. Ich führte weitere Vernehmungen mit Gerhard Werner durch. Die vom 11. und 12. März wurden auf Tonband mitgeschnitten. Diese Aufzeichnungen enthalten jedoch keine neuen Erkenntnisse, der Beschuldigte wiederholte den schon bekannten Tatverlauf.

Dass er uns nicht ernst nahm, zeigte sich noch einmal in der vorletzten Vernehmung am 26. März 1976, die ich mit ihm führte. Wie sich später zeigen sollte, fasste er mich als seinen persönlichen Feind auf. Schließlich war ich es, dem er gegenüber saß. Ich war derjenige, der seine Tat in alle Einzelheiten auseinandernahm, der ihm unter die Nase rieb, dass wir den Tathergang auch ohne seine Aussagen rekonstruiert hatten, der ihn letztendlich ins Gefängnis brachte. Aus heiterem Himmel und entgegen allen bekannten Zeugenaussagen widerrief er seine Angaben über das Zusammentreffen mit dem späteren Opfer. Er habe Siegfried Maul nicht im *Haus des Handwerks*, sondern auf der Straße, auf dem Marx-Engels-Platz aus Richtung Post kommend getroffen. Es ist mir nicht ganz klar, warum er diesen feststehenden Fakt auf einmal in Frage stellte. Wollte er mich verunsichern? Wollte er zeigen, dass er über den Dingen stand? Oder hoffte er, dass damit ein anderes Licht auf das Opfer fiel? Hätte Siegfried Maul ihn auf der Straße um Geld gebeten und wäre dann mit ihm losgezogen, dann hätte Maul selbst die Begleitung durch den anderen verursacht. Damit lag mehr Initiative auf Siegfried Maul und weniger Vorsatz bei Gerhard Werner. Aber dachte der Verdächtige wirklich so weit? Möglich war es, denn Zeit zum Nachdenken hatte er in der Untersuchungshaft genug.

Bei der letzten Vernehmung am 7. April 1976 wurden dem Beschuldigten Beweismittel vorgelegt. Das waren zum einen die Zeugenaussagen der anderen Gäste aus dem *Haus des Handwerks*. Außerdem erhielt er den Sektionsbericht zur Einsicht. Er widersprach diesen Aussagen und auch dem Bericht nicht. Die abschließende Vernehmung führte am 14. April 1976 eine Staatsanwältin in meinem Beisein. Damit waren alle Vorgänge abgeschlossen.

Ein Jahr später, am 22. Februar 1977 begann die Hauptverhandlung. Es war einer der wenigen Fälle, den ich bis in den Gerichtssaal verfolgte. Sämtliche Indizien und Angaben sprachen gegen Gerhard Werner. Wahrscheinlich aus Trotz oder um mir seinen Kampfgeist zu zeigen, sagte er nach der Verhandlung am 2. März zu dem Strafvollzugsangehörigen der VP: »Zur Urteilsverkündung gehe ich mit dem Freispruch und einem Blumenstrauß an Schwarz vorbei und nach Hause.« Natürlich erzählte mir der Polizist diese Aussage. Ich nahm die Herausforderung an. Mir blieb noch ein Verhandlungstag, der 4. März 1977. Bisher hatte ich bei interessierten Besuchern der Gerichtsverhandlung gesessen. Die Verhandlungen begannen immer um neun Uhr. An diesem Tag war ich etwas früher da und suchte mir meinen Platz rechtzeitig und günstig aus: Ich setzte mich gegenüber der Anklagebank. Als Gerhard Werner hereingeführt wurde, saß ich schon da. Er sah mich sofort.

Seine Augen wurden schmal. Er kniff die Lippen zusammen. Ich blieb sitzen. Ich sah ihn an, als das Urteil verkündet wurde. Und er musste mich die gesamte Zeit ansehen. Nach vier Stunden erhoben wir uns, um den Urteilsspruch zu hören. Lebenslange Freiheitsstrafe. Und da lächelte ich ihm zu, während ich meinen Sitzplatz verließ. Blumen hatte ich keine mit.

Gerhard Werner ging gegen dieses Urteil in Berufung. Das Oberste Gericht der DDR beschäftigte sich noch einmal mit dem Fall, verwarf Werners Berufungsantrag jedoch am 6. April 1977.

Anmerkungen

1 Die Zitate von Hermann Lorenz stammen aus einem Interview, das Roger Willemsen 1991 mit Lorenz führte.
2 Paragraph 51 Staatsgesetzbuch der DDR: Psychiatrisch gesicherter Befund, der besagt, dass Täter für Straftaten nicht verantwortlich gemacht werden konnten.
3 Von diesem Fall – »Raubmord im Hauptpostamt« – berichtet Siegfried Schwarz in seinem Buch *Mord nach Mittag*.
4 Eine bis zu 70 Zentimeter lange für die Jagd gebräuchliche Stichwaffe
5 Markenname für einen in der DDR (in Spremberg) produzierten, mit Kunstharz gebundenen Schichtstoff, der vor allem für Küchen-, Schul- und Labormöbel verwendet wurde und der sich durch Kratz-, Hitze- und Chemikalienbeständigkeit auszeichnet.

Abkürzungen

ABV = Abschnittsbevollmächtigter: Ein uniformierter Volkspolizist, der für ein bestimmtes Wohngebiet zuständig ist.
F = Fernverkehrsstraße
GST = Gesellschaft für Sport und Technik
LPG = Landwirtschaftliche Produktionsgenossenschaft
MfS = Ministerium für Staatssicherheit
MUK = Morduntersuchungskommission
NVA = Nationale Volksarmee
POS = Polytechnische Oberschule
SED = Sozialistische Einheitspartei Deutschlands
UHA = Untersuchungshaftanstalt
VdgB = Verein der gegenseitigen Bauernhilfe
VP = Volkspolizei
ZK = Zentralkomitee der SED